荣获

新闻出版总署优秀畅销书奖
全国优秀古籍图书普及读物奖
第十七届山西省优秀图书一等奖
第 二 届 山 西 出 版 政 府 奖
山西出版集团2008年度十种好书

全套藏书累计销售500万册

诸子百家卷

《诗经》《尚书》《礼记》《楚辞》《论语·大学·中庸》《孟子》
《老子》《庄子》《荀子》《韩非子》《孙子兵法·尉缭子·鬼谷子》
《墨子》《周易》《山海经》《吕氏春秋》《三十六计》

名家选集卷

《三曹诗集》《陶渊明集》《王勃集》《王维集》《孟浩然集》
《高适集》《岑参集》《李白集》《杜甫集》《白居易集》
《刘禹锡集》《元稹集》《李商隐集》《李贺集》《杜牧集》
《韩愈集》《柳宗元集》《李煜集》《欧阳修集》《王安石集》
《苏轼集》《黄庭坚集》《柳永集》《秦观集》《周邦彦集》
《李清照集》《辛弃疾集》《陆游集》《范成大集》《杨万里集》
《姜夔集》《文天祥集》《元好问集》《唐寅集》《张岱集》
《三袁集》《李贽集》《傅山集》《纳兰性德集》《袁枚集》
《郑板桥集》《龚自珍集》

史著选集卷

《左传》《国语》《战国策》《史记》《汉书》《后汉书》《三国志》
《资治通鉴》

综合选集卷

《唐诗三百首》《宋词三百首》《元曲三百首》《千家诗》《古文观止》
《汉魏六朝小赋骈文选》《唐宋八大家文选》《明清小品文选》

笔记杂著卷

《蒙学六种——三字经·百家姓·千字文·增广贤文·幼学琼林·格言联璧》
《颜氏家训·朱子家训》《世说新语》《金刚经·坛经·心经·地藏经》
《曾国藩家书》《菜根谭·小窗幽记·幽梦影》《浮生六记》《闲情偶寄》
《近思录》《徐霞客游记》《古代书信精选》

戏曲小说卷

《元杂剧精选》《西厢记》《牡丹亭》《长生殿》《桃花扇》《今古奇观》
《三国演义》《水浒传》《西游记》《红楼梦》《聊斋志异》《儒林外史》
《封神演义》《话本小说选》《文言小说选》

中国家庭基本藏书 名家选集卷

李商隐集

[唐]李商隐 著

张强 刘海宁 解评

山西出版集团
三晋出版社

博学工作室

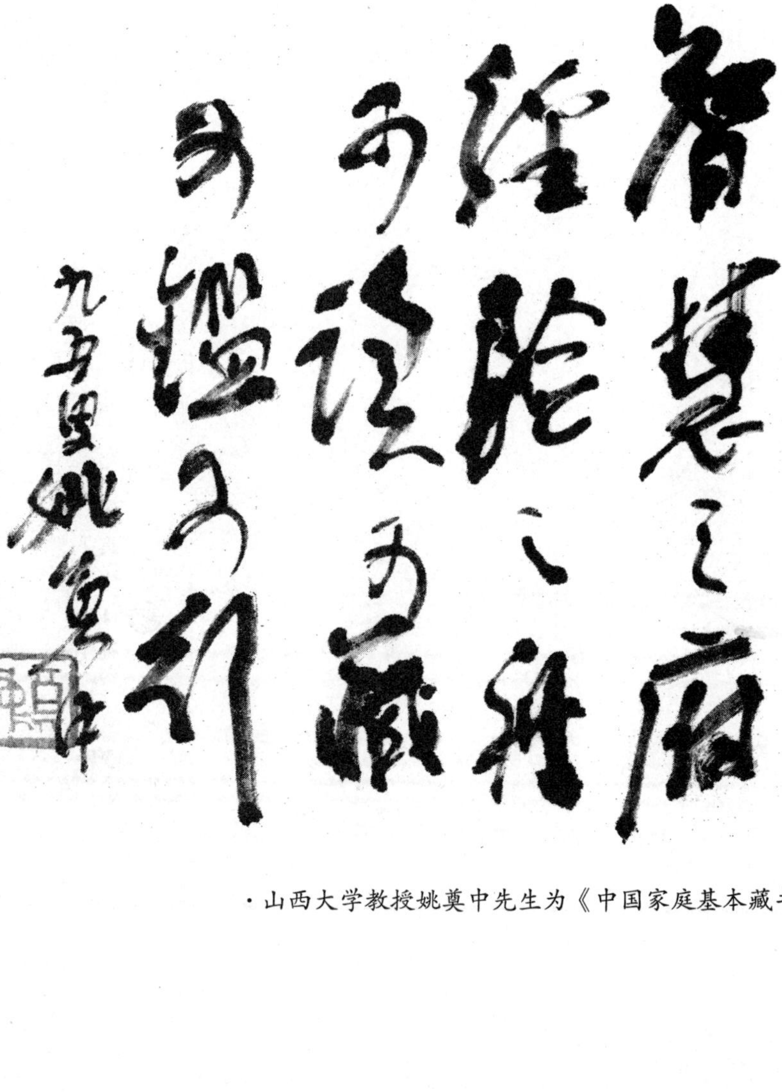

·山西大学教授姚奠中先生为《中国家庭基本藏书》题词

前言

唐诗是中国文学史上最美的一顶皇冠。明代高棅曾把唐诗划分为初、盛、中、晚四个阶段。初唐四杰，盛唐的李杜，中唐的元白，晚唐的李商隐、杜牧，都是这顶皇冠上闪闪发光的明珠。

李商隐生于唐宪宗元和八年(813)，卒于唐宣宗大中十二年(858)。他生活的年代，唐王朝进一步走向衰落，朝廷内部，宦官弄权，党争激烈；朝廷外部，藩镇割据，虎视眈眈。失望与沮丧，时刻笼罩在士大夫的心头。生性敏感的李商隐当然也不例外。作为晚唐最杰出的诗人之一，他的作品中带有明显的时代烙印。“锦瑟无端五十弦，一弦一柱思华年。庄生晓梦迷蝴蝶，望帝春心托杜鹃。沧海月明珠有泪，蓝田日暖玉生烟。此情可待成追忆，只是当时已惘然。”(《锦瑟》)“刘郎已恨蓬山远，更隔蓬山一万重。”“春心莫共花争发，一寸相思一寸灰。”(《无题四首》)“嫦娥应悔偷灵药，碧海青天夜夜心。”(《嫦娥》)“海外徒闻更九州，他生未卜此生休。”(《马嵬二首》)“夕阳无限好，只是近黄昏。”(《乐游原》)……当我们吟诵这些篇章之时，口颊生香之馀，一种哀伤的、落寞的、无可奈何的感觉也不禁袭上心扉。

晚唐造就了李商隐，李商隐代表了晚唐的心境。

义山诗在宋代有广泛的影响，“晚唐体”诗人对义山诗的传播起到了重要的作用。继李商隐自编文集后，宋代开整理李商隐诗文集的先河，今天，宋代的版本已无法看到，但还存有清影宋抄本《李商隐诗集三卷》。进入明代，李商隐诗文整理及刊印出现了前所未有的高潮。这一时期，较为重要抄本或刊本有：明悟言堂抄本《李商隐诗集三卷》、明刻本《唐李商隐诗集六卷》、明嘉靖中刊本《唐李义山诗集六卷》（《广十二家唐诗》，陆汴辑）、明万历金陵书坊王世茂刻本《唐李义山诗集》（《中唐十二家诗》，朱之藩编）、明天启四年(1624)云阳姜氏自刻本《李义山诗集一卷》（《唐中晚名家诗集》，姜道生编）、明崇祯十二年(1639)海虞毛氏汲古阁刊本《李义山集三卷》（《唐人八家诗》，毛晋辑）、明云阳姜道生刊本《李义山诗集七集》（《唐三家集》，明佚名辑）、明钞本《李商隐诗集七卷》（《唐四十四家诗》）、明末刻本《李义山文抄一卷》（《八代文抄》，李宾辑）等等。清代，在整理李商隐诗文方面出现了许多令人耳目一新的成果，但总体成就不如明代。相比较而言，毛氏汲古阁刻《李商隐诗集三卷》无疑是明清刻本中较好的本子，乃至于《四部丛刊》据此影印。鉴于此，在撰写《李商隐集》解评的过程中，我们特意选择了毛氏汲古阁刻本作为校勘的底本，同时，考虑到刘学锴、余恕诚两位先生的《李商隐诗歌集解》(中华书局1988年版)，既总结了前人研究李商隐诗歌的成果，同时又代表了近年来研究的最新水平，故刘学锴、余恕诚先生的《李商隐诗歌集解》也是我们重要的参考对象。总之，《李商隐集》在成书的过程中，吸收了先贤和时贤的大量成果，在此表示感谢！没有他们的成果，这本小书不会顺利地完成。

李商隐是唐代重要作家，按理说，解析其诗的时候，应再选一些文章作必要的解析，以便于全面地了解李商隐文学创作的全貌。遗憾的是，限于丛书篇幅上的限制，原先选注的文章部分被迫删除了。看来这一工作只能留到以后再作弥补了。为方便读者使用，书末附“李商隐年谱简编”、“李商隐著作主要版本”、“李商隐研究主要著述”及“《李商隐集》名言警句”（正文中用着重号标出）。

最后需要指出的是，我作为第一责任人，承担了全书四分之三以上的撰写任务，其馀由刘海宁写出初稿，再由我统稿和修改。还要感谢袁茜，她为这本小书的出版付出了辛勤的劳动，承担了校对等事务性的工作。

张　强

2008年4月于淮阴

李商隐其人其诗(代序)

张强

李商隐(813—858),字义山,号玉谿生,又号樊南生,怀州河内(今河南沁阳)人,出身于小官僚家庭。九岁丧父后,奉母归郑州。不久,义山随从叔习古文和书法,希望能振兴家道。十六岁时著《才论》、《圣论》,以古文为士大夫所知。十七岁时被天平车节度使令狐楚辟为巡官,从此,开始了断梗飘蓬般的“薄宦”生涯。牛党令狐楚爱其才,教授骈文,并令义山与其子令狐绹等同游。此后八年,除有短暂时间的宦游外,义山一直在令狐楚的幕中。大和九年(835)前后,义山赴玉阳山、王屋山一带隐居学道。开成二年(837)应举,经令狐绹引荐登进士第。次年,入泾原节度使王茂元幕中,茂元爱其才,以女相嫁。是时,朝廷牛李党争激烈,王茂元属李党,义山婚娶茂元之女,因之,牛党以“背恩”诟病。

义山素有大志,无意中卷入牛、李两党倾轧的漩涡,为他仕途上的失意埋下了伏笔。后人以“虚负凌云万丈才,一生襟抱未曾开”(崔珏《哭李商隐》)评价义山,应该说是深中肯綮的。婚娶茂元之女后,义山虽曾有任秘书省正字的经历,但大部分的时间却浪迹于幕府。顿挫中总想奋起，一次又一次的希望伴随着一次又一次的失望，政治上的落拓与不甘寂寞的情怀拧结在一起，遂使他不得不穿行在入世进取和消极避世的两条道路上。从大的方面讲，义山善于将个人的不幸与时代风云的变幻糅合在一起，善于从个人的际遇入手反映现实，这一表达折射到其诗歌创作方面，不但曲折地反映了唐王朝走向没落时的政治面貌和社会面貌，而且还刻上了深深的个人烙印。换言之，徒有壮志、身世零落与关心国事的契合，使义山的诗带有强烈的政治要求；欲罢不能与欲言又止的结合，又使义山的诗生发出朦胧的意象。

义山是晚唐最杰出的诗人，现存诗歌约六百首，诗歌题材广泛，然而，无论是吊古伤今、写景抒情、即事名篇，还是寄寓身世、吟咏爱情，都给人以不尽的遐想和享受。义山诗长于比兴，运典工巧，语言凝练。无论是读其诗想其为人，还是读其人评品诗格，都给人以不尽的享受。义山善于摄物取象，善于以物象摹写心象。与同时代的诗人相比，义山摄物取象总能翻出新意，给人以别样的感受。究其原因，我以为，这与义山对语言的独特理解和把握有密切的联系。一般来说，为文之道在于简洁，在表述时应尽量避免语言的歧义。这自然是对的。然而，语言的丰赡性又不是言语的单一表达所能容纳得了的，它需要在更高的层次上思考歧义性（模糊性）对语言丰富性的承担。如何才能做到这一点，义山举重若轻，在以物象摹写心象的同时，又以心象反观物象，通过对语言歧义性（模糊性）的发掘来承担难以表述清楚的思想。人们常说，思想大于语言。这是因为语言作为思维的外壳代替不了思维，思想的丰富性和复杂性是任何语言都无法描摹的。义山似乎深知其中的奥妙，他善于利用语言的歧义性或模糊性来表述丰富的思想。由此及彼，当语言的歧义性（模糊性）与物象进而是心象混融在一起时，由此来追究义山的艺术世界，产生扑朔迷离而又应接不暇的感觉则是必然的。义山诗深沉蕴藉，其象征性和暗示性与他对语言的独特理解息息相关。因暗示而朦胧，因朦胧而象征，因象征而产生多义，因多义而令人捉摸不定，因捉摸不定而耐人咀嚼和寻味，从这一意义上讲，义山诗气韵宏肆、伤感沉郁、绵邈悠长、深婉凄丽、蕴藉含蓄的多样风格，是因义山对语言的独特理解和把握而形成的。

总之，李商隐的创作实践证明，诗歌的语言不必明了单一，带有歧义的词语，更善于表现复杂的内心世界。

目录

◎附录

◎诗

富平少侯

题解

这首诗写于唐敬宗宝历二年(826)。是年，李商隐十四岁。中唐以后，门第观念日趋严重，世家子弟凭世袭特权，飞黄腾达。李商隐出身寒门，饱尝人间冷暖，为此，写下了这首抨击现实的诗作，借讽刺腐朽无知的贵族少年，宣泄心中的愤懑之情。富平少侯：汉代张安世封富平侯，其孙张放幼年即袭爵位，故称少侯。诗中借指年少的贵公子。

七国三边未到忧，十三身袭富平侯。
不收金弹抛林外，却惜银床在井头。
彩树转灯珠错落，绣檀回枕玉雕锼。
当关不报侵晨客，新得佳人字莫愁。

新解

七国三边未到忧，十三身袭富平侯——这两句是说：这位贵公子虽然没有平定七国之乱的战功，也没有到三边抗敌的经历，更不知什么是忧国之情，然而，年仅十三岁就承袭富平侯的爵位了。七国：此处喻指唐代的藩镇割据势力。汉景帝时，吴、楚、赵、胶东、胶西、济南、淄川等七个诸侯国发动叛乱，史称“七国之乱”。后来，周亚夫奉命率领大军平叛。三边：战国时，秦、赵、燕三国与匈奴临界的边境地区。此处喻指盘踞在西北边地的吐蕃、党项等族，当时，他们时常侵扰中原。未到：不懂得。

不收金弹抛林外，却惜银床在井头——这两句是说：贵公子用金弹子射鸟，抛在林外从不捡回来，他们怎么会怜惜用银子来做水井上的辘轳架呢？金弹：此指贵公子的豪奢放纵。据《西京杂记》：汉武帝的嬖(bì)臣韩嫣好弹射，常以金为弹丸，一日失数十。每出，儿童随之拾取弹丸。长安人语曰：“苦饥寒，逐弹丸。”却惜：张相《诗词曲语辞汇释》：“却惜，岂惜也。”描写豪侈，与上句语意一贯。银床：此指井头的辘轳架。以银为之，以示豪富。

彩树转灯珠错落，绣檀回枕玉雕锼——这两句是说：华美的灯柱上繁灯环绕，如同明珠交相辉映；在檀香木上细细地雕镂，做成回环中空的枕头，使它像玉雕一般精美。彩树：灯树，灯柱。《开元遗事》："韩国夫人上元夜燃百枝灯树，高八十馀尺，竖之高山，百里皆见。"错落：形容点点灯光，参差交错。雕锼(sōu)：刻镂。这两句写贵公子豪华奢侈的生活。

当关不报侵晨客，新得佳人字莫愁——这两句是说：守门人不肯给一大早就赶来拜访的客人通报，只是因为贵公子新得了名叫莫愁的美人。关：门关。莫愁：古代美女名。洛阳人，后嫁为卢家妇。梁武帝《河中之水歌》："河中之水向东流，洛阳女儿名莫愁。……十五嫁为卢家妇，十六生儿字阿侯。"此处借用"莫愁"，一语双关，回扣首句，以讽刺富平少侯"未到忧"。也就是说，在这"莫愁"之中，已包含了更大的忧愁，那就是在国家急需人才之际，这些本应有所作为的青年却成了饱食终日、无所用心的寄生虫。

新评

李商隐写诗好用典故，这一特点在这篇早期诗作中便已初现端倪。该诗写贵家子弟十三岁已封官袭爵，按理说，身受朝恩，本应把国运盛衰、社稷安危放在心上，然而，这样的贵公子却生活奢靡，嬉游无度。联想诗人也正值青春年少的经历——只因出身寒微而报国无门的经历，诗人的愤懑之情便跃然于纸上了。这首诗虽以"富平少侯"为题，但因托古言今，在诗人的参与下，显示出针砭时事的光芒。此诗虽为诗人的少年之作，但笔法却极为老到。通篇叙事用典，末尾两句，以"莫愁"双关，回扣首句"未到忧"，令人回味无穷。

无　题

题解

该诗写于唐文宗大和二年(828)。当时，诗人十六岁，以古文名世，受到士大夫的关注。这首诗描绘了一位少女的成长过程，其中似有诗人自己的影子。

八岁偷照镜，长眉已能画。
十岁去踏青，芙蓉作裙衩。
十二学弹筝，银甲不曾卸。
十四藏六亲，悬知犹未嫁。
十五泣春风，背面秋千下。

新解

八岁偷照镜，长眉已能画——这两句是说：小姑娘八岁时，就已经爱偷偷地照镜子了，她那又弯又长的眉毛已堪描画了。这里写女孩很早就懂事了，顾影自怜。"偷"字生动地表现出小姑娘朦胧地意识到美为何物时的羞怯心理。画：古代女子以黛色文饰眉毛，称为"画眉"。

十岁去踏青，芙蓉作裙衩——这两句是说：十岁时春日踏青郊游，采摘芙蓉花装饰自己的裙裳(古人常以芳草象征人的品格情操)。踏青：春天到郊野游览赏春。各地风俗不同，分别有以正月初八，或二月初二、三月初三为踏青节的风俗。又，旧俗以清明节为踏青节。裙衩(chà)：指下裳。

十二学弹筝，银甲不曾卸——这两句是说：十二岁时，学习弹琴，非常用功，套在指头上的银甲也顾不得摘下来。两句写少女学习音乐艺术时十分勤奋。银甲：用骨或金属做的假指甲，套在指头上拨弦。卸：除下。

十四藏六亲，悬知犹未嫁——这两句是说：十四岁时，就已经知道藏在闺中回避六亲了，同时也猜想到父母还没有打算许嫁。六亲：泛指血缘最近的亲属。《周礼·地官·大司徒》："六亲，父、母、兄、弟、妻、子也。"古代礼教要求女子居于深闺，连血缘关系最为密切的男性亲属都要回避。

十五泣春风，背面秋千下——这两句是说；十五岁时，经常背对女伴，独自站在秋千架下，对着春风独自流泪。

新评

小诗质朴无华，耐人咀嚼。从笔法上看，一是运用排比句展示时间，以时间的推移强调了小姑娘成长为少女的全过程；二是选取有年龄特征的细节，以塑造少女在不同年龄阶段的特点。"悬知"二字把少女待嫁的心情刻画得十分细腻。"泣春风"传神，道出了少女随着年龄的增长，不但更通人事，精神上也出现了苦闷。从另一个层面看，小诗抒写的对象虽是一位天真烂漫的少女，似乎又可看到诗人自己的影子。十六岁，正是入世的年龄，诗人因前途未卜而惴惴不安的心理变化，似与"泣春风"的少女有相通之处。收处极见诗人的本意，言尽而意不尽。

隋师东

题解

这首诗作于唐文宗大和三年(829)。诗借用隋炀帝东征高丽事，暗指大和年间唐文宗讨伐李同捷的战争。唐敬宗宝历二年(826)三月，横海镇(治所沧州，今河北沧县东南）节度使李全略病死，其子李同捷不经朝廷允许，擅领留后事，朝廷不敢过问。唐文宗大和元年(827)的五月，朝廷以李同捷为兖海节度使，同捷抗命不从。同年八月，朝廷令诸道发兵征讨，因军政腐败，唐军除沿途为害百姓外，还耗尽了国家的大量资财。此时，诸道兵马节度使各怀鬼胎，不积极地参加平乱，乃至于拖到大和三年的四月才攻下沧州，进而斩获李同捷。该年，义山十七岁，应天平军节度使(治所郓城，今山东郓城)令狐楚之聘，入幕为巡官。赴郓途中，诗人目睹丧乱现实，有感而发，用赋体写下了这首感时诗。

东征日调万黄金，几竭中原买斗心。
军令未闻诛马谡，捷书惟是报孙歆。
但须鸑鷟巢阿阁，岂假鸱鸮在泮林？
可惜前朝玄菟郡，积骸成莽阵云深。

新解

东征日调万黄金，几竭中原买斗心——这两句是说：朝廷向东征讨割据一方的李同捷，每天耗费了大量的金钱；为了鼓舞将士的斗志而收买人心，几乎耗尽了中原的财富。东征：指唐文宗大和元年出兵讨伐李同捷的战争。因横海镇在长安的东面，故称“东征”。调：指征敛。买斗心：指朝廷以重金收买军心，引诱其他节镇出兵。《资治通鉴·文宗大和二年》：“时河南、北诸军讨同捷，久未成功，每有小胜，则虚张首虏以邀厚赏，朝廷竭力奉之，馈运不给。”

军令未闻诛马谡，捷书惟是报孙歆——这两句是说：参加平定李同捷的节镇将骄兵惰，违法乱纪；对此，朝廷不闻不问，任其虚报战功。马谡(sù)：字幼常，三国时蜀国的将领。建兴六年(228)诸葛亮伐魏出祁山，命马谡守卫战略要地街亭，马谡刚愎自用，违反军令，打了败仗，后被诸葛亮按军法斩首示众。孙歆(xīn)：三国时吴国都督。晋将王濬(jùn)讨吴时谎报军功，说已将孙歆斩首。后来，杜预伐吴俘获孙歆，将其送到洛阳，才揭露了真相。义山原注：“平吴之役，(王濬)上言得歆首。吴平，歆尚在。”此典喻诸将夸功邀赏，虚报战果。

但须鸑鷟巢阿阁，岂假鸱鸮在泮林——这两句是说：只要有贤臣当政，就不会让藩镇继续割据下去。但须：只要。鸑鷟(yuè zhuó)：凤凰的别称，此喻贤臣。一说此指元和年间的著名宰相裴度。巢阿(é)阁：喻贤臣在朝执政。阿阁，四面有栋梁和曲檐的楼阁，这里用来代指朝廷。岂假：岂能让。鸱鸮(chī xiāo)：猫头鹰，此喻奸臣叛将。泮(pàn)林：学宫旁的树林。这里指原属朝廷管辖的地区，如今却成了藩镇割据的州郡。

可惜前朝玄菟郡，积骸成莽阵云深——这两句是说：真令人伤怀啊，一度繁华的玄菟(tù)郡，现在到处都是荒凉的景象，战云密布，草丛里堆满了骸骨。玄菟：汉武帝时设置的郡，此指河北沧州地区。积骸成莽：尸骸密集，像乱草一样。莽，密生的草。

新评

这是一首借古喻今之作。首联以“东征”二字领起，直言隋炀帝远征高丽事，借此感慨康宗东征沧州，讨伐拥兵自重、不服朝廷调遣的李同捷事。“几竭中原”，言语沉重，力透纸背。倾一国之财力，换来的结果是讨叛诸将不从军令，冒功邀赏。颈联以“但须”、“岂假”绾合，将朝廷政治腐败与贤臣失位、藩镇割据拧结在一起，以点明诗人关于国家的治乱态度。尾联回笔放眼沧州地区，以“积骸成莽”的惨不忍睹的现实抒发诗人的伤痛之感，深化朝廷不重用贤臣的慨叹。读此诗，令人荡气回肠，感慨万千。

春　游

题解

此诗约作于唐文宗大和四年(830)。刘学锴、余恕诚指出：“题曰‘春游’，诗亦不似行旅之作，当是在幕春游也，酌编大和四年春。”(《李商隐诗歌集解》第一册，中华书局1988年版第39页)当时，诗人入令狐楚幕，以其才学深受令狐楚的赏识，正是春风得意之时。

桥峻班骓疾，川长白鸟高。
烟轻唯润柳，风滥欲吹桃。
徙倚三层阁，摩娑七宝刀。
庾郎年最少，青草妒春袍。

新解

桥峻班骓疾，川长白鸟高——这两句是说：举目远望，长桥峻峭，班骓马在迅捷地奔跑；河川悠长，白鸟高高地飞翔。骓(zhuī)：苍黑杂色的马。

烟轻唯润柳，风滥欲吹桃——这两句是说：春日里，云烟轻扬，润泽着细长的柳条；春风熏人，想要催开那艳丽的桃花。滥：过度。

徙倚三层阁，摩娑七宝刀——这两句是说：移步登高，身倚高阁，浮想联翩，用手轻轻地按抚着七宝刀。三层阁：泛指高阁，此处当指令狐楚。摩娑：即摩挲，用手轻轻地按抚，并一下一下地移动。七宝刀：泛指宝刀。

庾郎年最少，青草妒春袍——这两句是说：庾郎正值青春年少，连春草都嫉妒其青袍色泽的明艳。庾郎：庾翼，东晋人，精通骑术。《晋书·庾翼传》："翼字稚恭，风仪秀伟，少有经纶大略。"

新评

写此诗时，李商隐正在令狐楚门下。同舍之中，商隐不但最为年少，而且才情也最高，因此受到令狐楚的赏识。少年意气，挥斥方遒。面对明媚的春光、万紫千红的景象，李商隐写下了这首《春游》诗。首联以"桥峻"、"川长"领起，"班骓疾"、"白鸟高"，对仗工整，将诗人的激情充溢于天地之间。颔联以"烟轻"、"风滥"对举，因"轻"而"润柳"，因"滥"而"吹桃"，体物细微，写出不同的形态。颈联以"徙倚"提示诗人登高后的无限想象力，满眼风光，诗人均视而不见，相反却把手中的七宝刀一按再按，从而将诗人追求建立功业的豪情全盘托出。末联用典，通过抒写庾郎雄姿勃发的形象，传达诗人的少年情怀。

牡　丹

题解

这是一首歌咏牡丹的诗，约作于唐文宗大和八年(834)。诗似借咏牡丹传达对一女子的爱慕之情。

锦帏初卷卫夫人，绣被犹堆越鄂君。
垂手乱翻雕玉佩，折腰争舞郁金裙。
石家蜡烛何曾剪，荀令香炉可待熏？
我是梦中传彩笔，欲书花叶寄朝云。

新解

锦帏初卷卫夫人，绣被犹堆越鄂君——这两句是说：锦制的帘帏刚刚卷起，露出端庄美丽的卫夫人；丝绣的被褥，还堆拥着相貌俊秀的越鄂君。卫夫人：春秋时卫灵公的夫人南子，以美艳著称。《典略》："孔子返卫，夫人南子使人谓之曰：'四方君子之来者，必见寡小君。'不得已见之。夫人在锦帏中，孔子北面稽首，南子自帷中再拜，环珮之声璆然。"这里将"在锦帏中"改为"锦帏初卷"，以此来形容牡丹正像锦帏初卷、容颜初露的美妇人，艳丽华贵，光彩照人。越鄂君：春秋时楚王的母弟，名子皙，相貌俊美。据《说苑·善说》：鄂君子皙泛舟河中，划桨的越人歌唱道："今夕何夕兮？搴洲中流；今夕何日兮？得与王子同舟。蒙羞被好兮，不訾诟耻。心几烦而不绝兮，得知王子。山有木兮木有枝，心悦君兮君不知！"于是，鄂君扬起长袖，行而拥之，举绣被而覆之。此处将牡丹的绿叶想象成绣被，将牡丹想象成绣被拥裹的越人，借此描绘初开的牡丹绿叶簇拥红花的娇媚风姿。

垂手乱翻雕玉佩，折腰争舞郁金裙——这两句是说：牡丹迎风招展，就像跳《垂手》舞那样，雕玉的珮饰上下翻动；又像跳《折腰》舞那样，郁金裙翩然回旋。垂手：舞名，古代有《大垂手》、《小垂手》之舞。也指舞姿。折腰：舞名，也指舞姿。郁金裙：郁金是一种香草，可用作裙饰。这两句诗以舞姿形容牡丹迎风招展的媚态。

石家蜡烛何曾剪，荀令香炉可待熏——这两句是说：牡丹像石崇家的蜡烛那样光彩照人，哪里需要剪去烛花？它遍体异香，又何必要像荀令君那样用香炉熏染呢？石家蜡烛：据刘义庆《世说新语·汰侈》：西晋官僚石崇豪奢，以蜡烛当柴烧，自然不须剪烛花。荀令：荀彧(yù)，为汉侍中，守尚书令。曹操征伐在外，军国之事均托付给荀彧。据习凿齿《襄阳记》：荀彧到人家后，所坐之处三日留香。可待：岂待，何待。

我是梦中传彩笔，欲书花叶寄朝云——这两句是说：我在梦中得到五色彩笔传授，想将诗句题写在牡丹花叶上，遥寄给朝云。梦中传彩笔：《南史·江淹传》：江淹"梦一丈夫自称郭璞，谓淹曰：'吾有笔在卿处多年，可以见还。'淹乃探怀中得五色笔一以授之，尔后为诗绝无妙句。"此处诗人反用这一典故，表明自己有生花妙笔，才力过人。朝云：巫山神女名。宋玉《高唐赋序》：战国时期楚襄王游高唐，怠而昼寝，梦幸巫山之女。巫山之女离去时说："妾在巫山之阳，高丘之阻。旦为朝云，暮为行雨。朝朝暮暮，阳台之下。"

新评

这是一首用典密度很大的诗，句句用典，却没有生硬堆砌之感。首两句以卫夫人和鄂君典故写牡丹初放时令观赏者意夺神摇的风貌，着重静态；三四句写牡丹随风摇曳的妩媚，以舞者轻盈姿态作比；五六句则以反诘法渲染其色彩的绚烂、香气的浓烈；末联总收，面对如此国色天香，诗人恍惚如见巫山神女，于心醉神迷中摇动五色彩笔，描摹情致，传达爱慕。

宿骆氏亭寄怀崔雍崔衮

题解

作于唐文宗大和九年(835)。大和八年(834),诗人随从崔戎至兖州(今山东兖州),掌章奏。是年六月,崔戎病逝。大和九年,诗人到崔戎旧宅凭吊,因之回想起与崔雍、崔衮结下的友谊,遂写下这首诗。崔戎:为李商隐的从表叔及知遇。《旧唐书·崔戎传》:"崔戎字可大。……裴度领太原,署为参谋。时王承宗据镇州叛,度请戎单车往谕之,承宗感泣受教。入为殿中侍御史,累拜吏部郎中,迁谏议大夫。寻为剑南东、西两川宣慰使。……还,拜给事中。驳奏为当时所称。改华州刺史。迁海沂密都团练观察等使。……大和八年五月卒,赠礼部尚书。"骆氏亭:骆姓人家的亭园。崔雍、崔衮:崔戎的两个儿子。《新唐书·崔雍传》:"崔雍字顺中。由起居郎出为和州刺史。庞勋劫乌江,雍不能抗,遣人持牛酒劳之,密表其状。民不知,诉诸朝。宰相路严素不平,因是傅其罪,赐死宣州。"崔衮字炳章,雍之弟。

竹坞无尘水槛清,相思迢递隔重城。
秋阴不散霜飞晚,留得枯荷听雨声。

新解

竹坞无尘水槛清,相思迢递隔重城——这两句是说:翠竹青青,环抱着一尘不染的亭子,临水的亭轩显得格外地清幽;站在水边向远方眺望,望断那高耸的城楼,思念友人的怅惘之情随之而起。竹坞:四面有竹林环抱的建筑,此指骆氏亭。水槛:依水而建,有栏杆的亭轩。迢递:遥远的样子。重城:高耸的城池。

秋阴不散霜飞晚,留得枯荷听雨声——这两句是说:深秋季节,阴霾不散,寒夜中,飞霜悄然降下;独自留宿在骆氏亭中,只听见雨点击打枯荷的声音。

新评

这是一篇写景抒情的短章。首句写骆氏亭清幽的环境。二句将清幽转化为对远方朋友的思念,一则写美景无人共赏带给诗人的寂寞;二则以"相思"二字点明"寄怀"的主题。三四句宕开一笔,写夜宿时的情景,通过营造难以承受的氛围深化因怀远而留下的情思。深秋季节,阴霾笼罩,晚风吹动严霜,独自夜宿在骆氏亭中,那雨点既打在枯荷上,同时也重重地敲在诗人的心头。如果将三四句重新组合,则可得“秋阴不散听雨声，留得枯荷霜飞晚”二句。雨声承秋阴，枯荷承飞霜。起承转合之中，既将诗人思友之情托出，又寄寓了诗人寂寞无依的情怀。小诗十分注重意境的创造，在全力描绘清静优美的画面时，又以雨声入画，将视觉与听觉有机结合，使读者产生艺术上的联想。本诗将思友的情绪倾倒在飞霜之中，将人生喟叹省略在潇潇秋雨之中，大有言尽意犹未尽之势。

夕阳楼

题解

唐文宗大和七年(833)的三月，萧澣(zhào)以给事中调任郑州(治所在今河南郑县)刺史，夕阳楼是他在郑州任上建造的观赏楼。李商隐曾受萧澣的赏识和厚遇。大和九年(835)六月，萧澣被贬，同年秋天，李商隐路过郑州，登夕阳楼，写下了这首诗。夕阳楼：自注：“在荥阳。是所知今遂宁萧侍郎牧荥阳日作矣。”荥阳属郑州。萧侍郎即萧澣，曾为刑部侍郎，大和九年六月被贬为遂州(今四川遂宁)司马。

花明柳暗绕天愁，上尽重城更上楼。
欲问孤鸿向何处，不知身世自悠悠。

新解

花明柳暗绕天愁，上尽重城更上楼——这两句是说：春花明艳，柳色深浓，愁绪绵长而纷乱；此时此刻，我登上高城，又攀到夕阳楼的高处极目远望。绕天愁：漫天愁，言愁之重。更上楼：指上夕阳楼登高远望。

欲问孤鸿向何处，不知身世自悠悠——这两句是说：天空中，我想要问孤独的大雁将飞往何处，却不知我的身世也与这孤鸿一样孑然无依。孤鸿：喻萧澣遭贬被逐，兼叹诗人自己的飘零无依。

新评

首句“花明柳暗”点出春景，登楼远眺，楼在人去，迎面而来的自然是沉重的春愁。王之涣登楼，写下“欲穷千里目，更上一层楼”的豪语，李商隐登楼，满目春色皆染上愁。何也？精神不同，气象不同，心情不同。李商隐出身寒微，特别看重人世间的情谊，萧澣被贬远去，加之当时朝纲混乱，使诗人感到孑然无依。“孤鸿”一词慨己叹人，物象与心象合一，人生飘零的体验在凄清之中显得更加耐味入神。

"欲问"、"不知"相互挽起，一问一答，将喟叹他人的愁绪紧紧地裹在自己的身上，即怜人者更应被怜，然而却没有人怜之，从而营造了感伤深婉的艺术氛围。

碧城三首(选一)

题解

约作于唐文宗大和九年(835)。碧城：以碧霞为城，仙人居住的地方。此诗取首二字为题，实为无题诗。从诗的内容来看，这首诗描述的对象似为女道观。此为第一首。

碧城十二曲阑干，犀辟尘埃玉辟寒。
阆苑有书多附鹤，女床无树不栖鸾。
星沉海底当窗见，雨过河源隔座看。
若是晓珠明又定，一生长对水精盘。

新解

碧城十二曲阑干，犀辟尘埃玉辟寒——这两句是说：碧城仙居，用回环曲折的栏杆环绕；仙境一尘不染，四面洁净而温暖。十二曲阑干：南朝乐府《西洲曲》："阑干十二曲，垂手明如玉。""十二"泛指多，并非实数。犀：指犀牛角。辟：排除。传说犀角可以避尘。玉辟寒：传说玉性温润，可以避寒。

阆苑有书多附鹤，女床无树不栖鸾——这两句是说：居住在这仙境之中，幽期密约，多凭鹤使传书；女床之上，男欢女爱，无不双宿双飞。阆(láng)苑：相传为神仙所居，在昆仑山巅。有书多附鹤：仙家以鹤传书，白云传信。女床：传说中的山名。《山海经·西山经》："西南三百里，曰女床之山……有鸟焉，其状如雀而五彩文，名曰鸾鸟，见则天下安宁。""女床"一语双关。鸾：传说中凤凰一类的鸟。这里指男性。"鸾凤"在古代诗文中常用来指男女之间的情事。

星沉海底当窗见，雨过河源隔座看——这两句是说：幽欢过后，晓星沉没，从窗棂向外望去，天将破晓，雨过河源，隔座可望。星沉海底：即晓星沉没，指清晨。这两句承"女床栖鸾"，暗写幽欢过后，天将破晓，分手前双方当窗，隔座相望。

若是晓珠明又定，一生长对水精盘——这两句是说：长夜难永，清晨分离在即，不能长相厮守而心生幻想。如果清晨的露珠能化为永恒不变的明珠，一生之中就可以永对水晶盘了。晓珠：清晨的露珠。露珠虽明，但不稳定，所以希望它明又定。

水精盘：即水晶盘。

新评

解诗者历来对《碧城三首》有不同的看法，择其大要主要有五：一是写诗人与女冠的恋情；二是写诗人失意于幕府：三是写游仙之事；四是写杨贵妃入道事；五是讽刺唐代公主，因唐代公主多自请出家，筑观在外，因事关风教，诗人以此诗作劝惩。出现这种种不同的说法，自是因诗人模糊抒写的对象而起。

碧城三首，此选其一。首联画出道观的奇丽华美：碧霞为城，曲栏围护，云雾缭绕，温暖洁净。颔联即点明这清幽的道观实际上是幽约相会、男欢女爱之所。颈联从环境描写转到欢会的男女，写清晨离别情景，包蕴无限怅惘之情，其中有丰富的暗示性。末联直言"一生长对"的愿望，给人以别样的想象。全诗刻意营造了通透莹洁的氛围，刻意塑造了女冠清新、雅致的形象。

有感二首

题解

作于唐文宗开成元年(836)。作者自注："乙卯年有感，丙辰年诗成。"乙卯年：大和九年。丙辰年：即甘露之变次年，唐文宗改元，为开成元年。诗所写的对象是晚唐前期的重要史事——甘露之变。唐文宗时，宦官仇士良专权。大和九年(835)，唐文宗与宰相李训、凤翔节度使郑注密谋诛灭宦官，诈言左金吾大厅后面的石榴树上夜降甘露，引诱宦官头目仇士良前往验看，以便诛杀之。仇至，发觉有伏兵，抢先劫持文宗，又派出禁军捕杀朝官李训、舒元舆、王涯等人。不久，欲为外援的郑注亦为监军张仲清(宦官)斩于凤翔。这一事件殃及许多朝野人士，史称"甘露之变"。事变发生后，长安城内一片恐怖，文宗地位岌岌可危。诗人感于此事，写下了这首诗。

其　一

九服归元化，三灵叶睿图。
如何本初辈，自取屈氂诛？
有甚当车泣，因劳下殿趋。

何成奏云物？直是灭萑苻。
证逮符书密，辞连性命俱。
竟缘尊汉相，不早辨胡雏。
鬼箓分朝部，军烽照上都。
敢云堪恸哭，未必怨洪炉！

新解

九服归元化，三灵叶睿图——这两句是说：中国四境的藩属因朝廷的德化均已归附，这表明皇帝深远的智谋上应日、月、星辰等三灵。九服：古代指京畿之外的九等地区，每五百里为一服，分别为侯服、甸服、男服、采服、卫服、蛮服、夷服、镇服、藩服。后泛指藩属。叶(xié)：合。睿图：指皇帝的英明谋略。睿，通达，看得深远。两句歌颂唐王朝的大好形势，人事天象都说明诛除宦党的条件已经具备。其实唐王朝已经呈露败象，诗人这样写其中暗藏讽刺之意。

如何本初辈，自取屈氂诛——这两句是说：袁绍之流怎么竟然会像刘屈氂(lí)那样自取灭族呢？本初：袁绍字本初。据《后汉书·袁绍传》：大将军何进与袁绍密谋诛杀宦官，事情败露，中常侍段珪等宦官杀何进，并劫汉帝出走，袁绍勒兵入宫，捕诸阉人，少长皆杀之。诗中以“本初辈”比李训、郑注。屈氂：刘屈氂，汉武帝的庶兄中山靖王之子，任右丞相。后宦官郭穰告发他令巫者诅咒武帝，与贰师将军李广利共祷词，欲令昌邑王为帝。后被腰斩于东市。诗言“屈氂诛”，指因被宦官告发以谋反之罪而被族灭。这两句指李训、郑注等人缺乏机谋，仓促举事，自取败亡。

有甚当车泣，因劳下殿趋——这两句是说：这一举动虽胜过爰盎当车，迫使太监赵谈下车而泣的勇气，但因谋事不周，结果是导致唐文宗下殿趋避，为宦官所挟持。当车泣：据《汉书·爰盎传》：汉文帝与太监赵谈同乘辇车，大臣爰盎当车伏谏道：“臣闻天子所与六尺舆者，皆天下豪英，奈何与刀锯之馀共载？”汉文帝遂令赵谈下车。谈哭泣而下。此处指李训、郑注打算诛杀宦官，然谋事不周，反而使唐文宗受辱。下殿趋：此处暗指唐文宗被宦官挟持事。《南史·梁武帝纪》：大通(梁武帝年号，527—529)中谚曰：“荧惑(火星)入南斗，天子下殿走。”

何成奏云物？直是灭萑苻——这两句是说：天降甘露一事，哪能作为诱杀宦官的祥瑞来奏报呢？这样的结果是大臣们被当作盗贼剿灭了。云物：指太阳四周云气的颜色，古人常以其变化来观测吉凶水旱。此指金吾卫使在李训的指使下，奏报石榴树夜有甘露之事。萑苻(huán fú)：泽名。《左传·昭公二十年》：“郑国多盗，取人于萑苻之泽。……(子太叔)兴徒兵以攻萑苻之盗，尽杀之，盗少止。”后世常以萑苻谓盗贼的巢穴。此指被株连的大臣像萑苻之盗那样被斩尽杀绝。

证逮符书密，辞连性命俱——这两句是说：宦官为逮捕有关的知情人，频频下发捕人的文书；只要是知情人的供词牵扯到的人，性命就难以保全。证：证人，案件的知情人。俱：一同。

竟缘尊汉相，不早辨胡雏——这两句是说：文宗竟然因李训虚有其表而尊之为宰相，对郑注——像胡人石勒一样的奸恶之辈也不能及早地察识。汉相：指汉成帝时的丞相王商。《汉书 · 王商传》："(王商) 为人多质，有威重，长八尺馀，身体鸿大，容貌甚过绝人。"《旧唐书·李训传》："(李训) 容貌魁梧，神情洒落，辞敏智捷，善揣人意。…… (唐文宗) 以其言论纵横，谓其必能成事。" 辨胡雏：据《晋书 · 石勒传》：前赵的君主匈奴人石勒，十四岁时贩货来到洛阳，倚啸上东门。时王衍见而异之，顾谓左右曰："向者胡雏，吾观其声视有异志，恐将为天下之患。" 遣使收之，会勒已去。诗中以石勒比郑注。

鬼箓分朝部，军烽照上都——这两句是说：朝廷上的百官已多半名列于登记死者的名册，战乱的烽火一直照临到京城。鬼箓：登记死者的名册。朝部：朝班。上都：西京，此指京城。

敢云堪恸哭，未必怨洪炉——这两句是说：此时此刻，我怎敢说这些事值得人恸哭呢？因此也不必怨恨天地了。堪恸哭：西汉时政治家贾谊上书汉文帝，陈述诸侯王势力膨胀以及匈奴侵扰等时弊，指出时势有"可为痛哭者一，可为流涕者二，可为长太息者六"(贾谊《治安策》)。此处诗人以贾生自况。未必：不必，此系委婉之辞。洪炉：大炉，指天地。言外之意，在当时一片恐怖气氛中，自己既不能像贾生那样放声恸哭，也没必要怨恨苍天的好恶不分。

新评

有诗心还要有诗胆。刘学锴、余恕诚两位先生指出："其时宦官气焰正炽，'迫胁天子，下视宰相，陵暴朝士如草芥。'(《资治通鉴 · 文宗大和九年》) 故以如此重大之政治事件，其时诗歌创作中竟寂无反响。义山独能斥宦官之残暴，肯定李训诛灭宦官之'素心'，抒写已亡与幸存者之冤愤，其诗胆之可贵，自不待言。"(《李商隐诗歌集解》第一册，中华书局1988年版第123页)"感"是《有感二首》的诗眼，因"感"生恨，诗人以此为着力点发表了对甘露之变的看法。整首诗虽有纪实的特点，但又通篇用典，以历史影射现实。末四句直抒己见，将悲愤之情跃然于纸上。

其　二

丹陛犹敷奏，彤庭欻战争。
临危对卢植，始悔用庞萌。
御仗收前队，兵徒剧背城。
苍黄五色棒，掩遏一阳生。
古有清君侧，今非乏老成。
素心虽未易，此举太无名。
谁瞑衔冤目，宁吞欲绝声？
近闻开寿宴，不废用咸英。

新解

丹陛犹敷奏，彤庭欻战争——这两句是说：在殿前的丹陛上，群臣还在向皇帝陈奏时，突然之间，宫廷中发生了流血纷争。丹陛：宫殿前涂抹朱红的台阶。敷奏：敷陈奏述。彤庭：指朝廷。彤，朱红色，宫殿饰色。欻(xū)：忽然。两句写甘露之变发生时的情景，事起仓促，出人意料。

临危对卢植，始悔用庞萌——这两句是说：只有事态到了万分危急的时候，才知道卢植敢于在朝廷上直言的可贵，才开始后悔错用了庞萌那样的奸臣。卢植：东汉末年人。据《后汉书》：何进谋诛宦官失败后，宦官挟少帝行，卢植手持武器面斥宦官，使之心悸。宦官挟持少帝外逃，卢植追杀宦官，救回少帝。后董卓入京，议废立之事，群臣无敢言，只有卢植敢于发表不同意见。此处以卢植比令狐楚。原注云："是晚独召故相彭阳公。"令狐楚曾于唐宪宗元和十四年(819)任同平章事一职，故有"故相"之称。甘露之变的前一个月，令狐楚由尚书左仆射进封彭阳郡开国公。训乱之夜，唐文宗召右仆射郑覃与令狐楚宿禁中，商量制敕。庞萌：东汉初人，深得汉光武帝刘秀的信任。《后汉书·庞萌传》：庞萌为人逊顺，光武帝常称曰："可以托六尺之孤，寄百里之命者，庞萌是也。"后反叛，光武帝大怒，自将讨之，与诸将书曰："吾尝以萌为社稷臣，将军得无笑其言乎？"诗中以庞萌比郑注、李训。

御仗收前队，兵徒剧背城——这两句是说：太监们把皇帝带离前殿之后，就率领禁军与李训等进行了激烈的战斗。御仗：指皇帝的警卫、仪仗。此处指宦官率领的禁军。背城：指宦官在殿上与李训等部下作殊死搏斗。

苍黄五色棒，掩遏一阳生——这两句是说：李训等仓惶举事，希望像曹操那样以五色棒镇压宦官，结果是反遭失败，致使冬至时初生的阳气都被遏止了。苍黄：

同“仓惶”,慌张、匆忙。五色棒:棍棒上涂有五种颜色,故称。后用来比喻严刑峻法。《三国志·魏书·武帝纪》裴松之注引三国吴人《曹瞒传》:“太祖初入尉廨,缮治四门。造五色棒,悬门左右各十馀枚,有犯禁者,不避豪强,皆棒杀之。后数月,灵帝爱幸小黄门蹇硕叔父夜行,即杀之。京师敛迹,莫敢犯者。近习宠臣咸疾之,然不能伤,于是共称荐之,故迁为顿丘令。”掩遏:阻止、禁绝。一阳生:冬至日,阳气来复,故谓一阳生。甘露之变发生于十一月二十一日,正当冬至时节。

古有清君侧,今非乏老成——这两句是说:古时有所谓“清君侧”的事,现在朝廷中也不是没有老成持重的人。清君侧:除去君主身边的奸臣。老成:指阅历多而练达世事的人。本诗以此指令狐楚等稳健老练的大臣。

素心虽未易,此举太无名——这两句是说:李、郑起事的动机虽无可厚非,但采取的行动太不像样了。素心:本心,平素的心意。未易:未可轻视,意指李、郑为了清君侧,不惜杀身,其用心有可取之处。此举:指甘露事。无名:没有名目。所谓名不正则言不顺。诗人认为李、郑举事不慎,以致酿成大祸,损国殒身,太不值得。

谁瞑衔冤目,宁吞欲绝声——这两句是说:那些衔冤负屈而死的大臣,谁能甘心瞑目?而悲愤欲绝的未死者,又怎能就此忍辱吞声?瞑:闭上眼睛。诗意谓被害者遗恨无穷。宁:岂。吞声:压抑自己的感情,不敢出声。

近闻开寿宴,不废用咸英——这两句是说:最近,听说皇帝开宴庆祝寿辰,席间依旧用黄帝时的《咸池》之乐和帝喾时的《六英》之乐。咸英:古乐《咸池》和《六英》的合称。相传黄帝有《咸池》之乐,帝喾有《六英》之乐。细审诗意,诗人对文宗颇有微词。经过如此惨烈的变故,朝廷依然大摆寿筵,歌舞升平,仿佛一切都不曾发生,难怪屈死者不能瞑目,幸存者只有吞声了。

新评

细品其诗,恨有三端,一是恨李训无才略而举大事,乃至于贻误国事;二是恨文宗不能识人,给朝廷带来灾难;三是恨朝中无人,没有人敢于站出来与宦官抗争。此三恨因“有感”而起,为诗的重点是虚化纪事,突出议论,昭示诗人胸中的悲愤和郁结。在诗法方面,《有感二首》以杜甫为宗,通篇以议论为抒情,笔笔沉郁顿挫,属对又复精整,在义山诗中开出一片新天地。

重有感

题解

作于唐文宗开成元年(836)。这首诗与《有感二首》有直接的联系，议论的对象依旧是甘露之变，故以“重有感”为题。在《有感二首》中，诗人对事变的悲惨结局表示了极大愤慨。在这首七律中，诗人大胆地提出自己的意见，主张各地的武装力量进兵京城，铲除阉党，为朝廷分忧。甘露之变后的第二年二三月间，昭义军节度使刘从谏两次上表斥责宦官滥杀无辜，扬言要“清君侧”。宦官仇士良等惕惧，有所收敛。诗人感于此事，写下了这首诗。

玉帐牙旗得上游，安危须共主君忧。
窦融表已来关右，陶侃军宜次石头。
岂有蛟龙愁失水，更无鹰隼与高秋。
昼号夜哭兼幽显，早晚星关雪涕收。

新解

玉帐牙旗得上游，安危须共主君忧——这两句是说：主将的营帐和军中的大旗都占据了上游的有利地形；国家正处于危难关头，理应与君主共忧患。玉帐牙旗：征战时主将的营帐和旗帜。牙旗，用象牙装饰的军中大旗，此指将军的旌旗。张衡《东京赋》：“戈矛若林，牙旗缤纷。”薛综注：“牙旗者，将军之旌……竿上以象牙饰之。”安危：偏义复词，侧重“危”义，危难的意思。主君：指唐文宗(826—840年在位)。

窦融表已来关右，陶侃军宜次石头——这两句是说：窦融请求出兵的朝折已从关右上奏，陶侃的军队应该进逼石头城了。窦融：东汉初年任凉州(今甘肃、宁夏一带)牧，曾上表光武帝，请求出兵讨伐不肯归顺东汉的隗(wěi)嚣。关右：函谷关以西地区，此指凉州。陶侃(kǎn)：东晋将领，晋成帝时，苏峻叛乱，京都建康(今江苏南京)告危，时任荆州刺史的陶侃被推为讨逆的盟主，进军石头城(南京的旧称，故城在今南京市石头山后)下，斩苏峻。宜：应该。次：进驻。这两句暗指刘从谏既然已上表表明了态度，下一步就应该像陶侃那样进军京都平定乱事。

岂有蛟龙愁失水，更无鹰隼与高秋——这两句是说：既然没有蛟龙为失水而忧愁的道理，故绝没有刚猛的鹰隼能搏击于萧瑟的秋空。这两句是反语。蛟龙失水：蛟龙乘水则神立，失水则神废。此处指唐文宗受到宦官的挟持，失去权力。更无：绝无。鹰隼(sǔn)：比喻忠于君主的猛将。隼，一种善于搏击的猛禽。与：同举，高飞。这两句用“岂有”、“更无”领起，以反诘之语激励刘从谏等能振奋起来，率领大军剪除专权和制造混乱的宦官。

昼号夜哭兼幽显，早晚星关雪涕收——这两句是说：朝廷上下，从早到晚一片号哭声，乃至于神人陷入悲痛之中；什么时候才能把被宦官盘踞的宫禁收复，举国上下化悲为喜呢？幽显：阴间为幽，阳间为显。此指阴间的鬼神和阳间的人。两句喻唐文宗被宦官挟持，举国上下一片悲伤。早晚：即多早晚，什么时候。星关：天门，此指皇宫。雪涕：抹去眼泪。

新评

感时伤世，诗人迫切希望能铲除宦官专政的恶势力，以恢复被削弱的皇权即中央集权的权威性。首联写出刘从谏“清君侧”的有利条件，以“须”字点明刘从谏有分担君主之忧的责任。颔联用“已”赞美刘从谏的上表，用“宜”感叹其应该进军而不进军的行为。第三联将皇帝受宦官挟持的既成事实用反问的句式说出，感慨刘从谏不能成为高秋展翅的鹰隼，其中含有反激刘从谏采取军事行动的意图。针对这一情况，清代纪昀指出：“‘岂有’、‘更无’，开阖相应。上句言无受制之理，下句解受制之故也。揭出大义，压伏一切，此等处是真力量。”(《四库全书提要》)尾联用“早晚”二字，于热望中透露出诗人的期待。前人认为，“义山七律，得于少陵者深。故秾丽之中，时带沉郁。如《重有感》、《筹笔驿》等篇，气足神完，直登其堂、入其室矣”(施补华《岘佣说诗》)。该诗以律体议论时事，读其诗，其沉郁之风直逼杜甫，倘若与杜甫的《诸将五首》对读，则更能见其精神。

曲　江

题解

作于唐文宗开成元年(836)。曲江：又称曲江池，唐玄宗开元年间辟为游览胜地，旧址在唐代长安城东南。安史之乱后荒废。大和九年(835)春，郑注上言秦中有灾，宜兴工役以消除之。唐文宗读杜甫《哀江头》，知天宝前曲江四面皆有楼台行宫，心生羡慕之情，欲恢复开元旧时的“升平故事”，遂采纳郑注的建议，于大和九年十月修缮曲江，命神策军淘曲江、昆明二池，许公卿士大夫于江头立亭馆。不料，十一月即发生甘露之变，只得罢修。

望断平时翠辇过，空闻子夜鬼悲歌。

金舆不返倾城色，玉殿犹分下苑波。
死忆华亭闻唳鹤，老忧王室泣铜驼。
天荒地变心虽折，若比伤春意未多。

新解

望断平时翠辇过，空闻子夜鬼悲歌——这两句是说：放眼极望，再也见不到当年皇帝的翠辇经行此地的盛况，只是空自听到半夜时冤鬼在凄厉地唱歌。望断：极目远望而不得见。翠辇(niǎn)：皇帝乘坐的车，用翠羽装饰车盖。子夜：半夜。

金舆不返倾城色，玉殿犹分下苑波——这两句是说：往日乘金舆陪皇帝到曲江游赏的宫妃已不能再来了，唯有宫内的御沟还给曲江池苑分送水流。金舆：指后妃乘的车子。不返：指杨贵妃被赐死后，曲江的游客遂无法再见贵妃临幸曲江。倾城色：形容女子动人的美貌。玉殿：指皇宫。下苑：与禁苑(即上苑)相对而言。此指曲江，禁苑不准臣民游览，曲江则有时对臣民开放。

死忆华亭闻唳鹤，老忧王室泣铜驼——这两句是说：像西晋初期的陆机那样，临死前想起了旧时在家乡华亭听到的鹤鸣声；像西晋末年的索靖那样，到年老时还心忧朝廷，指着铜驼而悲泣。华亭闻唳(lì)鹤：晋代陆机因宦官孟玖的谗言而被诛，临死前悲叹道：华亭鹤唳还能再听到吗？华亭，陆机故宅旁边的谷名，在今上海松江西；唳，鹤鸣叫。此句借陆机被害的典故影射甘露之变中宦官随意杀戮朝臣之事。泣铜驼：西晋灭亡前夕，索靖预感到天下将要发生大乱，指着洛阳宫门前的铜驼叹息道："会见汝在荆棘中耳！"意为，天下将乱，繁华的宫殿将会变为荆棘丛生的荒丘。此句借索靖之悲，抒写诗人对国家命运的忧虑。

天荒地变心虽折，若比伤春意未多——这两句是说：天翻地覆的变故，固然足以使人心摧折，但比起今天的"伤春"之恨，那还算不得是最可悲的。天荒地变：指甘露之变后，朝廷发生的巨大变化。折：摧折。伤春：指人在春天因节物变化或时光的流逝而引起的伤感。借指诗人伤时感乱，为国家命运而忧的情怀。

新评

曲江的兴废联系着唐王朝的盛衰，安史之乱后，杜甫写下《哀江头》，以曲江的残破抒写唐王朝的衰败。甘露之变后曲江再度荒废，李商隐以此诗为载体，借以承担唐王朝日趋没落的忧患意识。诗的前四句追感唐玄宗、杨贵妃临幸曲江之事，后四句曲折己意，折射出甘露之变宦官血腥杀戮朝臣的政治现实。末句收于"伤春"，以此来提示难以言表的思绪。整首诗寄兴深婉，国势衰微无不令人触目惊心，深得《黍离》之叹的意境。

哀 筝

题解

此诗作于何时？历来说法不一。一说作于开成元年(836)，诗人考进士，遭考官贾悚、崔郸排斥之时；一说作于在东川节度使柳仲郢幕中；一说作于东川归后，病废之时，等等。从其内容看，是时，诗人心情郁闷，睹物伤情，作此诗以寄慨。

延颈全同鹤，柔肠素怯猿。
湘波无限泪，蜀魄有馀冤。
轻幰长无道，哀筝不出门。
何由问香炷？翠幕自黄昏。

新解

延颈全同鹤，柔肠素怯猿——这两句是说：我渴望能受到达官贵人的重视，其心情就像鹤闻琴声延颈鸣叫那样，没想到却屡屡地遭受挫折，乃至于柔肠也像哀猿那样一寸一寸地断开。"延颈"句用典。《史记·乐书》："师旷援琴而鼓之，一奏之，有玄鹤二八集乎廊门，再奏之，延颈而鸣，舒翼而舞。""柔肠"句：据说猿性急而肠狭窄，哀鸣则肠皆寸断。

湘波无限泪，蜀魄有馀冤——这两句是说：哀痛的眼泪有如湘水浪涌，内心的冤屈好似望帝的魂魄发出凄厉的鸣叫。"湘波"句：相传帝舜南巡而逝，葬于苍梧。他的两个妃子娥皇、女英伤心不已，眼泪沾到竹上。"蜀魄"句：用望帝事。望帝是古蜀国君主，名杜宇，死后化为杜鹃鸟，其啼声凄切。

轻幰长无道，哀筝不出门——这两句是说：轻车便于长驱却总是走投无路，哀婉的筝曲因无法出门，不能为世人欣赏。幰(xiǎn)：车的帷幔，这里指车。哀筝：筝声哀怨，所以称"哀筝"，这里借指自己的诗文，李商隐在《上崔华州书》中说："居五年间，未曾衣袖文章谒人求知。"

何由问香炷，翠幕自黄昏——这两句是说：何必去燃起香炷向上天祈祷呢？还是待在绿色的帷幕之中，独自度过黄昏吧。香炷：向天祈祷、盟誓时点燃的香火。

新评

诗人少有才名，素怀大志却屡屡遭挫，心情始终黯然、压抑，此诗即是抒发内心不平之慨。全诗化心象为物象，一句状望之切，二句说恨之深；三四句，说哀之甚；五六句说前路失道，才无人识；末联进而写幽居寂寥之状。意象的连接点化诗人怀才不遇、光阴虚掷的哀叹。

寿安公主出降

题解

唐文宗大和八年(834)，成德节度使王廷凑死，其子王元逵继任。王廷凑凶毒好乱，公开对抗朝廷。王元逵一反其父作风，对朝廷较为忠顺，岁时贡奉，维持着臣属关系。唐文宗对此感到满意，遂于开成二年(837)六月以绛王(李悟)女寿安公主下嫁王元逵。该诗即为此事而发。降(jiàng)：指公主降低身份下嫁。

妫水闻贞媛，常山索锐师。
昔忧迷帝力，今分送王姬。
事等和强虏，恩殊睦本枝。
四郊多垒在，此礼恐无时。

新解

妫水闻贞媛，常山索锐师——这两句是说：寿安公主的端庄美丽连妫(guī)水都听说了，为此，成德节度使专门派出精锐的军队前来迎娶。妫水：河流名，在今山西境内。传说帝尧在这里把两个女儿嫁给舜。贞媛：端庄美丽的女子。原指帝尧的两个女儿，此处借指寿安公主。常山：郡名，即镇州(今河北正定)，为成德节度使幕府所在地。索锐师：派精锐的军队迎娶。索，娶。诗人故意把寿安公主出嫁说成是藩镇盛兵强娶，目的是为了突出"和亲"时的屈辱色彩。此系诗人的看法，与史书出入甚大。

昔忧迷帝力，今分送王姬——这两句是说：以前王廷凑拥兵恃强，不把朝廷放在眼里；现在王元逵顺从朝廷了，理应把公主奉送给他。这是讥讽之辞，讽刺唐王朝屈膝迎合强藩。迷帝力：不懂得皇帝的威权。迷，分辨不清。分(fèn)：本分，理所当然。王姬：王女，指寿安公主。

事等和强虏，恩殊睦本枝——这两句是说：此事等同于跟强悍的外敌和亲，对外敌的恩遇之隆远远超过了为和睦宗室而采取的措施。和强虏：跟强悍的外敌和亲。指皇帝屈从外族压力，为求得一时的苟安，把宗室女子嫁给少数民族的首领。殊：异，这里有超过的意思。本枝：指皇帝的宗室。

四郊多垒在，此礼恐无时——这两句是说：因藩镇割据，京城以外的地方到处都是军事壁垒，通过公主下嫁来笼络藩镇，其礼不合时宜，只能损伤中央王室的威信和权威。四郊多垒：指藩镇割据，国内到处都是军事壁垒。此礼：指像寿安公主出降这样的礼。

新评

通篇以讽刺为基调，诗人就寿安公主出降大发感慨。文宗下嫁寿安，明为嘉许王元逵之恭顺，实则畏惧元逵的势力，进而害怕他仿效其父所为，以精锐之师对抗积弱的朝廷。颔联以“昔忧”、“今分”对举，活画出朝廷喜出望外、竭力趋奉，以“送王姬”而求苟安之卑怯心理，可谓诛心之笔。很显然，诗人在借他人酒杯浇胸中块垒，“索锐师”、“送王姬”都表明诗人深致伤痛的对象是风雨飘摇中的唐王朝。由伤痛转向对寿安公主出降的关心，由关心公主出降到放眼于强藩对朝廷构成的威胁，诗人在平实的叙述中发表了自己的看法。面对藩镇咄咄逼人的气焰，诗人站在维护中央集权的立场，难免要把“和亲”视为屈辱，并对此进行嘲讽。

自南山北归经分水岭

题解

作于唐文宗开成二年(837)。是年十一月，山南节度使令狐楚卒于镇(山南西道治汉中)。《旧唐书·令狐楚传》：“前一日(指令狐楚去世的前一天)，召从事李商隐曰：‘吾气魄已殚，情思俱尽，然所怀未已，强欲自写闻天，恐辞语乖舛，子当助我成之。’”从诗的内容来看，令狐楚病重时，义山不在幕中，大约是得到传讯以后前往看望。南山：一说为蜀中的南山，此指山南西道的兴元府(治所在今陕西汉中)，山南西道为唐代所设的十道之一。分水岭：指今陕西宁强县西北的嶓(bō)冢山。嶓冢以东，水皆东流；嶓冢以西，水皆西流。

水急愁无地，山深故有云。
那通极目望，又作断肠分。
郑驿来虽及，燕台哭不闻。
犹馀遗意在，许刻镇南勋。

新解

水急愁无地，山深故有云——这两句是说：分水岭高崇陡峻，水势湍急，四注奔流；远远望去，山林深幽，云雾缭绕。愁无地：形容分水岭上水流湍急，不受河床的限制四处奔流。

那通极目望，又作断肠分——这两句是说：极目回望云遮雾罩的分水岭，那岭头的流水又作断肠之分。那：有关联作用的副词，何况、又、兼之、更加的意思。断肠分：水向山岭两边分流，暗寓诗人与令狐楚诀别。《辛氏三秦记》云："陇右西关欲上者，七日乃越，上有几水四注流下。俗歌曰：'陇头流水，鸣声幽噎。遥望秦川，肝肠断绝。'"

郑驿来虽及，燕台哭不闻——这两句是说：虽然我来得及奉召飞马奔赴兴元见您一面，如今您却听不到我的痛哭声了。郑驿：汉代人郑当时，常于休假时在长安城郊放置一些驿马，迎送往来宾客。燕台：战国时燕昭王筑台，置千金于台上招纳贤士。后以"燕昭筑台"比喻以礼接纳人才。这里以"燕台"暗指令狐楚。

犹馀遗意在，许刻镇南勋——这两句是说：好在您已经留下了遗言，请准许我为您撰写一生的功绩。当时，令狐楚留下遗命，墓志铭上只许记宗门，秉笔者不必选择身居高位者。义山代草遗表，又为其作墓志铭《令狐传》。镇南勋：此指西晋大将杜预平吴之事。据《晋书·杜预传》：杜预官拜镇南大将军，都督荆州诸军事。平定吴国孙皓以后，晋爵当阳县侯，"预好为后世名，常言'高岸为谷，深谷为陵'，刻石为二碑，记其勋绩，一沉万山之下，一立岘山之上，曰：'焉知此后不为陵谷乎？'"陵谷：指深谷。《诗经·小雅·十月之交》："高岸为谷，深谷为陵。"比喻自然界发生的巨变。

新评

该诗最大的特点是以情动人。从十七岁起，李商隐就来到令狐楚的门下，这一待就是八年。李商隐幼年丧父，身世飘零，后来，令狐楚赏识他的才学，将其召入府中，在学问上和仕途上予以指导帮助。从这一意义上讲，令狐楚实际上是李商隐在精神方面的父亲。然而，令狐楚突然去世，李商隐由此体会到"断肠"之痛是必然的。"北归经分水岭"是诗人寄兴之处，由南到北，从此天各一方，人世与阴间再不交通，心中无限的哀愁因此涌起。全诗以"水急愁无地"领起，既道出了分水岭水势湍急、四注下流的情景，也暗寓了诗人从此无所依托的迷茫。颔联以"断肠分"并写两面，既道出水向山岭两边分流的现实，又暗寓了诗人从此与令狐楚诀别的伤痛。颈联承接上意，将知遇之恩深化为伤痛之情。尾联回笔挽起，叙事之中兼及怀人，将伤痛之情溢于天地之间。整首诗一气呵成，笔法老到，情感沉郁而真挚。

行次西郊作一百韵

题解

唐宗开成二年(837)十二月,诗人从兴元(今陕西汉中)回长安,经过京西郊区。从安史之乱到甘露之变,近百年的变乱给这块土地留下了一派荒芜和无限的苦难,诗人感慨万千,写下了这首长诗。次:途中留宿。西郊:京西郊区,此指长安的郊区。一百韵:两句一韵,一百韵即两百句、一千字。

蛇年建丑月,我自梁还秦。
南下大散岭,北济渭之滨。
草木半舒坼,不类冰霜晨。
又若夏苦热,燋卷无芳津。
高田长槲枥,下田长荆榛。
农具弃道旁,饥牛死空墩。
依依过村落,十室无一存。
存者背面啼,无衣可迎宾。
始若畏人问,及门还具陈。

右辅田畴薄,斯民常苦贫。
伊昔称乐土,所赖牧伯仁。
官清若冰玉,吏善如六亲。
生儿不远征,生女事四邻。
浊酒盈瓦缶,烂谷堆荆囷。
健儿庇旁妇,衰翁舐童孙。
况自贞观后,命官多儒臣。
例以贤牧伯,征入司陶钧。

降及开元中,奸邪挠经纶。
晋公忌此事,多录边将勋。
因令猛毅辈,杂牧升平民。

中原遂多故，除授非至尊。
或出幸臣辈，或由帝戚恩。
中原困屠解，奴隶厌肥豚。
皇子弃不乳，椒房抱羌浑。
重赐竭中国，强兵临北边。
控弦二十万，长臂皆如猿。
皇都三千里，来往如雕鸢。
五里一换马，十里一开筵。
指顾动白日，暖热回苍旻。
公卿辱嘲叱，唾弃如粪丸。
大朝会万方，天子正临轩。
彩旗转初旭，玉座当祥烟。
金障既特设，珠帘亦高褰。
捋须蹇不顾，坐在御榻前。
忤者死跟屦，附之升顶颠。
华侈矜递衒，豪俊相并吞。
因失生养惠，渐见征求频。

奚寇东北来，挥霍如天翻。
是时正忘战，重兵多在边。
列城绕长河，平明插旗幡。
但闻虏骑入，不见汉兵屯。
大妇抱儿哭，小妇攀车辖。
生小太平年，不识夜闭门。
少壮尽点行，疲老守空村。
生分作死誓，挥泪连秋云。
廷臣例獐怯，诸将如羸奔。
为贼扫上阳，捉人送潼关。
玉辇望南斗，未知何日旋！
诚知开辟久，遘此云雷屯。
逆者问鼎大，存者要高官。

抢攘互间谍，孰辨枭与鸾？
千马无返辔，万车无还辕。
城空雀鼠死，人去豺狼喧。

南资竭吴越，西费失河源。
因令右藏库，摧毁惟空垣。
如人当一身，有左无右边。
筋体半痿痹，肘腋生臊膻。
列圣蒙此耻，含怀不能宣。
谋臣拱手立，相戒无敢先。
万国困杼轴，内库无金钱。
健儿立霜雪，腹歉衣裳单。
馈饷多过时，高估铜与铅。
山东望河北，爨烟犹相联。
朝廷不暇给，辛苦无半年。
行人榷行资，居者税屋椽。
中间遂作梗，狼藉用戈铤。
临门送节制，以锡通天班。
破者以族灭，存者尚迁延。
礼数异君父，羁縻如羌零。
直求输赤诚，所望大体全。
巍巍政事堂，宰相厌八珍。
敢问下执事，今谁掌其权？
疮疽几十载，不敢抉其根。
国蹙赋更重，人稀役弥繁。

近年牛医儿，城社更攀缘。
盲目把大旆，处此京西藩。
乐祸忘怨敌，树党多狂狷。
生为人所惮，死非人所怜。
快刀断其头，列若猪牛悬。

凤翔三百里，兵马如黄巾。
夜半军牒来，屯兵万五千。
乡里骇供亿，老少相扳牵。
儿孙生未孩，弃之无惨颜。
不复议所适，但欲死山间。

尔来又三岁，甘泽不及春。
盗贼亭午起，问谁多穷民。
节使杀亭吏，捕之恐无因。
咫尺不相见，旱久多黄尘。
官健腰佩弓，自言为官巡。
常恐值荒迥，此辈还射人。
愧客问本末，愿客无因循。
郿坞抵陈仓，此地忌黄昏。

我听此言罢，冤愤如相焚。
昔闻举一会，群盗为之奔。
又闻理与乱，系人不系天。
我愿为此事，君前剖心肝。
叩头出鲜血，滂沱污紫宸。
九重黯已隔，涕泗空沾唇。
使典作尚书，厮养为将军。
慎勿道此言，此言未忍闻。

新解

蛇年建丑月，我自梁还秦——这两句是说：丁巳年的十二月，我从梁州回到了秦国旧地长安。蛇年：开成二年丁巳，十二生肖中，巳属蛇，故称。建丑月：十二月。夏历以农历正月为岁首，称建寅，推至丑月为十二月。梁：梁州，汉中郡，治所在兴元。秦：秦国旧地，此指长安。

南下大散岭，北济渭之滨——这两句是说：自南向北，途经大散岭，翻过大散岭以后，向北渡过渭水。大散岭：山名，在今陕西宝鸡西南。济：渡。

草木半舒坼，不类冰霜晨——这两句是说：草木多因天旱而表皮开裂，一点儿也不像被冰霜封盖的早晨。舒坼(chè)：指草木因天旱而表皮裂开。不类：不似，不像。

又若夏苦热，燋卷无芳津——这两句是说：倒像是被太阳曝晒的夏天，万物焦枯而卷曲，缺乏水分。若：像。燋(jiāo)卷：指草木枝叶焦枯而卷曲。芳津：此指水分。

高田长槲枥，下田长荆榛——这两句是说：地势高的田地上长了槲树和枥树，地势低的田里长满了荆棘和榛木。槲(hú)枥：野生树木。荆榛(zhēn)：即荆棘，丛生灌木。

农具弃道旁，饥牛死空墩——这两句是说：农具被抛弃在道路旁，饥饿的耕牛死在荒废的土堆上。空墩：荒芜的土堆。

依依过村落，十室无一存——这两句是说：我怀着惆怅难舍的心情经过村落，十户人家中没有一户幸存。依依：依恋不舍的样子，形容看到京郊衰败景象后的伤感情绪。

存者背面啼，无衣可迎宾——这两句是说：幸存的人都转身哭泣，因为没有衣裳可穿着迎接宾客。背面啼：转过身子哭泣，形容哭泣沉痛。

始若畏人问，及门还具陈——这两句是说：开始时好像还怕人询问，等到客人进门后，便详细诉说出来。具陈：详细地陈述。以上为第一段，叙述诗人在长安西郊所见萧条凋敝景象，并借村民的口诉引出对唐王朝由盛而衰转变过程的回顾。

右辅田畴薄，斯民常苦贫——这两句是说：长安以西地区的田地本就贫瘠，那里的老百姓常陷于困顿。右辅：指长安以西一带。辅，京城附近地区。田畴薄：指土地贫瘠。斯民：犹言百姓、人民。

伊昔称乐土，所赖牧伯仁——这两句是说：从前这地方之所以被称为乐土，完全靠牧伯的仁德。伊：发语词。牧伯：指州郡一级的地方行政长官。

官清若冰玉，吏善如六亲——这两句是说：地方官清正廉明就像冰玉一样，小吏和善慈爱有如至亲。六亲：《周礼·地官·大司徒》："六亲，父、母、兄、弟、妻、子也。"泛指血缘最近的亲属。

生儿不远征，生女事四邻——这两句是说：生了儿子，长大后不用远征；生了女儿，长大后嫁给近邻。事四邻：嫁给四邻，指不远嫁。事，侍奉，这里指出嫁。

浊酒盈瓦缶，烂谷堆荆囷——这两句是说：自家酿的浊酒盛满了容器，陈年霉烂的谷物堆满了谷仓。这两句形容老百姓当时十分富足。瓦缶(fǒu)：瓦制的酒器。荆囷(qūn)：荆条编的圆形谷仓。

健儿庇旁妇，衰翁舐童孙——这两句是说：健壮的男子还能供养妾，体弱的老翁爱抚自己的小孙子。庇：庇护，这里指养活。旁妇：外妇。古人认为，成年男子在正妻之外还能养活外妇，是生活富裕的表现。舐(shì)：舔。这里以"老牛舐犊"

形容老人对孙儿的爱抚。

况自贞观后，命官多儒臣——这两句是说：况且自贞观以后，朝廷任用官吏多是文官。贞观：唐太宗李世民的年号(627—649)。儒臣：泛指文官。

例以贤牧伯，征入司陶钧——这两句是说：依照惯例，将贤明的地方行政长官调入中央委以重任。例：有定为准则的意思。征入：奉诏内调。司陶钧：指担任宰相。司，掌管。陶钧，陶器模子下的转轮。古代以掌握转轮制作陶器喻治理国家。以上为第二大段第一小节，追述唐代开元以前社会安定繁荣，人们安乐丰裕，强调这些的目的是指出朝廷任用中央宰辅和地方官员得当。

降及开元中，奸邪挠经纶——这两句是说：到了开元年间，官员中的奸邪之人扰乱了纲纪伦常。开元：唐玄宗李隆基的年号(713—741)。挠：扰乱，干扰。经纶：喻国家政纲。

晋公忌此事，多录边将勋——这两句是说：晋公嫉恨这样的事，便尽量录用立下战功的边将。晋公：指唐玄宗后期的宰相李林甫，封晋国公，专朝政十馀年。忌：嫉恨。此事：指“例以贤牧伯，征人司陶钧”的优良传统。“多录”句：据《旧唐书·李林甫传》：李林甫为了长期把持朝政，杜绝文臣由节度使内调任宰相，劝说唐玄宗任命没有资格担任宰相的藩将任节度使，借此来培养自己的势力。野心家安禄山利用这一机会，一身兼任范阳、平卢、河东三镇节度使，成为国家的一大隐患。

因令猛毅辈，杂牧升平民——这两句是说：因此使得那些刚猛凶暴的家伙，胡乱地治理太平时期驯良的百姓。猛毅辈：指横暴凶猛的边将。杂牧：指胡乱地治理。牧，治理。升平民：指太平时代的驯良百姓。

中原遂多故，除授非至尊——这两句是说：中原地区因此多事，任命官吏不再由皇帝决定。多故：多事，多变乱。除授：任命官吏。至尊：指皇帝。

或出幸臣辈，或由帝戚恩——这两句是说：有的出自皇帝宠信的近臣，有的由皇帝的亲戚任命。或：有的。幸(xìng)臣：皇帝宠幸的近臣，指奸佞之臣。帝戚：即外戚，指帝王的母党或妻党。这里指杨贵妃的兄长杨国忠等。

中原困屠解，奴隶厌肥豚——这两句是说：中原的百姓苦于被当成牲口而遭受宰割，与此同时，权贵的爪牙们却享受着无比奢侈的生活。屠解：屠杀肢解。奴隶：指上述权臣贵戚藩镇的仆役走卒。厌：同“餍”，饱足。豚(tún)：乳猪，这里泛指猪。

皇子弃不乳，椒房抱羌浑——这两句是说：皇太子被唐玄宗赐死，而皇后却收胡人做养子。“皇子”句：可能指唐玄宗废太子李瑛和鄂王李瑶、光王李琚事。《旧唐书·李林甫传》：唐玄宗宠幸惠妃，想废太子和鄂、光二王，因张九龄反对而不愉快。李林甫为迎合唐玄宗，有意对玄宗身边的宦官说：“家事何须谋及于人。”于是，唐玄宗“废太子瑛、鄂王瑶、光王琚为庶人”。弃不乳：此是对李瑛等被赐死的委婉说法。乳，哺育。“椒房”句：讽刺杨贵妃为安禄山洗澡一事。据《安禄山事迹》：安禄山自请成为杨贵妃养子，安禄山生日后三天，唐玄宗召其入宫中，杨贵妃用锦绣绷缚安禄山，让宫人用彩轿抬着，说是给禄儿“洗三”。椒房，后妃住的宫殿，因用花椒和泥涂壁而得名，借指嫔妃，这里指杨贵妃。羌浑：少数民族的名称，这里指安禄山，因安禄山的父亲是胡人，其母是突厥人。

重赐竭中国，强兵临北边——这两句是说：唐玄宗竭尽国中之力给予安禄山以丰厚的赏赐，使他握有强大兵权，从而控制了整个北方。

控弦二十万，长臂皆如猿——这两句是说：安禄山拥有二十万的兵卒，个个矫健善射。控弦：拉弓，这里指士卒。长臂皆如猿：形容矫健善射。以上四句写唐玄宗宠幸安禄山，让他在北方掌握重兵。

皇都三千里，来往如雕鸢——这两句是说：安禄山的驻地距离京城长安有三千里之遥，但他和他的手下往来其间有如鹫鸟和鹞鹰那样迅捷。三千里：指安禄山驻地范阳(今北京大兴)到京城长安路程的约数。雕鸢(yuān)：鹫鸟和鹞鹰，都是善飞的猛禽。形容安禄山刺探京都动静的人马来往迅疾。

五里一换马，十里一开筵——这两句是说：途中每五里路更换一次马匹，每十里路开设一次宴席。安禄山体肥身重，从范阳赴长安经常要换马，故特意在驿站中间为他筑台，以便换马时上下方便。安禄山每到一地停歇，朝廷都赐以“御膳”，场面极其豪奢。

指顾动白日，暖热回苍旻——这两句是说：安禄山气焰嚣张，手指目顾之间足以动摇太阳，其态度上的温和与严厉足以影响到春秋天气的凉热变化。指顾：手指目顾。顾，回头看。动：动摇。暖热：指态度上的温和与严厉。回：改变。苍旻(mín)：青天。白日、苍旻此处暗喻唐玄宗。

公卿辱嘲叱，唾弃如粪丸——这两句是说：朝中大臣纷纷遭到安禄山的嘲弄和叱辱，他们就像粪丸一样被弃置在一旁。粪丸：蜣螂用土包粪，转而成丸，叫作粪丸。

大朝会万方，天子正临轩——这两句是说：在盛大的朝会上，集中了来自各地的诸侯群臣，皇帝坐在殿前接见他们。大朝：皇帝大会诸侯群臣。万方：意即万国，指众多的诸侯国家。临轩：指皇帝不坐正殿的座位，在正殿前的平台接见朝臣。

彩旗转初旭，玉座当祥烟——这两句是说：龙纹彩旗在朝阳下迎风招展，御座前正对着缭绕的祥烟。彩旗：上绣龙蛇图案的旗帜。初旭：早晨的阳光。祥烟：皇帝座前铜炉燃烧香料所升起的香烟。

金障既特设，珠帘亦高褰——这两句是说：既为安禄山特设了金鸡障，又将他座前的珠帘高高挂起。金障：饰有金鸡的屏风。障，屏风。褰(qiān)：挂起。据《旧唐书·安禄山传》：唐玄宗在勤政楼御座东设一大金鸡障，前置一榻，诏安禄山坐其上，并卷起榻前的珠帘，以示恩宠。

捋须蹇不顾，坐在御榻前——这两句是说：安禄山肆无忌惮地抚摸着胡须，旁若无人地坐在御座旁边。捋须：抚摸胡须。蹇(jiǎn)：骄矜傲慢的样子。御榻：皇帝的坐卧用具，此指皇帝的座位。以上四句叙述唐玄宗对安禄山的恩宠和安禄山的骄横跋扈。

忤者死跟屦，附之升顶颠——这两句是说：那些冒犯了安禄山的人立即被践踏而死，相反，巴结逢迎安禄山的人却很快被提拔到很高的官位上。忤(wǔ)：违反，抵触。死跟屦(jù)：意为被践踏而死。屦，麻鞋。顶颠：头顶，指高位。

华侈矜递衒，豪俊相并吞——这两句是说：权贵们互相夸耀豪华奢侈，又互相倾轧吞并。华侈：豪华奢侈。矜递衒(xuàn)：递矜衒的倒装，意为互相夸耀。递，接连。矜衒，夸耀。

因失生养惠，渐见征求频——这两句是说：因而为官者不再有对老百姓的爱护和照顾，日见频繁的是对老百姓进行赋税方面的盘剥。生养惠：指对老百姓的爱护和照顾。征求：诛求，索取，指赋税剥削。频：繁多。以上为第二段第二小节，叙述开元末年以来，李林甫乱政，安禄山恃宠，朝廷政治腐败，藩镇势力日益膨胀，苛捐杂税日益加重。

奚寇东北来，挥霍如天翻——这两句是说：安禄山的乱军从东北方向入侵，行动迅猛，如同天翻地覆。奚寇：指安禄山乱军。因其中有不少奚族人，故以局部替代整体。挥霍：指行动迅疾。

是时正忘战，重兵多在边——这两句是说：天下承平已久，人不知战；当时，为了对付吐蕃、奚、契丹等族的进犯，唐王朝的军队主要驻守在西北。当安禄山反叛的消息从东北方向传来时，虽引起了朝廷的震惊，但驻守在西北的军队已来不及回援了。

列城绕长河，平明插旗幡——这两句是说：黄河沿岸的城邑，一夜就被攻破，天亮时已插上了叛军的旗帜。平明：天亮的时候。

但闻虏骑入，不见汉兵屯——这两句是说：只听到敌方骑兵入侵的消息，却看不到官军驻守。但：只。虏骑(jì)：敌方骑兵。汉兵：指唐王朝军队。屯：驻守。

大妇抱儿哭，小妇攀车轓——这两句是说：年长的妇女抱着孩子痛哭，年轻妇女扒着车挡板逃难。轓(fān)：附在车两旁、向外翻出的横木，用以遮蔽尘泥。两句写老百姓逃难时的情景。

生小太平年，不识夜闭门——这两句是说：从小生活在太平年月里，晚上都不知道关门。生小：从小。识：知道、晓得。

少壮尽点行，疲老守空村——这两句是说：年轻力壮的男人全去服兵役了，年长体弱的人守着空空荡荡的村庄。点行：按照丁册点派兵役。疲老：指老弱病残。

生分作死誓，挥泪连秋云——这两句是说：虽是活着分离，但因形势艰险，故如同死别；离别时，挥洒的泪水连接着秋天上空的阴云。

廷臣例獐怯，诸将如羸奔——这两句是说：朝中大臣被安禄山吓破了胆，一个个像胆怯的獐子；驻守在各地的兵将听说安禄山来了，就像瘦弱的羔羊遇到强敌那样一下子四处逃散了。例獐怯：都像獐子一样胆怯。羸(léi)：瘦羊。

为贼扫上阳，捉人送潼关——这两句是说：降臣们替叛军扫平了上阳宫，四处捕捉朝臣，将其押解到潼关。上阳：洛阳宫殿名。安禄山于天宝十五载(756)正月在洛阳自称大燕皇帝。潼关：关名，在今陕西潼关县，是长安向东的门户。天宝十五载六月，安禄山部将孙孝哲攻陷长安，搜捕百官、宦官、宫女等经潼关押送洛阳。

玉辇望南斗，未知何日旋——这两句是说：唐玄宗乘车出逃到西蜀，抬眼望着南斗星，不知什么时候才能回转。玉辇：帝王乘的车，这里代指唐玄宗。此时唐玄宗已逃到西蜀。南斗：星宿名。旋：归、还。

诚知开辟久，遘此云雷屯——这两句是说：我知道如果开国立朝的时间久了，就会有云雨雷电交会的祸乱。开辟：开天辟地，这里指唐王朝的建立。遘(gòu)：遭遇，相遇。云雷屯(zhūn)：云雨雷电交会，喻巨大的祸乱。屯，卦名。《周易·屯》："象曰：屯，刚柔始交而难生。"此卦象预示灾变即将发生。

逆者问鼎大，存者要高官——这两句是说：叛逆的藩镇想篡夺政权，未反叛的藩镇要挟朝廷封官晋爵。问鼎：指夺取政权的野心，有觊觎王位之意。据《左传·宣公三年》：周定王派王孙满前往慰劳楚国军队，楚庄王询问九鼎的轻重大小。传说九鼎为大禹所铸，夏、商、周三代奉为国宝，是王权的象征。存者：指还未叛乱的藩镇。要(yāo)：要挟。

抢攘互间谍，孰辨枭与鸾——这两句是说：乱纷纷的，他们之间相互窥伺、侦察，哪里能分辨得出奸人和忠臣呢？抢(chéng)攘：混乱。间谍：伺察对方的言行。枭：喻叛乱者。鸾：喻忠于朝廷的官吏。

千马无返辔，万车无还辕——这两句是说：上千匹战马没有一匹返回，上万辆战车没有一辆回来。此两句暗指唐玄宗李隆基不理朝政误国引起藩镇叛乱，仓皇出逃四川时又众叛亲离之事。

城空雀鼠死，人去豺狼喧——这两句是说：长安城被洗劫一空，连鸟雀老鼠都死光了；老百姓逃走后，只有叛军像豺狼般四处号叫。以上是第二大段第三小节，追述安禄山叛军长驱直入，人民流离失所，君臣弃京而逃，藩镇乘机叛乱要挟，国家陷入空前的混乱。

南资竭吴越，西费失河源——这两句是说：东南地区的财物几乎被搜刮干净；可提供财物的河源地区又被侵占。吴越：泛指东南地区。安史之乱后，唐王朝的财政收入主要靠东南地区维持。河源：指黄河上游沿岸的河西、陇右一带粮食产区，安史之乱中被吐蕃侵占。

因令右藏库，摧毁惟空垣——这两句是说：到右藏库中才发现财物已经耗尽，只剩下了几堵空墙。右藏库：唐王朝于京城长安设左右藏库，左藏库存放全国赋调，右藏库贮藏各地进贡的金玉珠宝玩好之物。安史之乱后，各地停止对朝廷赋税纳贡。空垣：空墙。

如人当一身，有左无右边——这两句是说：就像人的身体应该是完整的一样，如今却只有左边没有右边。当：应当。一身：全身。

筋体半痿痹，肘腋生臊膻——这两句是说：筋骨躯体半边萎缩麻痹，肘部和腋下发出腥臊难闻的气味。痿痹：萎缩麻木。臊膻(shān)：牛羊的腥臊气。此为封建社会对西北游牧民族的蔑称。这四句说，安史之乱后，唐王朝失去半壁江山，有左无右，半身不遂，肘腋之地也屡遭游牧民族的侵扰。

列圣蒙此耻，含怀不能宣——这两句是说：安史之乱后，唐王朝历任君主蒙受山河破碎的屈辱，却深藏在心不能表露。列圣：指唐玄宗以后的肃、代、德、顺、宪等君主。含怀：藏在心里。宣：表露，表白。

谋臣拱手立，相戒无敢先——这两句是说：谋划国事的大臣无所作为，一个个相互告诫，却没有一个人敢于倡言平叛。拱手立：表示无所作为。无敢先：没有人敢于倡先。

万国困杼轴，内库无金钱——这两句是说：全国各地都忙于缴纳繁重的赋税，很奇怪的是，国库却十分空虚没有钱财。万国：指全国各地。困杼(zhù)轴：困于赋税，指当时的赋税十分繁重。杼轴，织布机上的两个主要部件，此指织机。布帛丝麻为唐代赋税的主要内容之一。内库：国库。

健儿立霜雪，腹歉衣裳单——这两句是说：士兵们戍守在寒冷的霜雪之中，腹内空空，衣裳单薄。健儿：指守边的士卒。腹歉：肚饥。

馈饷多过时，高估铜与铅——这两句是说：军饷不能按时发放，此外，还抬高物价，克扣军饷。馈(kuì)饷：发放军饷。高估：抬高标价。铜铅：这里指钱币。唐代缺铜，流通钱币稀少。两税法施行后，钱重物轻的现象十分严重，当时，江淮之地流行以铅锡铸成、外烫薄铜的“恶钱”。由于钱币斤两不足，官府发放军饷时又以实物折钱计算，这样，便抬高了钱币的价值，其结果是克扣了发放的军饷。

山东望河北，爨烟犹相联——这两句是说：华山以东至黄河以北一带，炊烟仍然相接不断。山东：华山以东地区。河北：河北道，包括今河南北部、河北全部及辽宁部分地区。爨(cuàn)烟：炊烟，安史之乱后，山东、河北一带未遭到严重破坏，人口较多。

朝廷不暇给，辛苦无半年——这两句是说：朝廷却无暇顾及老百姓，老百姓辛苦了一年却连半年的口粮也得不到。不暇给：无暇顾及。意为朝廷无法控制藩镇对老百姓的盘剥。

行人榷行资，居者税屋椽——这两句是说：对过路的商人要征收货物税，对当地的居民要收取房屋税。行人：指商贩。榷(què)：本指政府专利的买卖，这里指征取税收。行资：行商所带的物资。居者：指有房屋的人。税屋椽(chuán)：指征收房产税。椽，放在檩上架着屋面板和瓦的木条。建中四年(783)，为增加中央财政的收入，唐德宗下令，上等屋每间税二千文、中等屋每间税一千文、下等屋每间税五百文，名为“间架税”。

中间遂作梗，狼藉用戈鋋——这两句是说：各地的藩镇从中作梗，乱哄哄地大动干戈。作梗：从中阻挠。这里指藩镇抗命，使朝廷的政令不能下达。狼藉：杂乱不整的样子。用戈鋋(yán)：动干戈，打仗。鋋，短矛。这句意为，藩镇相继叛乱，与官军短兵相接。

临门送节制，以锡通天班——这两句是说：在这种情况下，朝廷还派使者给藩镇送上旌节制书，赐以高官。节制：旌节和制书。旌是大旗，节是任命官吏的凭证。制书是皇帝任命官吏的文书。锡：同“赐”。通天班：直接隶属于皇帝的最高官阶。

破者以族灭，存者尚迁延——这两句是说：被朝廷讨平的藩镇已诛灭九族，未被征讨的藩镇还继续维持着割据的局面。破者：指被朝廷讨平的藩镇。族灭：灭九族。宪宗时曾平西蜀刘辟、淮西吴元济、淄青李师道等叛藩。存者：指河北等地未被消灭的藩镇。尚迁延：割据的局面还继续存在。

礼数异君父，羁縻如羌零——这两句是说：藩镇不遵守应有的君臣礼节，朝廷对他们只能像对待边地的少数民族那样，通过笼络来维持表面上的关系。礼数：对不同的人施行不同的礼仪，此指封建礼法所规定的等级制度。羁縻：笼络维系，指封建帝王对边地少数民族的笼络政策。羌零：先零，古西羌族的一支。

直求输赤诚，所望大体全——这两句是说：朝廷对藩镇采取姑息迁就政策，并不是要求藩镇尽忠于朝廷，只不过是想维持表面上的统一罢了。直：岂，语气副词。输赤诚：尽忠王室。

巍巍政事堂，宰相厌八珍——这两句是说：巍峨高大的政事堂中，宰相们饱食山珍海味。政事堂：宰相的议事厅。厌八珍：饱食山珍海味。唐代制度，宰相议政要在一起会餐。

敢问下执事，今谁掌其权——这两句是说：请问，现在究竟是谁在掌管宰相的大权呢？下执事：下属，具体的办事人员。古代交际时不直称对方，而说对方手下的办事人员，以表示不敢与对方并列，后来就把执事当作对对方的尊称。这里是指村民对诗人的称呼。其权：指宰相之权。

疮疽几十载，不敢抉其根——这两句是说：几十年来国家积下了许多祸患，却没人敢挖出它的根源。疮疽：喻藩镇祸患。抉：挖出。

国蹙赋更重，人稀役弥繁——这两句是说：朝廷控制的区域越是缩小，赋税就越重；人口越是稀少，徭役就越繁重。国蹙(cù)：指朝廷控制的区域缩小。役弥繁：工役和兵役更加繁重。以上是第二大段的第四小节，叙述唐王朝从代、德到穆、敬数朝，财源枯竭，赋税日益沉重，藩镇叛乱此起彼伏，当权者束手无策，危机四伏。

近年牛医儿，城社更攀缘——这两句是说：近年来，那个“牛医儿”郑注，和一些城狐社鼠互相攀附。牛医儿：东汉黄宪的父亲是牛医，故人称黄宪为“牛医儿”，这里用以贱称略通医术的郑注。城社：城狐社鼠的简称，意思是钻在城墙里的狐狸和藏在神祠里的老鼠，虽为祸患却难以驱除，因为人们怕因此损坏城社。古代常用此比喻君主身边的奸邪。攀缘：攀附引托，结党营私。郑注由交结宦官进身，后来得到皇帝的宠信，作者在这里对他的政治品质和进身途径提出了批评。

盲目把大旆，处此京西藩——这两句是说：这睁眼瞎执掌大旗镇守一方，处在京西要地。盲目：郑注有眼病，视力差，此处说他“盲目”，兼有讽刺其政治见识短浅之意。把大旆(pèi)：持旌旗出镇一方。旆，军中大旗。京西藩：指凤翔，郑注曾任凤翔节度使，辖长安以西地区。

乐祸忘怨敌，树党多狂狷——这两句是说：郑注乐于制造祸端(指诛杀宦官)而忘记了敌人(宦官)的势力，他所培植的党羽又多是轻狂偏狭之辈。树党：培植党羽。狂狷：此处指趋炎附势、躁进妄为的人。

生为人所惮，死非人所怜——这两句是说：郑注活着的时候飞扬跋扈，乃至于人人怕他；积怨过深，死后人们也不同情他。惮(dàn)：畏惧。这里所说的“人”，主要指当时遭到郑注排斥的士大夫。

快刀断其头，列若猪牛悬——这两句是说：郑注的头颅被锋利的刀割下，像猪牛头一样被挂起来示众。列：陈列，这里指陈首示众。李训举事失败后，宦官仇士良密令凤翔监军宦官张仲清诱杀郑注。郑注首级被送往京城长安后，挂在兴安门上示众。

凤翔三百里，兵马如黄巾——这两句是说：凤翔距长安三百馀里，出镇凤翔的官兵像盗贼一样祸害百姓。黄巾：指东汉末年张角领导的黄巾起义。这里代指盗贼。甘露之变后，宦官领禁军进驻凤翔，沿途抢劫骚扰祸害百姓。

夜半军牒来，屯兵万五千——这两句是说：夜半时分下达了调兵的军书，要在凤翔屯兵一万五千人。军牒：调兵的文书。

乡里骇供亿，老少相扳牵——这两句是说：乡下和城里的老百姓畏惧过重的军需供给，纷纷扶老携幼，四下逃亡。骇：畏惧，害怕。供亿：供给军需粮草和安顿住宿。扳：挽，牵。

儿孙生未孩，弃之无惨颜——这两句是说：小孙儿出生不久，还不会笑，就被抛弃了，然而父母却没有表现出悲痛的样子。生未孩：指出生不久，还不会笑的婴儿。孩，小儿笑。惨颜：悲痛的表情，此指麻木的状态。

不复议所适，但欲死山间——这两句是说：逃难的人不再讨论逃往何处，因为随时都有被乱兵杀死的危险，他们已经不知道逃到哪儿才算安全了；故只求藏在深山之中，即便是死，也可落个全尸。所适：所往。以上是第二大段的第五小节，叙述甘露之变后郑注的下场以及京西人民所遭受的灾难。

尔来又三岁，甘泽不及春——这两句是说：自此，又过了三年，但适时春雨一直没有下。尔来：指甘露之变以来。甘泽：指及时雨。不及春：指春旱不雨。

盗贼亭午起，问谁多穷民——这两句是说：盗贼在大白天公开活动，要问他们是什么人，大多是穷苦的百姓。亭午：正午。

节使杀亭吏，捕之恐无因——这两句是说：节度使因盗贼太多而惩杀亭吏，但“盗贼”既然大多数是穷苦的百姓，亭吏要捕捉恐怕也没有什么理由。节使：节度使的简称。亭吏：亭长，这里借指负责地方治安的小吏。

咫尺不相见，旱久多黄尘——这两句是说：由于久旱不雨，到处尘土飞扬；人在咫尺之间，对面却看不见。

官健腰佩弓，自言为官巡——这两句是说：官健们腰间佩带弓箭，自称是为官府巡查盗贼的。官健：由州府招募并供给衣粮的士兵。为官巡：为官府巡查盗贼。

常恐值荒迥，此辈还射人——这两句是说：老百姓害怕在荒凉僻远的地方遇到官健，生怕他们借巡查盗贼来坑害百姓。值荒迥(jiǒng)：在荒凉僻远的地方遇到巡查盗贼的官健。此辈：指官健。这里是说官健名为巡盗，实际上他们自己就是害民的盗贼。

愧客问本末，愿客无因循——这两句是说：我不能将事情的本末详尽说出，希望客人不要耽搁，及早赶路吧。愧：村民自谦。客：村民对诗人的尊称。本末：这里指社会变乱的原因和后果。无因循：不要耽搁，意思是要及早赶路。

郿坞抵陈仓，此地忌黄昏——这两句是说：从郿坞到陈仓路途不安全，切忌在傍晚赶路。郿坞：地名，故址在今陕西眉县东北，为东汉末年董卓所筑。陈仓：县名，唐改宝鸡，故城在今陕西宝鸡市东。以上为第二大段第六小节，叙述当时长安西郊遭受的天灾人祸和人民被迫为盗的情形。从“右辅田畴薄”至此为第二大段，是作品的最重要部分。诗人通过农民的口诉，描述了唐初到开成年间的治乱兴衰，并揭示其根源。

我听此言罢，冤愤如相焚——这两句是说：我听完这些诉说，冤愤之情像火一样烧灼着我的心。

昔闻举一会，群盗为之奔——这两句是说：听说古代晋国任用了一个士会，晋国的盗贼都为此逃到了秦国。举：推荐。会(kuài)：指春秋时晋国的大夫士会。晋景公任命贤才士会为中军统帅兼太傅，于是，晋国的盗贼逃到了秦国。

又闻理与乱，系人不系天——这两句是说：我还听说国家的治与乱，取决于人而不取决于天。理：治。系：关系，决定。

我愿为此事，君前剖心肝——这两句是说：我情愿为这些事，在皇帝面前披肝沥胆，吐露心声。此事：指国家发生的社会危机和诗人所提出的治乱主张。

叩头出鲜血，滂沱污紫宸——这两句是说：头颅叩出了鲜血，鲜血横溢，染红了紫宸殿。滂沱：倾泻流溢的样子。紫宸：殿名，唐朝皇帝常在这里听政。

九重黯已隔，涕泗空沾唇——这两句是说：皇帝的深宫有九重门相隔，我只能白白地让涕泪沾唇。九重：皇帝居住的深宫，这里指皇帝。

使典作尚书，厮养为将军——这两句是说：那些胥吏做了尚书，仆役居然也成了将军。使典：即胥吏，办理文书的下级人员。尚书：此指高级官员。厮养：仆役，此指皇帝的家奴宦官。

慎勿道此言，此言未忍闻——这两句是说：不要再说这些事了，说了真叫人伤心而不忍听下去。此言：指前面“我听此言罢”的“此言”，即村民陈述唐王朝治乱兴衰历史的一大段话。以上是第三大段，作者抒发了对国事的忧愤，提出任用贤人挽救危机的政治见解。

新评

诗人纵横笔墨，展示了唐王朝由盛到衰的百年历史。在这首诗中，诗人着重思考的是治乱问题，线索十分清晰，观点十分鲜明。诗由京西凋敝荒芜的现实入手，首先表达对贞观之治的敬仰之情，虽是略写，但诗人渴望政治贤明的思想已略见一斑。其后，诗人着重叙述开元末年以降爆发的各种政治危机和社会危机，推原祸始，诗人提出“系人不系天”的观点。围绕这一观点，诗人探讨安史之乱的祸根，解剖甘露之变的伤痛，对最高封建统治者不能任用贤人，终酿祸乱的做法提出批评，并由此关注朝政败坏带来的各种恶果：藩镇割据、宦官专权、财政危机、赋税苛重等。可以说，这首诗是作者集中思考国计民生的产物，以艺术形象总结历史经验教训，以历史长卷勾勒一代兴衰史是这首诗的最大特点。在唐人的政治诗中，它是继杜甫《北征》后的又一力作，其体制之宏大、气势之磅礴，都使它具有“诗史”的特征。

撰彭阳公志文毕有感

题解

作于唐文宗开成三年(838)六月。开成二年十一月，山南西道节度使令狐楚卒于治所兴元府(今陕西汉中)，临终前一天召见李商隐，言“强欲自写闻天，恐辞语乖舛，子当助我成之”，又对其子令狐绪、令狐绹说：“吾生无益于人，勿请谥号。葬日，勿请鼓吹，唯以布车一乘，馀勿加饰。铭志但志宗门，秉笔者无择高位。”(《旧唐书·令狐楚传》)因之，李商隐为其撰写墓志铭。之后，令狐楚葬于京兆府万年县凤栖原上。开成三年六月，李商隐作《奠相国令狐公文》，为令狐楚葬后之作。据此可知，此诗应写于作《奠相国令狐公文》之后，时间应在开成三年的六月。彭阳公：指令狐楚。令狐楚于唐文宗大和九年(835)进封彭阳郡开国公。志：墓志。放在墓里或刻在石碑上的记有死者生平事迹的文字。

延陵留表墓，岘首送沉碑。
敢伐不加点，犹当无愧辞。
百生终莫报，九死谅难追。
待得生金后，川原亦几移。

新解

延陵留表墓，岘首送沉碑——这两句是说：延陵留下了记载季札事迹的墓碑，岘首留下了记载羊祜功绩的石碑。延陵：地名，旧址在江苏武进。春秋时吴王诸樊的弟弟季札封于此。季札贤，曾多次推让君位，死后被称为“延陵季子”。表墓：即墓表，墓碑。因它树立在墓前或墓道内，用来表彰死者，故称。岘(xiàn)首：山名，即岘山，在今湖北襄阳南。沉碑：将石碑埋入地下。据《晋书·杜预传》：杜预官拜镇南大将军，都督荆州诸军事。平定孙皓以后，以功晋爵当阳县侯，“预好为后世名，常言‘高岸为谷，深谷为陵’，刻石为二碑，记其勋绩，一沉万山之下，一立岘山之上，曰：‘焉知此后不为陵谷乎？’”陵谷：指深谷。《诗经·小雅·十月之交》：“高岸为谷，深谷为陵。”此喻自然界或世事发生的巨变。

敢伐不加点，犹当无愧辞——这两句是说：岂敢夸耀文章写好后不用修改呢，只是要追求文章没有令人惭愧的言辞罢了。敢：岂敢。伐：夸耀自己的功劳、才能。不加点：文不加点。文章写好后不用修改，形容文思敏捷，富有文采。点，涂改。《初学记》十七引汉·张衡《文士传》："吴郡张纯少有令名，尝谒镇南将军朱据，据令赋一物然后坐，纯应声便成，文不加点。"无愧辞：没有让人感到惭愧的言辞，即没有曲意奉承的言辞，都是实事求是的。《后汉书·郭泰传》："明年(建宁二年，169年)春，卒于家，时年四十二岁，四方之士千馀人，皆来会葬。同志者乃共刻石立碑，蔡邕为其文，既而谓涿郡卢植曰：'吾为碑铭多矣，皆有惭德，唯郭有道无愧色耳。'"

百生终莫报，九死谅难追——这两句是说：令狐楚的恩德我终生难报，我即便是死去多次也无法追述他的功劳。九死：万死。屈原《离骚》："亦余心之所善兮，虽九死其犹未悔。"谅：料想。

待得生金后，川原亦几移——这两句是说：等到我撰写的碑文生金以后，河流、平原也要几度变迁了。言外之意，令狐楚将永垂不朽。生金：出产黄金。王隐《晋书》："永嘉初，陈国项县贾逵石碑中生金，人凿取卖，卖已复生。此江东之瑞也。"庾信碑文："刺史贾逵之碑，既生金粟；将军卫青之墓，方留石麟。"《水经注》："刺史贾逵庙前有碑，碑石生金。干宝曰：'黄金可采，为晋中兴之瑞。'"此指令狐楚的石碑将永存于世。移：迁。

新评

令狐楚对诗人有知遇之恩。特别令诗人感动的是，令狐楚临终前以"秉笔者无择高位"(《旧唐书·令狐楚传》)嘱后人请李商隐撰写碑文，可见对李商隐的器重。也正因为此，诗人对令狐楚心怀感激，乃至于撰写了碑文以后，又作《奠相国令狐公文》，再写此诗以寄托哀思。该诗不尚雕凿，一二句直言令狐楚的功劳，认为其才德可与季子、杜预媲美。三四句顺势而下，申明自己撰写的志文绝无溢美之词，而是出于真情。五六句以"百生"、"九死"对举，进一步写诗人对令狐楚的敬仰。七八句用典，以感激之情抒写令狐楚将永远垂范后人。令狐楚一生有许多可歌颂的事迹，但诗人以"生金"二字概括令狐楚之德之风，颇耐人寻味。读其诗，想见其为人，可知感情至真至深。

安定城楼

题解

唐文宗开成三年(838)春，诗人应博学宏词科，初选已录。上报中书省时，一中书长者认为，“此人不堪”，故抹去了诗人的名字。落选后，诗人应泾原节度使王茂元之邀到泾原幕府充当幕僚。初到泾原，登城楼远眺，诗人写下了这首自明本志、忧谗畏讥之作。安定：郡名，即泾州(今甘肃泾川北)，唐泾原节度使幕府所在地。

迢递高城百尺楼，绿杨枝外尽汀洲。
贾生年少虚垂涕，王粲春来更远游。
永忆江湖归白发，欲回天地入扁舟。
不知腐鼠成滋味，猜意鹓雏竟未休。

新解

迢递高城百尺楼，绿杨枝外尽汀洲——这两句是说：登上高高的安定城楼极目眺望，绿杨枝外，视野的尽头，是那泾水岸边的平地和水中的汀洲。迢递：高耸的样子。汀(tīng)：水边平地。洲：水中陆地。

贾生年少虚垂涕，王粲春来更远游——这两句是说：年轻的贾谊心忧国事，空自落泪；王粲春日登楼作赋，感叹作客远游。贾生：即贾谊，西汉时著名的政治家，死时仅三十三岁。曾上书汉文帝陈述诸侯王割据势力膨胀、匈奴侵扰等时弊，指出时势有“可为痛哭者一，可为流涕者二，可为长太息者六”(贾谊《治安策》)。汉文帝曾想重用贾谊，遭大臣诋毁而作罢。这里诗人以贾谊自比，说自己如贾生忧愤国事而不为当权者所用。虚：徒然，白费。王粲：东汉末年时著名的文士，避乱来到荆州投靠刘表，作《登楼赋》抒写去国怀乡、忧时伤乱的感情。这里诗人以王粲自比，表达离京赴泾如同当年王粲依托刘表一般的情感。

永忆江湖归白发，欲回天地入扁舟——这两句是说：我始终向往将来成就一番回转天地的事业后，带着满头白发，乘一只小船归隐江湖。永忆：长想，始终向往。江湖：与朝廷相对，指渔樵之隐。回天地：旋转乾坤，指在政治上做一番大事业。入扁舟：春秋之时越国大夫范蠡辅佐越王勾践灭吴，功成后，弃官乘扁舟而去。诗人借此表达了今后功成身退的意愿。一说此处言扁舟江湖，必须待得回转天地、功成白发之时。诗人时值年少，正宜为世所用，而预期及此，可见其志向深远。

不知腐鼠成滋味，猜意鹓雏竟未休——这两句是说：想不到腐臭的老鼠居然成了猫头鹰的美味，而猫头鹰竟然对凤凰猜忌个没完。据《庄子·秋水》：惠施任梁国的宰相时，庄周前往看望。有人对惠施说，庄周要来谋你的相位。惠施很恐慌，在都城内搜捕庄周长达三天三夜。庄周见到惠施后说，南方有一种叫鹓雏的鸟，从南海飞往北海，一路上非梧桐不歇，非竹实不吃，非甘泉不饮。有只猫头鹰得到一只腐鼠，看到鹓雏飞过，以为要来与它抢食，于是仰首发出怒叫声。现在，你以为我要争夺你的相位，那可就大错了。你这样做，与猫头鹰怀疑鹓雏打算夺取腐鼠是同一个道理。滋味：指美味。鹓雏(yuān chú)：传说中的一种凤凰。

新评

自古诗人骚客，善感多思，每登高临风，更易牵引无穷思绪：家国之悲，身世之感，古今之情，天人之思，错综复杂，难以名状。登高而见辽远阔大之境界，每每易激起怀抱远大、遭遇不公者的忧愤，此诗亦如此。登高一赋，眼前景致与身世之感融为一体，引出诗人无限的感慨，其中有忧国之情、回天之志、功成身退之愿，亦有高远情怀不为利禄之辈所理解之鹓雏之慨。党争是晚唐政治的漩涡，诗人本不属于任何党派，却由于婚姻关系遭人猜忌，被牛党视为"背恩"，从此遭受政治上的打击。登高一望，那年少早亡的贾谊、流离异乡的王粲都被诗人引以为同调，宏大高远的理想志趣何时能实现呢？整首诗跌宕起伏，意境开阔，寄寓尤深。五六两句抒情，韵味深长；尾联睥睨一切，脱俗超凡，有高屋建瓴之势。

回中牡丹为雨所败二首

题解

作于唐文宗开成三年(838)。诗人落选博学宏词科，应泾原节度使王茂元之邀到泾原幕府充当幕僚。当时，下了一场大雨，庭园中的牡丹为雨所败，触景生情，诗人浮想联翩，写下了这首诗。回中：地名，在泾州附近，秦时建有回中宫。这里以回中代指泾州。

其　一

下苑他年未可追，西州今日忽相期。
水亭暮雨寒犹在，罗荐春香暖不知。

舞蝶殷勤收落蕊，佳人惆怅卧遥帷。
章台街里芳菲伴，且问宫腰损几枝？

新解

下苑他年未可追，西州今日忽相期——这两句是说：往年下苑牡丹的风光已不可追复，今天竟与牡丹相会于西州的风雨之中。下苑：指曲江，唐玄宗开元年间辟为游览胜境，在长安城的东南。每年上巳日，唐玄宗赐宴臣僚，新科进士宴集同年，皆在此地。他年：往年。西州：指安定郡，即泾州。相期：相会。

水亭暮雨寒犹在，罗荐春香暖不知——这两句是说：水亭旁的回中牡丹除遭受暮雨外，还受到了寒气的袭击；相比之下，被护以罗荐的下苑牡丹香气馥郁，却不知春暖宜人。水亭：临水的亭轩。寒犹在：牡丹暮春开花，因临近水边，又逢暮雨，故有寒气环绕四周。罗荐：用丝罗制成的垫子。罗，一种名贵的丝织物。不知：不可思议、不可想象。

舞蝶殷勤收落蕊，佳人惆怅卧遥帷——这两句是说：飞舞的蝴蝶殷勤地前来收集零落的花蕊，败落的牡丹犹如佳人，惆怅地卧于远处的帷幔后面。佳人：一本作“有人”。

章台街里芳菲伴，且问宫腰损几枝——这两句是说：我姑且问问，章台街里那些沐浴在春风里的柳树，为钟情于牡丹折断了多少宫腰呢？章台街：汉代长安城有章台街，章台街的两旁种满柳树。芳菲伴：指与牡丹相伴的柳树。此处指诗人在京城时那些春风得意的同伴。宫腰：此指纤细的柳枝。

新评

托物寓怀，自慨身世，是《回中牡丹为雨所败二首》的最大特点。牡丹既是诗人的寄兴之物，同时也是这两首诗的诗眼。诗紧扣住“牡丹为雨所败”这一物象，经反复渲染，成为诗人抒写恶劣环境对美好事物扼杀与摧残的意象。

首联以“下苑”与“西州”领起，叙事中兼及比兴，“他年未可追”明写曲江牡丹昔日盛景，暗喻诗人当年意气风发；“今日忽相期”明写西州牡丹，暗写诗人流落西州。首联工整，紧扣“雨”字，将牡丹昔日的繁盛与今日的凋零拧结在一起，通过强调两者间的反差，突出诗人的不幸遭遇。颔联承接上意，继续以对比手法抒写曲江牡丹与西州牡丹不同的境遇，以深化诗人沦落蹭蹬之感。颈联“正写‘败’字，谓蝶舞翩翩，似有意惜花，殷勤欲收落蕊，然牡丹为雨败后，花事已阑，有似佳人之怅卧遥帷，意兴阑珊，精彩全无矣”（刘学锴、余恕诚《李商隐诗歌集解》第一册，中华书局1988年版第278页）。尾联将目光投向京城的伙伴，以“且问”反诘表现出对得意者和失意者的关心。

其 二

浪笑榴花不及春，先期零落更愁人。
玉盘迸泪伤心数，锦瑟惊弦破梦频。
万里重阴非旧圃，一年生意属流尘。
前溪舞罢君回顾，并觉今朝粉态新。

浪笑榴花不及春，先期零落更愁人——这两句是说：虽然可以嘲笑石榴花来不及在春天里开放，然而牡丹早早地凋零，其命运更令人惆怅。浪：徒然，白白地。榴花不及春：石榴花夏初始发，因此说“不及春”。

玉盘迸泪伤心数，锦瑟惊弦破梦频——这两句是说：牡丹花冠上的雨滴像一颗颗泪珠，屡屡地令人伤怀；急雨打花，就像急奏的锦瑟，繁密促弦，不断地惊破牡丹的希望。玉盘迸泪：牡丹遭受风雨的摧折，那花冠上雨珠迸溅像是人的落泪。玉盘，此指牡丹的花冠。数：屡次。锦瑟：绘有织锦花纹的瑟。瑟，古代的一种弦乐器。

万里重阴非旧圃，一年生意属流尘——这两句是说：万里长空，阴云密布，而不是往日下苑中的和煦景象；一场骤雨过后，牡丹为雨所败，落红遍地，春天的生机都化为了尘泥。重阴：阴云密布。旧圃：旧园圃，此指下苑，即唐长安城东南的游览胜地曲江。生意：生机。属(zhǔ)：委托，交付。

前溪舞罢君回顾，并觉今朝粉态新——这两句是说：等到花瓣零落殆尽，您再回头一想，也许反而觉得今天雨中牡丹的色泽还算是鲜艳。前溪舞：前溪村在浙江德清县，南朝时江南舞乐多出于此。另，古乐府有《前溪曲》。此处喻指花瓣飘零。并：且。粉态：牡丹遭雨后，鲜艳的色彩被冲淡。

新评

此诗承接上意，继续抒写牡丹在春天的遭遇，突出牡丹在风雨中的零落。首联以“浪笑”领起，其深情妙绪尽在诗人的笔下挽起。尽管牡丹可以嘲笑石榴花无法在春天里开放，但牡丹在风雨的摧残下早早地凋零岂不是更让人伤心？“浪笑”二字传神，睹物伤情，“浪笑”的对象何尝不是诗人自己呢？颔联在对举“迸泪伤心”与“惊弦破梦”的同时，又以“数”和“频”补充，袒露诗人被迫流落异乡的现实。然而，诗人并没有因此而陷入不尽的哀伤之中，而是试图振起，末句“并觉今朝粉态新”，给人以期待和盼望，使我们看到屡经挫折而又奋斗不息的诗人形象。

这两首诗互为呼应，写牡丹实为写诗人自己，在寄托诗人不平之气时，又将被迫来到泾州的人生感慨嵌入其中。睹物伤人，一咏三叹，自然而意远。

十一月中旬至扶风界见梅花

题解

唐文宗开成三年(838)春，诗人落选博学宏词科。落选后，诗人应泾原节度使王茂元之邀到泾原幕府充当幕僚，十一月途经扶风境内时看到早开的梅花，因之有感而发。扶风：郡名，治所在今陕西凤翔。

匝路亭亭艳，非时裛裛香。
素娥惟与月，青女不饶霜。
赠远虚盈手，伤离适断肠。
为谁成早秀？不待作年芳。

新解

匝路亭亭艳，非时裛裛香——这两句是说：梅花开满了路边，亭亭而立，花容艳丽；未到时节就开放了，散发着浓郁的芳香。匝：遍及，布满。非时：不合时宜。梅花一般在十二月(腊月)开放，十一月开放，与时令不合，故称“非时”。裛裛(yì)：香气袭人的样子。

素娥惟与月，青女不饶霜——这两句是说：嫦娥与月光相伴，一副清冷的样子；青霄玉女之冷峭胜过了严霜。言外之意，早梅没有因为它的芬芳受到重视，反而受到了打击。素娥：即嫦娥，月中仙子，月色白，故称“素娥”。青女：青霄玉女的省称，主管霜雪的女神。饶：让。

赠远虚盈手，伤离适断肠——这两句是说：手中空握满把的梅花，却不知寄往何方；与梅花伤心离别的时候又恰好碰上我悲愤欲绝。赠远：古人有折梅赠远的习俗。虚盈手：此指白白地握着满把的梅花。虚，白白地。伤离：与梅花离别，暗指诗人落选博学宏词科后，被迫远离长安。适：恰好，正好。

为谁成早秀？不待作年芳——这两句是说：不到开放的季节，梅花为谁而提前开放呢？为什么它不等到应该开放的时候开放呢？待：等。年芳：指一年中适时而开的花。

新评

首联从眼前景写起，言梅花开满道路的两旁，虽艳丽芬芳，却没有到应该开放的季节。景语即情语，在这两句中，诗人明写早梅，实写身世。以早梅喻诗人的才华，以“非时”直言无故遭受诋毁之事。颔联以“素娥”、“青女”对举，在深化梅花生不逢时的同时，又写诗人备受打击的现实，进而将身世零落之感深寓其中，直言诗人失去令狐楚这一奥援后被迫离开长安的困境。颈联仍承“非时”之意，早梅在握，不堪寄远，触景生情，“伤离适断肠”，前途茫茫，孑然一身，纵有千般心思又该向谁诉说？末联进一步拓展早梅香艳非时的意象，以寄兴之辞抒写难解的心结。读之，耐人寻味。

无　题

题解

似作于唐文宗开成三年(838)，当时，诗人应博学宏词科遭谗落选，心中郁闷难平。该诗从一美貌而有才情的新婚女子遭冷落事入笔，抒发其内心的愤懑之情。

照梁初有情，出水旧知名。
裙衩芙蓉小，钗茸翡翠轻。
锦长书郑重，眉细恨分明。
莫近弹棋局，中心最不平。

新解

照梁初有情，出水旧知名——这两句是说：那女子的美貌就像初升的太阳照耀在屋梁上，其艳丽就像出水的芙蓉一样。照梁：宋玉《神女赋》：“其始来也，耀乎如白日初出照屋梁。”曹植《洛神赋》：“迫而察之，灼若芙蕖出渌波。”出水：何逊《看伏郎新婚》：“雾夕莲出水，霞朝日照梁。”照梁、出水，皆指女子新婚，此处代指女子貌美。一说此指洛神。

裙衩芙蓉小，钗茸翡翠轻——这两句是说：那女子的裙衩上绣着精致小巧的芙蓉花，头钗上缀着茸茸的花饰和翠鸟的羽毛。钗茸：上端缀有茸茸的花饰的头钗。衩(chà)，衫、裙两旁开口的地方，这里用以指裙。

锦长书郑重，眉细恨分明——这两句是说：书写在锦缎上的书信绵长，诉说一腔殷切之情；细而弯曲的眉毛中分明传达着难以名状的怨恨。眉细：《风俗通》："愁眉者，细而曲折。"

莫近弹棋局，中心最不平——这两句是说：不要靠近弹棋棋盘啊，它的中心最难平覆。弹(tán)棋：古代棋类游戏，相传为汉代的刘向所造，棋盘中心隆起如倒扣的盂钵。

新评

本诗乃比兴寓言体。诗中女主人公，即作者化身。前四句写女子姿容之艳丽、妆饰之华美，均系以容饰喻才华。"初有情"，以女子之待嫁喻才士之求仕；"旧知名"，托喻才名早著。腹联谓锦书抒殷切之情，愁眉传分明之恨，明写爱情失意之幽怨，实抒政治失意之怅惘。末联乃点醒全篇比兴寄托之意。棋盘中心高如覆盂，故用以关合爱情失意——实则政治失意——之"中心不平"。

玉　山

题解

约作于唐文宗开成四年(839)。是时，诗人由秘书省校书郎，调补弘农尉。弘农：县名，治所在今河南灵宝市北。玉山：山名，相传为西王母所居，与昆仑山相连。

玉山高与阆风齐，玉水清流不贮泥。
何处更求回日驭？此中兼有上天梯。
珠容百斛龙休睡，桐拂千寻凤要栖。
闻道神仙有才子，赤箫吹罢好相携。

新解

玉山高与阆风齐，玉水清流不贮泥——这两句是说：玉山与阆风一样高峻，玉水水流清澈，不会沉积泥沙。玉山：《山海经·西山经》："又西三百五十里，曰玉山。是西王母所居也。"郭璞注："此山多玉石，因以名云。《穆天子传》谓之群玉之山。"此处以"玉山"暗喻诗人身居秘省，可借此登进。阆(láng)风：山名，相传为仙人所居，在昆仑之巅。玉水：产玉的河流，地点不详。

何处更求回日驭？此中兼有上天梯——这两句是说：到哪里才能找到羲和回驾后的地方？那里还藏有上天的梯子呢！日驭：传说中驾驭太阳的神人羲和。天梯：此处指可以在仕途上助诗人一臂之力的令狐绹。

珠容百斛龙休睡，桐拂千寻凤要栖——这两句是说：一百斛大小的珍珠必定藏在身居九重深渊的苍龙的颔下；高达千尺的梧桐只有凤凰才会栖息。《庄子·列御寇》："夫千金之珠，必在九重之渊，而骊龙颔下。子能得珠者，必遭其睡也。"《诗经·大雅·卷阿》："凤凰鸣矣，于彼高冈。梧桐生矣，于彼朝阳。"《庄子·秋水》："夫鹓雏发于南海，而飞于北海，非梧桐不止。"拥有百斛之珠的苍龙和栖于千尺梧桐的凤凰均为罕世之宝，在这里，诗人以珍珠和凤凰自比，是希望自己的才华能得到重视。斛(hú)：古代的容量单位，十斗为一斛。桐：梧桐树。传说凤凰只栖息于梧桐树上。寻：古代的长度单位，八尺为一寻。

闻道神仙有才子，赤箫吹罢好相携——这两句是说：听说神仙中也有才子，赤箫吹罢，与心爱者相携而去。"赤箫吹"句：刘向《列仙传·萧史》："萧史者，秦穆公时人也。善吹箫，能致得孔雀、白鹤于庭。穆公有女，字弄玉，好之，公遂以女妻焉。日教弄玉作凤鸣。居数年，吹似凤声，凤凰来止其屋，公为作凤台，夫妇止其上，不下数年，一旦皆随凤凰飞去。"后人常用此典来比喻友人之间的相互提携。

新评

前代学者在研究此诗的过程中，大多认为这首诗是诗人献于令狐绹的作品，其中寓含了望恩干进之意。诗的前半为诗人自况：以"玉山"领起，喻人品之高洁，进而将托身的秘书省视为登进的天梯。第三联以珠、凤自比，表达渴望干进之心。尾联在委婉之中，希望令狐绹能才子惜才子，出手提携。"全篇踌躇满志、兴会淋漓，亦显为少壮得意语，与后日望荐求引之词迥异。"（刘学锴、余恕诚《李商隐诗歌集解》第一册，中华书局1988年版第322页）此语中肯，可备参考。愚以为，该诗作于诗人早年得意之时，因阅世不深，期待之心殷切可见，拳拳之心可窥一斑。该诗的风格以明快为主调，与后期的诗风迥然不同，在商隐诗中别具一格。

戏赠张书记

题解

约作于唐文宗开成四年(839)。是时，诗人为秘书省校书郎，调补弘农尉。张书记：张审礼，李商隐的连襟，时任朔方书记之职。此时张与妻分离，李商隐以代言体的形式写下此诗。

别馆君孤枕，空庭我闭关。
池光不受月，野气欲沉山。
星汉秋方会，关河梦几还。
危弦伤远道，明镜惜红颜。
古木含风久，平芜尽日闲。
心知两愁绝，不断若寻环。

新解

别馆君孤枕，空庭我闭关——这两句是说：人住远方的客栈，你孤枕难眠；守着空荡荡的庭院，我(指张妻)悄然地关上了大门。别馆：指张审礼入住的弘农县客栈。

池光不受月，野气欲沉山——这两句是说：月光照射在池塘上面，反射出粼粼波光；野外的暮气渐渐地笼罩了远山。

星汉秋方会，关河梦几还——这两句是说：天上的牛郎、织女，遥隔银河，每年七夕才能相会；我和你隔着关河，魂梦多次回到你的身边。

危弦伤远道，明镜惜红颜——这两句是说：我急促地弹拨琴弦，伤怀漂泊在外的丈夫；我对着明镜，感叹年华易逝，红颜易老。

古木含风久，平芜尽日闲——这两句是说：古木深深，秋风无绪地穿行；荒芜的郊野，整日无人问津。

心知两愁绝，不断若寻环——这两句是说：我深知分离带来的痛苦，那悠长的离愁别绪，周而复始，绵长不绝。寻环：循环。

新评

在这首代言体的诗作中，诗人并写两面，在写张审礼怀念妻子的同时，又写了妻子对张审礼的思念。一二句是互文，“君”、“我”对举，兼及宦游之人与思妇之间的两地孤寂。玩味诗意，“君孤枕”亦是写思妇的孤枕难眠，“空庭我闭关”亦是写宦游之人关闭空门。三四句写景，以景补足“孤枕”、“空庭”留下的怀远之情。以下四句别出心裁，前两句设想男主人公对妻子的怀念，后两句设想妻子思念丈夫时的细节。九十两句再度写景，景语即情语，通过比兴，深化了循环不已的离愁别绪。诗题称“戏赠”，纵观全篇丝毫没有戏谑之意，词恳情切，将眼前景和心中情融为一体，于设身处地的体贴中表露了关心张审礼夫妇的心意。全诗词清句丽，自然之中见灵动。

任弘农尉献州刺史乞假归京

题解

唐文宗开成四年(839),李商隐由秘书省校书郎调任虢(guó)州弘农县尉,因减免对冤屈囚犯的处罚,触怒了顶头上司陕虢观察使孙简,为表达胸中的愤懑之情,诗人在辞官前给州刺史留下了这首诗,以表白自己的心迹。弘农:县名,属虢州,唐太宗贞观八年(634),徙州治于弘农,治所在今河南灵宝。

黄昏封印点刑徒,愧负荆山入座隅。
却羡卞和双刖足,一生无复没阶趋。

新解

黄昏封印点刑徒,愧负荆山入座隅——这两句是说:每天散衙前封存官印,清点囚徒,常因拘押无辜的百姓而愧对荆山。封印点刑徒:封存官印,清点囚徒。据《新唐书·百官志》:典狱事务为县尉的职掌。荆山:山名,在今河南灵宝境内。座隅:座位旁边,兼有屈居末席之意,因县尉的职位在县令、县丞、主簿之下。

却羡卞和双刖足,一生无复没阶趋——这两句是说:我倒十分羡慕被砍去双脚的卞和,一生中不必为逢迎上司,在官衙的台阶上拼命地奔走。此系反语,是诗人的愤激之辞。卞和双刖(yuè)足:指楚国卞和被砍去双脚之事。《韩非子·和氏》:"楚人卞和得玉璞于楚山,献厉王。王使人相之,曰:'石也。'刖和右足。及武王即位,又献之,复相曰:'石也。'刖左足。及文王即位,和乃抱其璞哭于楚山,三日三夜,泣尽继之以血。王使玉人治之,得宝玉焉。名曰和氏之璧。"刖,古代砍去脚的酷刑。没(mò)阶趋:在台阶前奔走,不停步。形容拜见长官时卑躬屈膝的样子。没阶,尽阶,走完台阶。趋,小步疾走,表示恭敬。

新评

言为心声。诗直抒胸臆,承担了诗人与混浊官场不合的情感。身为掌管典狱之事的县尉,眼见百姓无辜为囚,却不能为减轻他们的痛苦做一些力所能及的事情。这就难怪诗人要"愧负荆山"了。三句以反语挑起,直率中见深警,卞和刖足之悲以及身怀宝物却不为君主所识的哀伤,何尝不是诗人的人生伤叹呢?"却羡"二字乃愤激之语,二字一出,既道出诗人对官场的蔑视,同时也为塑造诗人的耿直形象添上精彩的一笔。

自 况

题解

唐文宗开成四年(839),李商隐愤然辞去弘农县尉一职。本诗当为此时所作。

陶令弃官后,仰眠书屋中。
谁将五斗米,拟换北窗风?

新解

陶令弃官后,仰眠书屋中——这两句是说:陶渊明弃官后,整日躺在书房里饱读诗书。陶令:陶渊明(365—427),东晋时期著名的田园诗人,曾任彭泽县令,因不满官场腐败,弃官归隐田园。

谁将五斗米,拟换北窗风——这两句是说:有谁愿意用五斗米的俸禄,去换取高卧北窗、清风徐吹的怡然之乐呢?据《晋书·隐逸传》:陶渊明任彭泽令时,因不满于小人当道,遂发出"吾不能为五斗米折腰"的感慨,挂印归隐田园。归隐以后,曾在夏日虚闲时,"高卧北窗之下,清风飒至,自谓羲皇上人"。

新评

言简意赅,明白如话。诗人以陶渊明"自况",以"不能为五斗米折腰"的文化精神激励自己,是因为陶渊明的思想行为引起了诗人的共鸣。从另一个层面看,诗人强烈的用世精神,是他愤然辞去弘农县尉一职的原因,官场上的暂时不顺,虽然使他产生了企羡陶渊明归隐的想法,但这只是人生道路上的小插曲,并没有因此而打消诗人入世进取的想法。"仰眠"二字值得咀嚼,飘逸之中带有冷眼向世界的味道。"拟换"二字精神,表现出诗人以陶渊明为同调,不愿与贪求利禄的小人同流合污的决绝之情。

咏 史

题解

开成五年(840)的春天,唐文宗驾崩。唐文宗在位十四年,为改变唐王朝日益严重的颓势,积极采取措施,然大厦将倒,独木难支,乃至于始终没能改变宦官专权的局面。是时,诗人移家长安,面对此情此景,又目睹朝廷日益衰败的颓势,心生无限的感慨，遂写下了这首诗。

历览前贤国与家，成由勤俭破由奢。
何须琥珀方为枕，岂得珍珠始是车？
运去不逢青海马，力穷难拔蜀山蛇。
几人曾预南薰曲，终古苍梧哭翠华。

新解

历览前贤国与家，成由勤俭破由奢——这两句是说：逐一地审视古代君王得天下和治天下的情况，往往是因为勤俭而建立政权，因奢侈而丢掉国家。成由勤俭破由奢：此句用典。《韩非子·十过》："昔者戎王使由余聘于秦。穆公问之曰：'寡人尝闻道而未得目见之也，愿闻古之明王得国失国何常以？'由余对曰：'臣得闻之矣。常以俭得之，以奢失之。'"

何须琥珀方为枕，岂得珍珠始是车——这两句是说：如果朝廷看重贤臣良将的话，何必要看重琥珀枕和珍珠车呢？琥珀枕：用琥珀制成的枕头。《南史·宋武帝纪》："宁州献虎魄(琥珀)枕，光色甚丽，价盈百金。时将北伐，以虎魄疗金创。上大悦，命碎分赐诸将。"类似的记载又见于《宋书·武帝纪》。琥珀，古代松柏树脂的化石，色淡黄、褐或红褐。可用来作装饰品。珍珠车：战国时，魏惠王向齐威王夸耀说自己有"径寸之珠，照车前后各十二乘者十枚"，齐威王说自己所珍惜的对象是贤臣良将，"将以照千里，岂特十二乘哉"(《史记·田敬仲完世家》)。

运去不逢青海马，力穷难拔蜀山蛇——这两句是说：时运不济，选拔不到具有才能的人；拼尽全力却难以清除奸佞之徒。运：时运。青海马：青海出产的骏马，据说能日行千里。这里用来比喻能辅佐君主成就大业的贤才。蜀山蛇：据《华阳国志·蜀志》：战国时，秦惠王许嫁五位美女与蜀王，蜀王派五位大力士前往迎娶，回途中经过梓潼，见到一条大蛇钻入山洞，五位力士一起去拽大蛇，结果山崩塌下来，力士和美女都被压死了。这里以蜀山蛇比喻奸佞之徒，特指专权的宦官。

几人曾预南薰曲，终古苍梧哭翠华——这两句是说：有几个人能理解唐文宗励精图治的抱负呢？我将永远为夙愿难遂的唐文宗而恸哭。预：听、闻。南薰曲：传说舜帝弹琴唱《南风》之歌，天下因此出现太平的景象。《礼记·乐记》："昔者舜弹五弦之琴，以歌《南风》。"《孔子家语》："昔者舜弹五弦之琴，造《南风》之诗，其诗曰：'南风之薰兮，可以解吾民之愠兮；南风之时兮，可以阜吾民之财兮。'"苍梧：山名，相传帝舜南巡，死于苍梧(今湖南宁远)之野。翠华：翠羽装饰的旗帜，指皇帝的仪仗。这里指代唐文宗。

新评

为挽救唐王朝的政治危机，唐文宗希望能改变宦官专权的局面，然而，两次谋诛宦官的行动都因为用人不当而遭到了失败，乃至于自己也抑郁而死。此前，诗人对唐文宗是有微词的，但移家长安后，或许是因为唐文宗已经去世，或许是对时事艰难有了更深刻的认识，诗人一反过去的批评态度，对唐文宗寄予了同情。“咏史”是这首诗的切入点，首联总括历史上的兴亡之事，突出“成由勤俭破由奢”的思想。颔联深化首联提出的思想，具体地叙述历史上重视贤臣良将的事迹。颈联逆笔挽起，以“运去”、“力穷”慨叹唐王朝气数已尽、崩颓之势难以逆转的现实。尾联用典，以舜帝南巡死于苍梧事转向哀悼唐文宗。言尽意未止，将诗人关心国事的忧患意识寓于其中。

垂柳

题解

约作于唐文宗开成五年(840)。这年的春天，唐文宗驾崩。面对此情此景，诗人感慨万千。

娉婷小苑中，婀娜曲池东。
朝珮皆垂地，仙衣尽带风。
七贤宁占竹，三品且饶松。
肠断灵和殿，先皇玉座空。

新解

娉婷小苑中，婀娜曲池东——这两句是说：在曲江东岸秀美的小苑中，垂柳风韵绰约，姿态万千。娉婷：形容女子的姿态美。婀娜：柔美而多姿。曲池：曲江池的省称，在唐代长安城的东南。开元年间，唐玄宗将其辟为游览胜地。登科进士宴集同年，皆在此地。

朝珮皆垂地，仙衣尽带风——这两句是说：柳枝轻扬，一会儿像朝服上的玉珮发出叮当的响声，一会儿又轻拂着地面，就好像仙人的衣袂随风飘扬。

七贤宁占竹，三品且饶松——这两句是说：垂柳虽然婀娜多姿，但不如竹占尽幽人高致，同时也不如松之显贵而受封三品。七贤：晋代阮籍、山涛、嵇康、向秀、刘伶、阮咸、王戎等七人，崇老庄，轻礼法，避尘俗，志趣相近，常集于竹林之下，时称“竹林七贤”。三品：即三品松，在嵩山少林寺。相传唐武则天封以三品，故称。饶：让。

肠断灵和殿，先皇玉座空——这两句是说：唐文宗去后，再没有像齐武帝萧赜欣赏张绪那样的皇帝来欣赏我了，我只得望着先皇空空的玉座黯然神伤了。灵和殿：宫殿名。《南史·张绪传》：“时帝（齐高帝萧道成）欲用绪（张绪）为右仆射以问王俭。俭曰：‘绪少有清望，诚美选也。’……绪每朝见，武帝目送之。……刘悛之为益州，献蜀柳数株，枝条甚长，状若丝缕。时旧宫芳林苑始成，武帝以植于太昌灵和殿前，常赏玩咨嗟，曰：‘此杨柳风流可爱，似张绪当年时。’其见赏爱如此。”先皇：此指唐文宗。

新评

首联状物，写垂柳的婀娜多姿，激起接受者的联想。颔联采用拟人的手法继续写垂柳的形态，暗寓诗人入秘书省时的情景。颈联暗示诗人既不能像竹林七贤那样有隐逸之情，同时也不能像松树那样受封而显。通过垂柳与竹松之间的对比，诗人将进退不能自如的尴尬寓于其中。尾联写诗人哀悼唐文宗之情。诗人于开成二年（837）登第入秘书省，故对唐文宗心存感激。诗以垂柳为兴象，在追思唐文宗的过程中，自感身世，言在此意在彼，令人回味无穷。

酬别令狐补阙

题解

作于唐文宗开成五年（840）。这年，李商隐移家长安，辞弘农尉求调。酬别：赠答。以诗文相赠并致情意。令狐补阙：指令狐绹。这一年，令狐绹服丧期满，出任左补阙、史馆修撰。《旧唐书·令狐绹传》：“绹字子直，大和四年登进士第……开成初为左拾遗。二年，丁父丧。服阕，授本官，寻改左补阙、史馆修撰，累迁库部、户部员外郎。”

惜别夏仍半，回途秋已期。
那修直谏草，更赋赠行诗。
锦段知无报，青萍肯见疑？
人生有通塞，公等系安危。
警露鹤辞侣，吸风蝉抱枝。
弹冠如不问，又到扫门时。

新解

惜别夏仍半，回途秋已期——这两句是说：与令狐补阙依依惜别于仲夏，回到长安时已经到了秋末。秋已期：秋末。期，终期。

那修直谏草，更赋赠行诗——这两句是说：令狐补阙一边在忙公务，一边还要从事诗歌创作。这两句是赞扬令狐绹富有政治才干和文学才能。修：著作，撰写。谏草：谏书的草稿，此指令狐绹富有政治才干。赠行：临别相赠。

锦段知无报，青萍肯见疑——这两句是说：我自知无法报答令狐补阙对我的深情厚谊，但请令狐补阙放心，你不必怀疑我对你的赤诚之心。锦段：锦绣段，成匹的锦绣。汉·张衡《四愁诗》："美人赠我锦绣段，何以报之青玉案。"这里指报答别人的深情厚谊。青萍：剑名。汉·陈琳《答曹植笺》："君侯秉青萍、干将之器。"注："青萍，剑名。"这里兼有朋友之意。

人生有通塞，公等系安危——这两句是说：人的一生中难免会有畅达和不顺的时候，您担任重要的职务，国家的安危系在您的身上。

警露鹤辞侣，吸风蝉抱枝——这两句是说：担任警戒任务的鹤，为了群体的安全无虞，转移了栖息之地、告别了厮守在一起的伴侣；吸风饮露的知了清正淡泊，永远依偎栖息的树枝。警露鹤辞侣：鹤生性警觉，夜宿时，秋露滴到草上发出声音时，担任警戒任务的鹤会立即鸣叫示警。为了群体的安全，担任警戒任务的鹤往往会转移栖息之地。吸风蝉抱枝：蝉吸风饮露，永抱旧枝。此喻清正淡泊。

弹冠如不问，又到扫门时——这两句是说：我现在已经做好了出仕的准备，如果令狐绹不闻不问的话，那我只好学魏勃扫门的样子来证明才能了。弹冠：弹去帽子上的尘土；整冠。比喻相友善者援引出仕。《汉书·王吉传》："吉与贡禹为友，世称'王阳在位，贡公弹冠'。言其取舍同也。"王吉字子阳，故称王阳。王、贡二人相友善，王吉做官，贡禹也积极地做出仕的准备。扫门：指求谒权贵，希望在政治上有所作为。《史记·齐悼惠王世家》："魏勃少时，欲求见齐相曹参，家贫无以自通，乃常独早夜扫齐相舍人门外。相舍人怪之，以为物，而伺之，得勃。勃曰：'愿见相君，无因，故为子扫，欲以求见。'于是舍人见勃曹参，因以为舍人。一为参御，言事，参以为贤，言之齐悼惠王。悼惠王召见，则拜为内史。"

新评

诗人直陈渴望汲引之心，希望日益显达的令狐绹能伸出援助之手。因有求于人，故在表白心意时多用卑辞。前人论此诗时，大都以此非议诗人。其实，在苦词的背后亦可见诗人希望在政治上有所作为的心态。唐代以入世进取为主旋律，在这中间，没有一个文人不对参与到政治之中表现出热情，特别是在科举取士的背景下，“行卷”、“温卷”之风盛行，干谒、求助是唐代文人理所当然的选择。从这一意义上讲，认为此诗格调不高，是有失公允的。纵观全诗，一是反映了诗人投入到政治生涯中的迫切要求，二是曲折地反映了诗人与令狐绹之间的关系，对于我们进一步了解诗人生活的轨迹，有着重要的意义。

淮阳路

题解

作于唐武宗会昌元年(841)秋。该诗记录了诗人在陈州王茂元幕府时的所见。淮阳：郡名，即陈州，治所在今河南淮阳，唐时属河南道。唐文宗开成五年(840)的冬天，王茂元被任命为忠武军节度，陈州观察使。不久，李商隐到王茂元的幕府任掌书记。

荒村倚废营，投宿旅魂惊。
断雁高仍急，寒溪晓更清。
昔年尝聚盗，此日颇分兵。
猜贰谁先致？三朝事始平。

新解

荒村倚废营，投宿旅魂惊——这两句是说：荒村的旁边是废弃的营垒，投宿于其中，令人惊恐不安。

断雁高仍急，寒溪晓更清——这两句是说：离群的孤雁飞得又高又急促，溪水在清晨显得更加清冷。断雁：失群的大雁。仍：更加。

昔年尝聚盗，此日颇分兵——这两句是说：往年，藩镇中的那些叛将恃强割据一方，现在，朝廷正针对叛藩的实际情况采取削弱兵权的办法。“昔年”句：唐德宗建中年间，淮西节度使李希烈据镇谋叛，自称建兴王、天下都元帅。唐德宗贞元二年(786)，李希烈被部将陈仙奇毒死，不久，吴少诚又杀死陈仙奇，继续割据淮西，再传至吴少阳、吴元济。唐宪宗元和十二年(817)十月，吴元济被讨平。李希烈、吴元济叛乱时，曾骚扰至陈州境内，“聚盗”即指此。分兵：指削弱藩镇的兵权。朝廷平淮西后，为防止再度出现叛镇不服从中央的事件，曾多次将叛镇之兵分到其他的藩镇统辖。

猜贰谁先致？三朝事始平——这两句是说：究竟是谁的猜忌导致藩镇的叛乱，历经三朝才得以平定呢？猜贰：猜疑妒忌。贰，怀疑，不信任。唐德宗以猜忌著称，建中年间的动乱与他的好疑善妒有一定关系。三朝：指德、顺、宪三朝。淮西自唐德宗朝开始割据，至唐宪宗朝才被裴度等讨平。

新评

诗紧扣“投宿”二字，纵笔写“荒村”与“废营”给诗人带来的惊悸。前四句写眼前景，途经旧日战场，目睹战争留下的荒凉与残破。推原祸本，诗人陷入了沉思。后四句叙事，在追思藩镇叛乱给社会造成危害的同时，又尖锐地指出战争是因唐德宗的无端猜忌而起。纵观此诗，沉着稳健而圆劲，诗人之才思与老到的笔法合一，深得杜甫诗史之法之境。

哭刘蕡

题解

唐武宗会昌二年(842)作于长安。会昌元年春，李商隐与刘蕡曾在黄陵晤别。次年秋天，刘蕡逝世的噩耗传来。这时，李商隐已回到长安，并重入秘书省为郎官，为此他一连写下四首诗进行哭吊，并为刘蕡含冤致死鸣不平。刘蕡(fén)：字去华，昌平(今属北京)人。大和二年(828)应贤良方正直言极谏科考试，在对策中痛陈宦官专权的弊害，遭忌被黜。后授秘书郎。宦官嫉蕡，诬以罪，贬柳州司户参军，刘蕡衔冤忧愤而死。

上帝深宫闭九阍，巫咸不下问衔冤。
黄陵别后春涛隔，湓浦书来秋雨翻。
只有安仁能作诔，何曾宋玉解招魂？
平生风义兼师友，不敢同君哭寝门。

新解

上帝深宫闭九阍，巫咸不下问衔冤——这两句是说：上帝安居于深宫之中，闭锁着九道宫门，神巫也不降临人间，去问询世人蒙冤受屈的情况。九阍(hūn)：天帝宫门有九重，故称。巫咸：传说中的神巫。古人认为，巫是神、人之间的使者，故有“下问衔冤”之语。

黄陵别后春涛隔，湓浦书来秋雨翻——这两句是说：自从去年与您在黄陵分别以后，江上浩渺的春涛阻隔了我们的联系；秋雨飘洒的时候，从湓浦传来您不幸逝世的消息。黄陵：山名，在今湖南湘阴境内。湓浦：水名，源出江西瑞昌，东流经江西九江城下，名湓浦港。这里指江西九江。

只有安仁能作诔，何曾宋玉解招魂——这两句是说：我只能像潘岳那样撰写诔文致以无限的哀思，而不能像宋玉作《招魂》那样使您起死复生。安仁：西晋文学家潘岳，字安仁，擅长写悼念死者的哀诔(lěi)文。宋玉：战国后期楚国著名的辞赋家。据说《招魂》是他写来为屈原招魂的。

平生风义兼师友，不敢同君哭寝门——这两句是说：我和您兼有师友的情谊，因此不敢像一般的人哭吊于寝门之外。风义：即情分、情谊。兼师友：兼有老师和朋友双重身份。同君：等同于您，与您处于平等的地位。君，指刘蕡。哭寝门：古代的礼制，死者是师长，应在寝门内哭吊；死者是友，应在寝门之外哭吊。《礼记·檀弓上》："孔子曰：'师吾哭诸寝，朋友吾哭诸寝门之外。'"寝门，内室的门。

新评

友人衔冤遭贬、客死异乡引起诗人的无限悲恸。首联直入其事，笔势凌厉，在斥责"上帝"不公的同时，将诗人抨击宦官专权的愤慨溢于言表。颔联一开一合，以生离衬托死别，以"春涛"、"秋雨"等物象，将思念与哀伤具象化。颈联顺势而下，将叙事、写景转入直接抒情，把诗人深致的哀悼及对友人的思念之情进一步强化。尾联突出刘蕡的风范及诗人与他的深厚情谊。整首诗愤激哀伤，沉痛而情深，可谓字字沉郁。

无题二首

题解

作于唐武宗会昌二年(842)。通过追忆从夜晚到天明时的宴会情景，表达了诗人与意中人相会后所产生的无限爱慕之情。

其　一

昨夜星辰昨夜风，画楼西畔桂堂东。
身无彩凤双飞翼，心有灵犀一点通。
隔座送钩春酒暖，分曹射覆蜡灯红。
嗟余听鼓应官去，走马兰台类转蓬。

新解

昨夜星辰昨夜风，画楼西畔桂堂东——这两句是说：还记得昨夜星辰满天，好风吹动，你我相会于画楼的西畔桂堂东侧。画楼：装饰彩绘的楼阁。桂堂：用桂木构造的厅堂。

身无彩凤双飞翼，心有灵犀一点通——这两句是说：我俩虽不似彩凤拥有翩然飞舞的双翅，但我们的心却如灵犀一般息息相通。灵犀：犀牛角，古代当作灵物，中央色白，有角髓贯通两头。一点通：喻心心相印。

隔座送钩春酒暖，分曹射覆蜡灯红——这两句是说：我们隔座而坐，一起玩藏钩的游戏，罚喝暖融融的春酒；分属两队，在红红的烛光下，猜谜射覆。送钩：即藏钩，行酒时的一种游戏。参加者分为两队，一方把钩藏在手中，另一方应立即猜出，不中者则罚酒。分曹：分队。射覆：行酒时的游戏。在覆盖的器具下放置物件，让人猜测。射，猜。这两句极写宴会时的热闹场景。

嗟余听鼓应官去，走马兰台类转蓬——这两句是说：可恨那晨鼓响起，让我不得不去官府中点卯应差；骑马到兰台，行色匆匆，就像飘荡不定的蓬草。听鼓：唐代制度规定，五更二点击鼓，坊市开门。这里表示天亮。应官：上班应差。兰台：指秘书省，此时诗人在此供职。类：像。转蓬：飘荡不定的蓬草。

新评

首联点出宴会的时间、地点，追寻流连，温馨犹在。颔联想象奇特，比喻新奇而贴切。“身无”与“心有”相对，心意的相通与时、事的阻隔，两者互渗，将诗人情之所钟表达得深婉细腻、流丽圆美。颈联极写灯红酒绿之欢，营造宴会中的气氛，为尾联反跌蓄势。“嗟余”二字急转直下，爱情间阻的嗟叹化为飘零无依的飞蓬之感。由此，我们很难说得清诗人可遇而不可求的爱情是否还别有所属，因为经历了心心相印的喜悦之后，诗人还有意识地给我们留下了想象的空间。

其　二

闻道阊门萼绿华，昔年相望抵天涯。
岂知一夜秦楼客，偷看吴王苑内花。

新解

闻道阊门萼绿华，昔年相望抵天涯——这两句是说：早就听说居住在天上的萼绿华十分美艳，从前，只能远远地相望直到天边。阊门：天门。萼绿华：古代传说中的女仙。据道书《真诰》："萼绿华者，自云是南山人，不知是何山也。女子，年可二十上下，青衣，颜色绝整。以升平(晋穆帝年号，357—361)三年十一月十日夜降于羊权家，自此往来，一月辄六过。来与羊尸解药。"

岂知一夜秦楼客，偷看吴王苑内花——这两句是说：谁知今天我就像那幸运的萧史，得以在一旁窥见美人的容颜。秦楼客：指萧史。秦楼，指传说中秦穆公的女儿弄玉与其丈夫萧史吹箫引凤的凤楼。吴王苑内花：指西施。泛指美貌的女子。

新评

在内容方面，这首诗紧承前诗。匆匆应官，被迫与心仪已久的女子分别，然而诗人还一直牵挂着对方。回想昨夜一幕幕难忘的情景，内心难平。能够与渴慕已久的人声息相通，已是一快事。此时此刻，对方又与自己心心相印，这份自得与快意就更不待言了。起句势平，"闻道"点出心中的渴望之情，"昔年相望"追忆往事，把人拉入深沉的回忆之中，同时给人以无限的想象。"岂知"拔地而起，其追思由虚到实。

即　日

题解

作于唐武宗会昌二年(842)。

小苑试春衣，高楼倚暮晖。
夭桃唯是笑，舞蝶不空飞。
赤岭久无耗，鸿门犹合围。
几家缘锦字，含泪坐鸳机。

新解

小苑试春衣，高楼倚暮晖——这两句是说：在小园里试穿新衣，登上高楼，凭栏远眺，沐浴在夕阳馀晖中。

夭桃唯是笑，舞蝶不空飞——这两句是说：桃花茂盛而艳丽，带着笑意；蝴蝶成双而结对，翩翩飞舞。夭桃：语出《诗经·周南·桃夭》："桃之夭夭，灼灼其华。"夭夭，茂盛艳丽的样子。

赤岭久无耗，鸿门犹合围——这两句是说：征人远赴赤岭，好久都没有音信了；

鸿门一带，仍然被回鹘军队紧紧地包围着。赤岭：地名，在今青海西宁西南，开元二十二年(734)，唐玄宗与吐蕃在此立界碑，赤岭以西为吐蕃管辖。耗：消息，音信。鸿门：县名，唐时为河东道之边。在今山西代县、朔州一带。

几家缘锦字，含泪坐鸳机——这两句是说：眼下不知有多少人家的妇女，因无法与前方的丈夫互通音信，只得整天含泪坐在织布机旁。锦字：用锦织成的字。《晋书·列女传·窦滔妻苏氏》："窦滔妻苏氏，始平人也，名蕙，字若兰，善属文。滔，苻坚时为秦州刺史，被徙流沙，苏氏思之，织锦为《回文璇图》诗以赠滔。宛转循环以读之，词甚凄婉，凡八百四十字。"后人称之为"璇玑图"，常用以指妻子寄给丈夫的书信。鸳机：指织布机。

新评

春光明媚，试穿新衣，登高远望，那艳丽的桃花直入情怀。"笑"字传神，细腻地写出了桃花怒放的景象。由桃花转向翩翩起舞的飞蝶，"舞蝶不空飞"既是景语，也是诗人由景入情的绾合处。舞蝶成双成对，由此触动了思妇的心思，由此进入到抒写怀远的内容。"赤岭久无耗，鸿门犹合围"二句，透露出前方战事紧急的信息。当外族入侵、国难当头的时候，那面如桃花的思妇又如何有心欣赏眼前的良辰美景呢？这样一来，牵挂前方的将士，终日心神不定遂成了唯一的选择。最后两句尤其值得玩味，"几家"与"含泪"对举，拓展了思妇怀远的空间，此前所写只是个体形象，经此提示，道出诗人关心的对象是整个思妇群体，反映出战争对普通人生活的影响。李商隐年轻时爱好六朝宫体诗，写过一些浮华柔靡的作品。此诗清词丽句，虽有齐梁宫体诗的香艳，但内容上却有很大的突破。如以细腻的笔法深入到人物心理变化的深处，在叙事中抒情，在抒情中写景，在写景中叙事，叙事、抒情、写景融为一体，从而提高了诗的艺术质量。

灞　岸

题解

作于唐武宗会昌二年(842)。这年八月，回鹘乌介可汗率兵南侵，朝廷下令征兵准备抗击。诗人徜徉在灞水岸边，作诗寄托胸中的感慨。灞岸：灞水岸边，地址在今陕西西安灞桥。

山东今岁点行频，几处冤魂哭虏尘。
灞水桥边倚华表，平时二月有东巡。

新解

山东今岁点行频，几处冤魂哭虏尘——这两句是说：回鹘的军队大举入侵，山东各地频繁地抽调兵丁。回鹘军队所到之处，老百姓流离失所，悲戚哭号。山东：秦汉时，函谷关以东地区统称"山东"。点行：按户口丁册点名征兵。虏尘：指回鹘军队南侵扬起的沙尘。这里指代内外之敌。

灞水桥边倚华表，平时二月有东巡——这两句是说：灞水桥边，我身倚华表，联想往昔治平之时，每年的早春二月，王室都要东巡。华表：古代宫殿、陵墓等大建筑物前面做装饰用的巨大石柱，柱身多雕刻龙凤等图案，上部横插着雕花的石板。这里指的是灞桥边用以指示方向的木柱。平时：指治平之时。东巡：唐王朝设东西两都，即西都长安和东都洛阳。安禄山叛乱后，唐代君主基本上废止了东巡洛阳的举动。

新评

唐王朝的衰微渗透在每一个细节之中。徘徊于灞水岸边，诗人感慨万千，胸中掀起了无限波澜。首句以"山东"领起，直写回鹘入侵给老百姓带来的灾难。因入侵而引起连年征战不已，因入侵而引起战火不断向南向东蔓延，因入侵而造成治平之时王室东巡的盛况不复存在。面对此情此景，难怪诗人要"灞水桥边倚华表"，内心波澜起伏了。诗虽只有四句，但言简意赅，极富艺术张力。

行次昭应县道上送户部李郎中
充昭义攻讨

题解

唐武宗会昌三年(843)四月，昭义节度使刘从谏死，其侄刘稹拥兵自立，公然对抗朝廷。在宰相李德裕的主持下，朝廷发八镇兵马讨伐刘稹，次年八月平定叛乱。此诗写在发兵征讨之时。次：途中留宿。昭应县：今陕西临潼。户部李郎中：当指李丕。充：临时充任，另有本职。昭义攻讨：指讨伐昭义镇叛军的军事行营的攻讨使、攻讨副使一类职衔。昭义镇，辖泽、潞等州，在今山西东南部。

将军大旆扫狂童，诏选名贤赞武功。
暂逐虎牙临故绛，远含鸡舌过新丰。
鱼游沸鼎知无日，鸟覆危巢岂待风？

早勒勋庸燕石上，伫光纶绋汉廷中。

新解

将军大旆扫狂童，诏选名贤赞武功——这两句是说：将军将举大旗横扫那些狂妄无知的小子，皇帝已下令选拔有名的贤士赞助军事，建立功勋。将军：指石雄为西面招讨使主将。旆(pèi)：军中大旗。狂童：狂妄无知的小子，此指刘稹。名贤：指李丕。赞武功：赞助军事。

暂逐虎牙临故绛，远含鸡舌过新丰——这两句是说：您暂时随主将前往晋的故都绛城，以尚书郎的身份远赴新丰县。逐：追随。虎牙：汉代有虎牙将军官衔。这里代指行营主将。故绛：绛本是春秋时晋国的旧都，晋迁都后，称旧都为“故绛”，唐时为翼城县(今山西绛县)。讨伐刘稹的军事行营就设在这里。鸡舌：香名，即丁香。汉代尚书郎朝奏时须口含鸡舌香，李丕以尚书省户部郎中之身份远赴行营，故说“远含鸡舌”。新丰：地名，指昭应县。昭应县本由新丰、万年二县分出。这里不称昭应而言新丰，是为了对仗、押韵的需要。

鱼游沸鼎知无日，鸟覆危巢岂待风——这两句是说：叛军如同在沸水锅里游动的鱼，已挣扎不了多久了；叛军像鸟在高危的树枝上筑巢，不等风吹便会倾覆。鱼游沸鼎：《后汉书·张纲传》：“若鱼游釜中，喘息须臾间耳。”喻叛军刘稹像身处开水中的游鱼，挣扎不了多久。鸟覆危巢：指鸟在危弱的树枝上筑巢，很快就要倾覆。此喻刘稹。

早勒勋庸燕石上，伫光纶绋汉廷中——这两句是说：盼望您早日将功勋勒刻在燕石山上，期待您十分荣耀地受到君主的嘉奖。勒：刻。勋庸：功勋。《周礼·夏官·司勋》：“王功曰勋，民功曰庸。”燕石：燕然山(今蒙古人民共和国境内的杭爱山)的石头。东汉窦宪击匈奴，在燕然山刻石纪功凯旋。伫：期待。光：荣耀。纶绋(fú)：指皇帝的诏令。此处指皇帝封赏功臣的诏令。汉廷：借指唐朝廷。

新评

诗人站在维护中央集权，反对藩镇割据的立场上，为参加平叛的友人壮行。诗气势宏大，首句中的“扫”字，为全诗定下了豪壮的基调。此诗虽写于江河日下、国事维艰之际，然建功立业的豪迈绝不亚于盛唐，其激越超迈、乐观昂扬的精神，在铿锵有力的声韵中、工丽整饬的语言中，均得到充分的映现。

春宵自遣

题解

唐武宗会昌四年(844),诗人闲居永乐县(今山西芮城),作此诗以遣怀。遣:遣怀。

地胜遗尘事,身闲念岁华。
晚晴风过竹,深夜月当花。
石乱知泉咽,苔荒任径斜。
陶然恃琴酒,忘却在山家。

新解

地胜遗尘事,身闲念岁华——这两句是说:身处景物美好的地方,能使人忘却纷扰的凡尘俗事;身心悠闲时,便会记挂起四季的美好景物。遗:忘却。尘事:世俗之事。岁华:指一年当中值得回忆的美好景物。

晚晴风过竹,深夜月当花——这两句是说:晴朗的夜空中,风儿吹过竹林;深夜时分,清朗的月光映照在花儿上。当:正对,映照。

石乱知泉咽,苔荒任径斜——这两句是说:山泉在乱石中流淌,声音幽咽;小路斜斜,上面布满了苔藓。任:任凭。

陶然恃琴酒,忘却在山家——这两句是说:我无比畅快地寄情于琴韵酒兴,忘记了自己身处深山人家。陶然:舒畅快乐的样子。恃:依赖。

新评

陶然幽居"恃琴酒",虽然可以暂时忘却红尘俗事,却回避不了时序更迭、年华消逝的现实。诗中虽处处见隐者风貌,然诗题中"自遣"二字却暴露出诗人并非甘心情愿地置身红尘之外,景物的幽静更彰显心境的苍凉。"遗"字极佳,与诗题"自遣"相互呼应,与下文中的"念"字形成掎角之势,暗寓诗人面对春秋代序,生发出迟暮之感的喟叹。"任"字有气韵,一写听任自然之妙,二写诗人的萧散和闲适。

登霍山驿楼

题解

唐武宗会昌四年(844)秋，讨伐叛镇刘稹的战争尚未结束，诗人往返永乐(今山西芮城)、太原途中写下此诗。霍山：又名太岳山、霍太山。位于山西省中南部，在今山西霍州东南。驿：驿站，古代供传递公文的人或来往官吏中途换马和歇息的地方。

庙列前峰迥，楼开四望穷。
岭鼷岚色外，陂雁夕阳中。
弱柳千条露，衰荷一向风。
壶关有狂孽，速继老生功。

新解

庙列前峰迥，楼开四望穷——这两句是说：登楼四下眺望，视野开阔，看岳庙前远远地排列着座座山峰。庙：指霍山的岳庙。迥：远。楼：指驿楼。穷：尽。意为极目远眺。

岭鼷岚色外，陂雁夕阳中——这两句是说：远望山间雾气隐现的地方，依稀可辨山岭上有小鼠在活动；夕阳映照下的池塘，已有大雁飞来。鼷(xī)：一种小鼠，一说这种小鼠有螫毒。岚(lán)：山间的雾气。陂(bēi)：池塘。

弱柳千条露，衰荷一向风——这两句是说：日暮的雾气湿润着千条弱柳，萧瑟的秋风吹向衰败的荷叶。露：指将要凝成露水的湿润水汽。一向：犹言一派、一片。

壶关有狂孽，速继老生功——这两句是说：盘踞在壶关附近的刘稹十分猖獗，希望霍山神使能像当年帮助李渊斩宋老生那样，帮助朝廷早日消灭刘稹。壶关：古关隘名。因山形似壶，在此置关而得名，故址在今山西长治市东南。此处代指刘稹的老巢潞州(今山西长治市)。狂孽：指刘稹。孽，罪恶。老生：指宋老生。据《旧唐书·高祖纪》：李渊起兵反隋，隋将宋老生驻守霍邑(今山西霍县)拒李渊。因大雨连绵，运粮不便，李渊决定退兵，李世民力劝乃止。这时，有一白衣老人求见，自称是霍山神使，要李渊于八月雨停时，从霍邑东南出兵，到时他将相助。李渊依言进军，果然斩杀了宋老生。

新评

首句写霍山，次句写驿楼。登高远眺，满眼秋色，使情动于怀的无疑是那一派萧瑟的景象。“四望穷”为中间四句写景蓄势：雾气中的鼷鼠，夕阳下的大雁，霜露中的弱柳，秋风中的衰荷，这一切尽收诗人的眼底，那灰暗的色调让人无不心悸。可以说在诗人的反复强调下，这些景象所生发出的象征意义揭示了叛藩刘稹给社会造成的伤乱。特别值得一提的是，鼷鼠活动在山岭上，大雁栖息在山下的池塘边，一明一暗言在此意在彼，很显然，诗人的用意是以鼷鼠来暗示叛藩刘稹的猖狂。尾联由“壶关”引发积蓄心头的情感，其精神处在“速继”二字上，它承担了诗人希望朝廷早日平叛的迫切愿望。

菊

题解

作于唐武宗会昌四年(844)秋。此时诗人闲居永乐(今山西芮城)。

暗暗淡淡紫，融融冶冶黄。
陶令篱边色，罗含宅里香。
几时禁重露，实是怯残阳。
愿泛金鹦鹉，升君白玉堂。

新解

暗暗淡淡紫，融融冶冶黄——这两句是说：淡雅的紫色，明艳的黄色，各种颜色的菊花，美不胜收。融融冶冶：明艳鲜丽的样子。

陶令篱边色，罗含宅里香——这两句是说：菊花曾在隐士陶渊明东篱的边上展现丽色，在罗含的庭院里吐露芬芳。陶令篱边色：东晋诗人陶渊明曾任彭泽(今江西彭泽)县令，后不愿为五斗米折腰，归隐田园。留下“采菊东篱下，悠然见南山”(陶渊明《饮酒》其五)的诗句。罗含：据《晋书·罗含传》：罗含致仕还家，在荆州城西小洲上立茅屋而居，阶前皆种兰菊。后来诗文中常用为才人或退仕后托身有所的典故。

几时禁重露，实是怯残阳——这两句是说：菊花凋零，何尝是受不了重霜繁露的摧折呢？实际上是害怕残阳过后的黑暗。几时：何曾，何尝。禁(jīn)：禁得起，受得住。李商隐因减免对冤屈囚犯的处罚，触怒了顶头上司陕虢观察使孙简，诗人愤然辞官，此后一直闲居。

愿泛金鹦鹉，升君白玉堂——这两句是说：我愿浸在金鹦鹉杯中，为身居白玉堂中的明君所用。泛：漂浮。此处指以菊花浸酒。金鹦鹉：以黄金模仿鹦鹉形状铸造的酒杯。玉堂：原是宫殿的美称，唐宋之后，称翰林院为玉堂。

新评

首联用叠音词写菊花明暗有致的色彩，标格不俗。颔联以陶令、罗含对举，一写陶渊明以菊为伴，二写罗含以菊为友，两句收笔于“色”、“香”二字，传达了诗人的闲适，又展示了诗人的精神品格。颈联以菊花凋零喻幽居时的处境，触景生情，由菊花的凋零感受到人生迟暮，将不愿默默无闻的心迹袒露无遗。末两句顺势而下，将诗人身在山林，但心无时不在“玉堂”的心意和盘托出。在这首诗中，菊花不但没有成为隐者悠然自得的化身，相反却成为诗人闲居村野而积极用世的象征。其新意的推出，在于诗人关心的对象不是“采菊东篱下，悠然见南山”的飘逸，而是将君臣遇合之盼寄寓其中。

秋日晚思

题解

作于唐武宗会昌四年(844)。

桐槿日零落，雨馀方寂寥。
枕寒庄蝶去，窗冷胤萤销。
取适琴将酒，忘名牧与樵。
平生有游旧，一一在烟霄。

新解

桐槿日零落，雨馀方寂寥——这两句是说：入秋以后，桐槿花日渐稀少，与此同时，它的叶子也在不断地凋谢；特别是一场秋雨过后，桐槿花更是分外地寂寥。桐槿：花名。寂寥：寂静，空旷。

枕寒庄蝶去，窗冷胤萤销——这两句是说：寒夜孤枕，不再对人生心存梦想；也不再于寒冷的窗下彻夜苦读诗书了。庄蝶：指庄周化为蝴蝶事。《庄子·齐物论》：“昔者庄周梦为胡蝶，栩栩然胡蝶也。自喻适志与！不知周也。俄然觉，则蘧蘧然周也。不知周之梦为胡蝶与？胡蝶之梦为周与？”意即人生如梦。胤萤：《晋书·车胤传》:“胤博学多通,家贫不常得油,夏月则练囊盛数十萤火以照书,以夜继日焉。”

取适琴将酒,忘名牧与樵——这两句是说:抚琴饮酒,获取安适闲在的心情;混迹于牧人、樵夫之间,忘却身外之名。将:和,与,同。

平生有游旧,一一在烟霄——这两句是说:而我昔日的那些朋友,如今都平步青云、获得高升了。烟霄:置身于青云之中,此指高升。

新评

人生日渐凋敝,如一场大梦,忽忽逝去。有心用世,又“零落”、“寂寥”;有心“忘名”,与牧人、樵夫为伍,而旧日同游的伙伴却平步青云。两厢对照,诗人心中的苦涩和悲凉越发深沉浓郁。无奈之中,只能以琴酒自遣,忘名于江湖了。

幽居冬暮

题解

约作于唐武宗会昌四年(844),是时,诗人在永乐(今山西芮城)闲居。一说此诗约作于唐宣宗大中十二年(858),是时,诗人罢职,闲居郑州(治所在今河南郑县),为诗人晚年的绝笔。幽居:深居。

羽翼摧残日,郊园寂寞时。
晓鸡惊树雪,寒鹜守冰池。
急景倏云暮,颓年浸已衰。
如何匡国分,不与夙心期?

新解

羽翼摧残日,郊园寂寞时——这两句是说:我的羽翼屡遭摧残,已无力再振翅高飞,故只有在郊外的寓所寂寞地度过难以忍受的日子。摧残:此指飞鸟的翅膀被折断。喻诗人政治上屡受打击,无力再振翅高飞。郊园:指诗人寓居郊外的处所。

晓鸡惊树雪,寒鹜守冰池——这两句是说:晨鸡看到树上的积雪,误以为天已经亮了,发出了惊叫;但鸭子仍困守在冰封的池塘边。鹜(wù):鸭子。

急景倏云暮,颓年浸已衰——这两句是说:冬日昼短,时光飞逝而过,转眼间又到天黑的时候;面对此情此景,诗人感到自己已渐渐地衰老。急景:飞逝的日光。

景，指日光。倏(shū)：疾速，忽然。云：语助词。颓年：衰暮之年，即老年。浸：渐，渐渐地。衰：弱。

如何匡国分，不与夙心期——这两句是说：为什么我担当的职责，总是无法与我匡扶国家的初愿相吻合呢？匡国：匡救、匡扶国家。分(fèn)：职分，职责。夙心：初心，素愿。期：契合，会合。

新评

物候感人，“幽居”给人以孤寂，“冬暮”给人以寒冷。诗人政治上屡遭挫折，如同羽翼折断的飞鸟无法振翅高飞。颔联写景，寄托遥深，晓鸡之“惊”，寓有不忘进取的情怀；寒鸭守冰，则暗寓坚守不移的情操。颈联由冬季日短而叹盛年已逝。尾联以“如何”领起，直言壮志未酬、报国无门的悲愤。整首诗写景抒情，凝重而沉稳，显示出沉郁的倾向。

寄令狐郎中

题解

唐武宗会昌四年(844)，诗人闲居洛阳，体弱多病。这时，诗人接到旧友令狐绹的慰问信，遂作此诗回寄。令狐郎中：指令狐绹，是时，令狐绹在京城长安任右司郎中。

嵩云秦树久离居，双鲤迢迢一纸书。
休问梁园旧宾客，茂陵秋雨病相如。

新解

嵩云秦树久离居，双鲤迢迢一纸书——这两句是说：我俩分别的时间已经很长了，现在，接到您千里迢迢寄来的书信。嵩：嵩山，地近洛阳，这里借指诗人闲居的地方。秦：秦中，指令狐绹所居的长安。双鲤：即双鲤鱼。古人认为，鲤鱼能传递书信。在制作存放书信的封套时，用两块木板做成底和盖，并分别在上面刻上鲤鱼。汉乐府《饮马长城窟行》：“客从远方来，遗我双鲤鱼。呼儿烹鲤鱼，中有尺素书。”此处代指书信。迢迢：遥远的样子。

休问梁园旧宾客，茂陵秋雨病相如——这两句是说：不要再问梁园里的旧宾客都到哪里去了，如今只剩下在茂陵卧病独听秋雨的司马相如了。梁园：梁孝王的宫苑。汉景帝时，梁孝王那里汇集了一批著名的文士，司马相如曾在梁孝王的门下为宾客。茂陵秋雨病相如：据《史记·司马相如列传》："相如尝称病闲居，不慕官爵，拜为孝文园令。既病免，家居茂陵。"茂陵，汉武帝陵，在今陕西兴平市东北。相如，指汉代著名的辞赋家司马相如，少有大志，以《子虚赋》得汉武帝赏识，但不见进用，后病死于茂陵。

新评

首句以"嵩云秦树"领起，将两地思念之情徐徐托起。二句言心怀感激之情，对令狐绹的关怀致以感谢。三四句蕴藉而含蓄，借司马相如之事暗寓诗人同令狐绹及其先人的旧谊，隐约地表达出希望引荐的要求。这首诗将身世落寞与希望有所作为的感情拧结在一起，给人以一唱三叹之感。

小园独酌

题解

作于唐武宗会昌五年(845)，此时诗人闲居永乐(今山西芮城)。

柳带谁能结？花房未肯开。
空馀双蝶舞，竟绝一人来。
半展龙须席，轻斟玛瑙杯。
年年春不定，虚信岁前梅。

新解

柳带谁能结？花房未肯开——这两句是说：春天迟迟未到小园，柳条上还未抽出新绿，花儿也未开放。

空馀双蝶舞，竟绝一人来——这两句是说：小园里，两只蝴蝶翩翩起舞，四周空荡荡的，只有我一个人凄清地坐在那里。

半展龙须席，轻斟玛瑙杯——这两句是说：独处小园中，半展开龙须席，轻轻地斟满玛瑙杯。龙须席：用龙须草编成的席子。玛瑙杯：用玛瑙制成的酒杯。

年年春不定，虚信岁前梅——这两句是说：每年春天到来的时间都不一定，看来不能相信报春的梅花。岁前梅：梅花先春而发，报告春天的到来。然而却落空了，春天并未如约而至，因此说"虚信岁前梅"。

新评

纵观全诗，“独”是诗眼。首联、颔联写景，一是紧扣小园，写春天姗姗来迟；二是以“空馀”、“竟绝”对举，以“双蝶舞”、“一人来”补足，刻意营造小园寂寥的景象，同时为颈联抒写“独酌”蓄势。颈联正写“独酌”，通过首联、颔联的铺垫，因小园寂寥而造成的重压遂映现出诗人内心的孤独。尾联回扣首联，将苦苦的等待化为一腔的惆怅。玩味诗意，经诗人刻意渲染和反复强调，诗人到小园中访春及春迟不至的意象，实际上是与诗人政治上的不遇联系在一起的。即小园中访春时的失意，实为诗人政治上的失意和苦苦期待。正是因为这样的原因，诗人为赏春惜春而备下的美酒，最终只能在苦闷之中倒入愁肠。

春日寄怀

题解

作于唐武宗会昌五年(845)闲居永乐(今山西芮城)时。诗人自会昌二年(842)服母丧后闲居已近四年。

世间荣落重逡巡，我独丘园坐四春。
纵使有花兼有月，可堪无酒又无人？
青袍似草年年定，白发如丝日日新。
欲逐风波千万里，未知何路到龙津？

新解

世间荣落重逡巡，我独丘园坐四春——这两句是说：世间万物荣显衰落，一再交替变迁，在这一过程中，我独自在丘园里闲居已行将四年。荣落：荣显与衰落。重：一再。逡巡：往复循环。坐：行将。此时，诗人自会昌二年(842)服母丧闲居已进入第四年。

纵使有花兼有月，可堪无酒又无人——这两句是说：纵然有春花和明月相伴，又怎能忍受没有美酒遣怀、没有知音相对的寂寥呢？可堪：岂堪，岂能忍受。

青袍似草年年定，白发如丝日日新——这两句是说：颜色像草一样的青袍穿在身上年复一年，没有任何的变化；丝丝黑发每天都在不停地变成白发。青袍：官服的颜色。唐代八品、九品官着青袍。诗人居丧前任秘书省正字，系九品下阶，故着青袍。年年定：应上句的“四春”。诗人居丧期间离职，但原职仍然保留。

欲逐风波千万里，未知何路到龙津——这两句是说：我虽然有追逐风波远涉千万里、直上龙门的强烈愿望，却无法知道通向龙门的路在哪里。龙津：即龙门，又名禹门口，在今山西河津西北和陕西韩城东北，两岸峭壁对峙，黄河流经此处，水流十分湍急。《三秦记》："河津一名龙门，水险不通，龟鱼之属莫能上。江海大鱼薄集门下数千，不得上，上则为龙。"

新评

面对无限的春光，诗人发出身世飘零的慨叹。首联写物有荣枯，周始循环，面对此景，诗人独处丘园已四年矣。"纵使"与"可堪"对举，将其关心的对象从良辰美景中引开，直入诗人孤独无依的情怀，顺势抒写闲居时不甘寂寞的心态。五六句伤叹因岁月蹉跎、仕进无路而引起的迟暮之感，"青袍年年定"与"白发日日新"，通过色彩上的对比，言岁月无情。尾联写其自陷迷茫，从而加重了诗人抒写仕进无门、孤独无依之心态的分量，将诗人自伤的情绪弥漫到诗外。

落 花

题解

作于唐武宗会昌五年(845)，是时，诗人服母丧闲居永乐(今山西芮城)。

高阁客竟去，小园花乱飞。
参差连曲陌，迢递送斜晖。
肠断未忍扫，眼穿仍欲归。
芳心向春尽，所得是沾衣。

新解

高阁客竟去，小园花乱飞——这两句是说：黄昏时分，高阁上的游客纷纷离去；小园里的花瓣随风飘零，纷纷乱飞。

参差连曲陌，迢递送斜晖——这两句是说：夕阳下，花瓣飞舞，飘向远方弯曲的小路，留下参差不齐的影子；落花纷飞，像是送别斜阳投下的馀晖。参差：指花影的迷离，承上句乱飞意。曲陌：弯曲的小路。迢递：遥远的样子。

肠断未忍扫，眼穿仍欲归——这两句是说：面对凋零的花朵，我肝肠欲断，真不忍心把它们扫去；我盼望残留枝头的春花能长久地保持下去，可是它依旧要凋谢。

芳心向春尽，所得是沾衣——这两句是说：盛开的鲜花将随着春天而去，面对这一切，我只有落泪沾衣。芳心：指花，也指自己看花的心意。沾衣：指流泪。

新评

这是一首专咏落花的诗。首联写落花与人的心情，含蓄蕴藉，耐人寻味。颔联从远观的角度描写落花"乱飞"的具体情状，给人以诗情画意。颈联直接抒发情感，希望春花永驻，但时不饶人，只能任其飞落。末联紧承上意，继续写落花留下的感伤。全诗刻意营造惜花的艺术氛围，借落花写伤春之情，味其意致，虽系安身自遣之词，但不能超然物外，自有寓意含于其中。

汉宫词

题解

唐武宗笃信神仙之说，会昌五年(845)的春天，在京城修筑望仙台，希冀仙人降临。本诗当作于此年。全诗借汉武帝筑集灵台求仙不成，讽刺唐武宗的执迷不悟。

青雀西飞竟未回，君王长在集灵台。
侍臣最有相如渴，不赐金茎露一杯。

新解

青雀西飞竟未回，君王长在集灵台——这两句是说：西王母的信使青鸟已向西飞去，至今还未回来，乃至于君王在集灵台久久地等待。青雀：又称"青鸟"，相传是有三只脚的黑鸟，为西王母的使者。集灵台：地址在陕西华阴市界，汉武帝筑集灵台求仙。此处用以指唐武宗在长安城南郊修建的望仙台。

侍臣最有相如渴，不赐金茎露一杯——这两句是说：君王的侍臣中，司马相如有消渴症，君王为什么不赐一杯金茎仙露给他治病呢？相如：即司马相如，汉代著名辞赋家，患有消渴症(糖尿病)。金茎：铜柱，用以擎托承露盘的铜柱。《文选·班固〈西都赋〉》："抗仙掌以承露，擢双立之金茎。"李善注："金茎，铜柱。"又指承露盘或盘中的露。《三辅故事》："建章宫承露盘，高二十丈，大七围，以铜为之。上有仙人掌承露，和玉屑饮之。"传说将承露盘中的露和玉屑服之，可得仙道。

新评

本诗借古讽今，以汉武帝求仙的故事，讽刺唐朝盛极一时的求仙服药之风。全诗语含讥诮，首两句以青雀的迟迟不归指出集灵、望仙之想的徒劳和虚妄；后两句则说连消渴症都无法医治，那仙露哪可能令人长生不老呢？以"釜底抽薪"的方式论证求仙服药的荒谬，指斥当权者的执迷不悟。

北齐二首

题解

作于唐武宗会昌五年(845)。是时，诗人服母丧闲居永乐(今山西芮城)，然位卑未敢忘忧国，读史之馀，写下了这两首咏史诗。从其内容看，这二首是借北齐后主高纬荒淫亡国之事来讽喻现实。

其　一

一笑相倾国便亡，何劳荆棘始堪伤。
小怜玉体横陈夜，已报周师入晋阳。

新解

一笑相倾国便亡，何劳荆棘始堪伤——这两句是说：国家灭亡是因美人一笑而引起的；因君主贪恋美色、不理朝政，国家走向灭亡是必然的，根本不需要等到宫殿长满荆棘、成为废墟的时候才悲伤。倾：倾倒、倾心。《汉书·外戚传》载李延年的诗歌："北方有佳人，绝世而独立；一顾倾人城，再顾倾人国。宁不知倾城与倾国，佳人难再得。"后因用"倾城倾国"来形容绝色的女子。倾国还有"使国家倾覆"的意思。荆棘：此指北齐后主荒淫无度、不修国政，导致国家灭亡。《吴越春秋》："夫差听谗，子胥垂涕曰：'以曲作直，舍谗攻忠，将灭吴国。城郭丘墟，殿生荆棘。'"

小怜玉体横陈夜，已报周师入晋阳——这两句是说：齐后主抱着冯淑妃正在温柔乡做美梦时，北周的军队已攻入了北齐的重镇晋阳，乃至于北齐危在旦夕。小怜：指冯淑妃，名小怜，深得齐后主高纬的宠爱。《北史·后妃下·冯淑妃传》："冯淑妃名小怜，大穆后从婢也。穆后爱衰，以五月五日进之，号曰'续命'。慧黠能弹琵琶，工歌舞。后主惑之，坐则同席，出则并马，愿得生死一处。"玉体：指美女娇柔的体态。横陈：横卧。周师：北周的军队。晋阳：郡名，旧治在今山西太原境内。北齐都城虽为邺(今河北临漳西南)，但晋阳是重镇，一向是北齐的根据地。晋阳一失，北齐也就要灭亡了。《北齐书·后主纪》："(武平七年，576年)十二月戊申，周武帝来救晋州。庚戌，战于城南，我师大败。帝弃军先还。……乃留安德王延宗、广宁王孝珩等守晋阳。……辛酉，延宗与周师战于晋阳，大败，为周师所虏。"

新评

这是一首咏史诗，诗以北齐后主高纬贪恋女色导致国家倾覆的史实，向唐武宗发出警示。首章紧扣齐后主高纬宠幸冯淑妃一事，感慨君主贪恋女色给国家带来的灾难。首句直发议论，快人快语，将"一笑相倾"与"国便亡"有机地结合在一起，"便"字举重若轻，顺势将笔墨凝聚在"亡"字方面。二句以"何劳"反挑首句，语意连贯，言辞虽十分质朴，但韵味十足。特别需要指出的是，"何劳"与末句中的"已报"紧扣首句中的"便"字，三者成鼎足之势，通过反复渲染，将北齐祸败的缘由全盘托出。言在此而意在彼，诗人深致的用意是希望唐武宗能以史为镜。此诗笔力雄健而老到，沉郁之中又见警策。

其　二

巧笑知堪敌万机，倾城最在著戎衣。
晋阳已陷休回顾，更请君王猎一围。

新解

巧笑知堪敌万机，倾城最在著戎衣——这两句是说：美人娇媚的笑容比繁重的政务更有魅力，美人最令人倾倒是在穿军装的时候。言外之意，即便是美人穿上了军装，也解决不了敌军压境所带来的危机。巧笑：女子美好而又迷人的笑。《诗经·卫风·硕人》："巧笑倩兮，美目盼兮。"万机：日常的繁忙事务。著戎衣：穿上军装。此指穿上军装的冯淑妃与齐后主高纬在三堆围猎一事。

晋阳已陷休回顾，更请君王猎一围——这两句是说：晋阳城既然已经陷落就别去管它了，还是让我们好好地去再围猎一次吧。围：打猎的围场。《北史·后妃下·冯淑妃传》："周师之取平阳，帝猎于三堆，晋州亟告急，帝将还，淑妃请更杀一围，帝从其言。识者以为后主名纬，杀围言非吉征。及帝至晋州，城已欲没矣。"

新评

此章承接上意，继续写北齐亡国之事。首章以"一笑"领起，此章以"巧笑"领起；首章以"倾国"补足，此章以"倾城"补足。细细咀嚼，两章在写法上有明显的不同，首章一二句直发议论，三四句叙事。以议论提升叙事的质量，直接展示诗人的批判之情。二章通篇叙事，不着议论，但讽刺之意蕴藉其中。纵观《北齐二首》，它的共同特点是，诗人善于选择、提炼具有典型意义的细节，通过对比来表达自己的爱憎情感。

隋宫守岁

题解

作于唐武宗会昌五年(845)。诗人于除夕夜听到宫中宴乐的喧腾声，有感而发写下了这诗。隋炀帝生活极度奢靡，每逢除夕夜守岁，都在殿前诸多院落中设以沉香木根堆成的火山数十座，每一座烧沉香木数车。火光稍暗，就投放夹煎香料，火焰常常高达数丈，数十里外都能闻到香味。一夜之间，要烧掉沉香木两百多车，夹煎两百多石。唐代守岁沿袭隋代的旧习，诗人以此影射唐代宫廷生活的奢靡。守岁：旧时风俗，在阴历除夕的晚上不睡觉，等待新年天明。

消息东郊木帝回，宫中行乐有新梅。
沉香夹煎为庭燎，玉液琼苏作寿杯。
遥望露盘疑是月，远闻鼍鼓欲惊雷。
昭阳第一倾城客，不踏金莲不肯来。

新解

消息东郊木帝回，宫中行乐有新梅——这两句是说：春天到来的消息刚刚从东郊传回，宫里行乐已有新梅可赏了。东郊：古代立春之日，天子亲自率领公卿诸侯等迎春于东郊。木帝：即太皞，传说中古代东夷族首领，以木德王，故称“木帝”。司掌孟春(春天第一个月)。

沉香夹煎为庭燎，玉液琼苏作寿杯——这两句是说：以沉香、夹煎作庭院中照明的火炬，玉液琼苏当作祝寿的酒。沉香：一种名贵香料，主产地越南。夹煎：又名“甲煎”，一种香料。庭燎：古人用于庭院中照明的火炬。玉液琼苏：甘美的浆汁或美酒，传说人饮后能升仙。寿杯：祝寿时用的酒杯，此处指酒。

遥望露盘疑是月，远闻鼍鼓欲惊雷——这两句是说：远远看到承露盘以为它是月亮，遥遥地听到鼍鼓声像是天上打起的惊雷。露盘：承露盘。汉武帝于建章宫筑神明台，立铜仙人舒掌捧铜盘承接甘露，希望饮用后能长生不老。《汉书·郊祀志上》：“其后又作柏梁、铜柱、承露仙人掌之属矣。”颜师古注：“《三辅故事》云：建章宫承露盘高二十丈，大七围，以铜为之，上有仙人掌承露，和玉屑饮之。”鼍(tuó)鼓：用鼍皮蒙的鼓。鼍，即扬子鳄，俗称“猪婆龙”。

昭阳第一倾城客，不踏金莲不肯来——这两句是说：昭阳宫内姿容天下无双的美女，不脚踏金莲便不肯前来。昭阳：汉成帝所筑宫殿名，昭仪赵合德所居，一说赵飞燕所居。后代常以昭阳宫为皇后所居之宫，此处借指皇帝的宠妃。第一：据晋·葛洪《西京杂记》：赵飞燕与其妹赵合德“二人并色如红玉，为当时第一”。倾城客：形容女子极其美丽。晋·陶渊明《闲情赋》：“表倾城之艳色，期有德于传闻。”金莲：《南史·废帝东昏侯纪》：“齐废帝东昏侯凿金为莲花以贴地，令潘妃行其上，曰：‘此步步生莲华也。’”

新评

本诗系托古讽今之作，极写宫廷行乐之豪奢靡费。首二句点明除夕宴乐，说东郊春讯刚传来，宫中已开始行乐。三四二句极言其奢侈浪费。五六句点明自己在一旁“遥望”和“远闻”。末二句是揣测皇上的宠妃前来参加宴饮时的情形。

茂陵

题解

这首诗可能作于会昌六年(846)八月唐武宗葬端陵之后，通篇用汉武帝事影射唐武宗。武宗在晚唐皇帝中较有作为，但好游猎，宠幸宫妃，迷信神仙术，最后因为服长生药而送命。茂陵：汉武帝的陵墓。

汉家天马出蒲梢，苜蓿榴花遍近郊。
内苑只知含凤觜，属车无复插鸡翘。
玉桃偷得怜方朔，金屋修成贮阿娇。
谁料苏卿老归国，茂陵松柏雨萧萧。

新解

汉家天马出蒲梢，苜蓿榴花遍近郊——这两句是说：汉家王室培育出的良马出自蒲梢，从西域引种的苜蓿草、石榴花遍布皇城近郊。蒲梢：古代良马名。据《史记·乐书》：汉武帝伐大宛，得千里马，名蒲梢。汉武帝称其为“天马”。苜蓿(mù xu)：豆科植物。原产新疆一带，因大宛马嗜食此物，汉武帝令人采集种子，遍种于离宫旁。榴花：石榴花。汉武帝时张骞出使西域，带回石榴。这两句借宣扬汉武帝的武功赞扬唐武宗。武宗在位期间曾抗击回鹘侵扰、平定昭义镇叛乱，在唐后期以武功著称。

内苑只知含凤觜，属车无复插鸡翘——这两句是说：内苑整日里只知游猎，帝车为掩人耳目，出行方便，不再插鸡翘旗。内苑：御苑，宫内的园林。含凤觜：指用嘴把胶濡湿。凤觜，即凤嘴，此指胶。《十洲记》："仙家煮凤喙及麟角作胶，名为续弦胶，或名连金泥，能续弓弩已断之弦，刀剑断折之金。武帝时，西国王使至，献此胶，武帝以付外库，不知妙用也。帝幸华林围射虎，弩弦断，使者时从驾，又上胶一分，使口濡以续弩弦。帝惊曰：'异物也。'乃使武士数人共对掣引之，终日不脱，胶色青如碧玉。"此句讽刺唐武宗好游猎。属车：皇帝随从的车，借指帝车。鸡翘：皇帝出行时，属车前插饰有羽毛的鸾旗，老百姓称之为鸡翘。此句亦咏唐武宗生前事，言武宗常隐蔽身份微行出游。

玉桃偷得怜方朔，金屋修成贮阿娇——这两句是说：怜爱偷玉桃的东方朔，修成金屋后藏匿美人阿娇。玉桃：传说中吃了可长生不老的仙桃。方朔：东方朔，汉武帝时著名的文士。据《博物志》：西王母取仙桃给汉武帝，东方朔从窗外偷看。西王母对汉武帝说，窗外这个人曾三次偷窃我的仙桃。此句讽刺唐武宗宠幸道士，迷信长生不老术。阿娇：汉武帝陈皇后的小名。《汉武故事》："帝为胶东王时，长公主(汉武帝的姑母)问曰：'儿欲得妇否？'曰：'欲得。'指女：'阿娇好否？'笑曰：'若得阿娇，当以金屋贮之。'"此后，汉武帝娶阿娇，并宠幸十馀年。此句以汉武帝宠幸陈皇后讽唐武宗贪恋女色。

谁料苏卿老归国，茂陵松柏雨萧萧——这两句是说：谁能料到苏武留匈奴十九年后返国，奉诏拜谒茂陵(汉武帝的陵墓)，这时，茂陵已是松柏苍翠，细雨萧萧了。苏卿：苏武，字子卿。苏武于天汉元年(汉武帝年号，前100)出使匈奴，被扣留十九年，汉昭帝始元六年(前81)回国。是时，汉武帝已死，奉诏拜谒汉武帝陵庙(参见《汉书·苏武传》)。诗人于会昌二年(842)再次入朝任秘书省正字，不久因母丧居家。会昌五年冬守孝期满回京，几个月后唐武宗逝世。这里借苏武事寄慨。

新评

从表面上看，诗人是在写汉武帝的故事，然吟咏古事是为了找汉武帝与唐武宗的相似点，因此《茂陵》一诗关心的对象是唐武宗。首联赞扬武宗消除内患、抵御外侵方面的武功。颔联、颈联写其生前活动。前六句一气呵成，展示了唐武宗的形象，不着任何贬词。最后两句以"谁料"领起，陡然转到苏卿凭吊茂陵之事，收束追思汉武帝之情，化为对唐武宗的叹惋，由此反观二三两联，讽刺之意便油然而起。这样，诗人在赞扬中有批判，批判中有叹息，其复杂的情感遂化融为深长的感喟。

华山题王母庙

题解

作于唐武宗会昌六年(846)。晚唐诸帝，武宗较有作为，但迷信神仙术，后来因服用长生不死之药而送命。华山：五岳之一，古称西岳，在今陕西华阴。

莲花峰下锁雕梁，此去瑶池地共长。
好为麻姑到东海，劝栽黄竹莫栽桑。

新解

莲花峰下锁雕梁，此去瑶池地共长——这两句是说：莲花峰下的西王母庙一直紧锁着，更不用说前往离此地十分遥远的瑶池仙境了。言外之意，成仙是虚无缥缈的事情。莲花峰：华山著名的山峰，状似莲花，故称。《华山记》："山巅有池，生千叶莲花，服之羽化，因名华山。"雕梁：雕刻彩绘的梁木，此处借指西王母庙。瑶池：传说中西王母居住的地方。

好为麻姑到东海，劝栽黄竹莫栽桑——这两句是说：西王母要是到东海见到麻姑的话，一定会劝告她栽种四季常青的黄竹，而不是耕种瞬息间就变为沧海的桑田。好为：叮嘱之词。麻姑：传说中的女仙。晋·葛洪《神仙传·麻姑》："麻姑自说云，接侍以来，已见东海三为桑田。"大海变为桑田，比喻世事变迁很大。"劝栽黄竹"句：意为奉劝麻姑从长计议，以免自身难保。

新评

本诗是为讥讽唐武宗笃信神仙之说而作。前两句说成仙之事非常渺茫；后两句则借用典故，奉劝麻姑作长久之计以应对沧海桑田的变迁，暗寓神仙不可求，刺唐武宗追求长生不死一事。用笔婉曲，讽意弥长。

过景陵

题解

作于唐武宗会昌六年(846)。景陵：唐宪宗墓，在今陕西乾县。唐宪宗(806—821年在位)迷信神仙术，最后因服长生药送命。

武皇精魄久仙升，帐殿凄凉烟雾凝。
俱是苍生留不得，鼎湖何异魏西陵！

新解

武皇精魄久仙升，帐殿凄凉烟雾凝——这两句是说：武孝皇帝的魂魄早已升天成仙了，陵寝的帐殿一派凄凉，供奉的烟火已不复存在，不再烟雾缭绕。武皇：指唐宪宗。宪宗死后，谥号为"圣神章武孝皇帝"。帐殿：古代皇帝出行，休息时以帐幕为行宫，称帐殿。这里指皇陵上设置帷幕的寝殿。

俱是苍生留不得，鼎湖何异魏西陵——这两句是说：同是告别人世间，黄帝成仙和曹操之死又有什么不同呢？鼎湖：传说黄帝在荆山脚下铸鼎成仙的地方。《史记·封禅书》："黄帝采首山铜，铸鼎于荆山下。鼎既成，有龙垂胡须下迎黄帝。黄帝上骑，群臣后宫从上者七十馀人，龙乃上去……故后世因名其处曰鼎湖。"魏西陵：魏武帝曹操的陵墓。《邺都故事》："魏武遗命诸子曰：吾死，葬于邺之西冈。婕妤美人，皆著铜雀台上，施六尺床，繐帐，朝晡上酒脯粻糒之属，月朔十五辄向床前作伎乐。汝等时时登铜雀台，望吾西陵墓田。"

新评

讽刺辛辣。首句想象唐宪宗久已成仙，二句直写宪宗陵墓前的破败景象。通过对比，表明了诗人讽刺唐宪宗的态度。从大的方面讲，二句是诗人过景陵时的所见，是以赋体的形式叙述事实，其中并没有什么褒贬之意。但由于诗人别具匠心地选择了升仙——虚幻世界中的美好，以及帐殿凄凉——现实中的衰败这两件事件，通过对比，从而将讽刺唐宪宗的意图寓于其中。三四句在叙事的基础上直写议论，进一步深化诗人对唐宪宗的批判之情。"何异"二字力透纸背，历史上的帝王，无论是成仙的黄帝还是有赫赫武功葬于西陵的魏武帝，他们离开人世的方式虽然不同，但都避免不了身后的凄凉。由此回扣"帐殿凄凉"，将诗人的无限感慨和批判袒露出来。这首诗作于唐武宗会昌六年(846)，由于唐武宗也是迷恋神仙术之辈，故其批判对象兼及唐武宗。

海　上

题解

作于唐武宗会昌六年(846)。武宗在晚唐皇帝中较有作为，但迷信神仙术，终因服长生药送命。

石桥东望海连天，徐福空来不得仙。
直遣麻姑与搔背，可能留命待桑田。

题解

石桥东望海连天，徐福空来不得仙——这两句是说：站在石桥上向东眺望，海天相连，漫无际涯；徐福一次又一次地入海寻找仙人，没有一次不落空的。石桥：《三齐略记》："始皇作桥，欲过海看日出处。有神人驱石下海，石去不速，神辄鞭之，石皆流血。"徐福：秦代的方士。《史记·秦始皇本纪》："齐人徐市(福)等上书，言海中有三神山，名曰蓬莱、方丈、瀛洲，仙人居之。请得斋戒，与童男女求之。于是遣徐市发童男女数千人，入海求仙人。"空：徒然，白白地。

直遣麻姑与搔背，可能留命待桑田——这两句是说：即使能得到仙人麻姑为之搔背痒，又岂能留住性命等到沧海复归桑田之日？直遣：即使能得到。可能：岂能。麻姑搔背：据《列仙传》：蔡经见仙人麻姑手似鸟爪，心想，后背痒时如用此爪爬背搔痒是件美事。此念被王方平发现，因此而鞭打蔡经，并对他说："麻姑，神人也，汝何忽谓其爪可爬背乎？"只见鞭打在蔡经的背上，却看不见持鞭的人，王方平对蔡经说："吾鞭不可妄得也。"桑田：大海变为桑田，比喻世事变迁巨大。

新评

这首诗旨在批判唐武宗希冀长生之想。一二句用典，先说秦始皇派人入海求仙之事，以"空"字言其徒劳而返。三四句推进一层，以"直遣"对"可能"，将讥讽之意寓于其中，认为即使遇到仙人，也无法实现长生之想。这首诗与《过景陵》有异曲同工之妙。晚唐君王迷恋长生术，为此，义山写下了系列诗篇，其批判锋芒直指晚唐君主的荒唐行径。

四皓庙

题解

作于唐武宗会昌六年(846)。四皓：秦末东园公、角(lù)里先生、绮里季、夏黄公，避乱隐居商山(在今陕西商县东)。四人皆年八十有馀，眉皓白，时称"商山四皓"。汉高祖立，召其入朝，不应。后来，高祖欲废太子刘盈。吕后用张良计，厚礼迎接四人至，四人从太子见高祖，高祖以为太子既得四人，羽翼已成，于是打消了废太子的念头。

本为留侯慕赤松，汉廷方识紫芝翁。
萧何只解追韩信，岂得虚当第一功？

新解

本为留侯慕赤松，汉廷方识紫芝翁——这两句是说：因为张良仰慕赤松子，向朝廷举荐了商山四皓，汉高祖刘邦才认识了四皓，并放弃了废除太子刘盈的想法。留侯：汉朝张良的爵号。汉高祖刘邦平定天下后，使张良自择三万户，张良愿封留（今江苏沛县），于是封为留侯。张良建功立业后表示："愿弃人间事，从赤松子游耳。"（《史记·留侯世家》）后不知所终。赤松：赤松子，神话传说中的仙人，相传为神农氏的雨师。后为道家所信奉。汉廷：此指汉高祖刘邦。紫芝翁：指商山四皓。《高士传》："四皓避秦入商洛山，作歌曰：'晔晔紫芝，可以疗饥。'"

萧何只解追韩信，岂得虚当第一功——这两句是说：萧何只懂得去追韩信，论功劳，他哪里能排在第一位呢？萧何：汉高祖刘邦为汉王时，萧何为丞相，辅佐刘邦建汉王朝。天下既定，论功第一，封酂(zuǎn)侯。韩信：刘邦为汉王时，韩信被拜为大将，为汉王朝建立立下战功，与萧何、张良并称"汉兴三杰"。萧何追韩信：楚汉相争时，韩信因未受刘邦重用愤而出走。萧何知道韩信的才干，连夜将他追回，再三推荐，刘邦这才拜韩信为大将。垓下之战中，韩信率军包围项羽，大败楚兵，项羽被迫在乌江自尽，从而成就了刘邦的帝业。解：懂得。

新评

这是首翻案诗。刘邦平定天下以后，论功行赏，以萧何为第一。先看史实，"汉五年，既杀项羽，定天下，论功行封。群臣争功，岁馀功不决。高祖以萧何功最盛，封为酂侯，所食邑多。"（《史记·萧相国世家》）众人不服，认为应该将身被七十馀创的曹参列为第一。为此，关内侯鄂君力排众议，他指出："群臣议皆误。夫曹参虽有野战略地之功，此特一时之事。夫上与楚相距五岁，常失军亡众，逃身遁者数矣。然萧何常从关中遣军补其处，非上所诏令召，而数万众会上之乏绝者数矣。夫汉与楚相守荥阳数年，军无见粮，萧何转漕关中，给食不乏。陛下虽数亡山东，萧何常全关中以待陛下，此万世之功也。今虽亡曹参等百数，何缺于汉？汉得之不必待以全。奈何欲以一旦之功而加万世之功哉！萧何第一，曹参次之。"（同上）作为定论，以后没有再对此提出质疑。那么，诗人为什么要在游览了四皓庙以后做翻案文章呢？其实，道理很简单。发历史之感慨实为针对现实。晚唐的皇帝多为宦官拥立，由于各种原因，这些皇帝在位时都没有立太子，即便是立了太子也是时立时废，因为这样的缘故，朝廷变乱不断，乃至于立储一事成为人们时常议论的话题。在这一背景下，诗人认为，留侯张良之功在萧何之上，并不是要为张良鸣不平，而是赞赏张良荐四皓辅佐刘盈在客观上起到安定刘氏天下的作用。言在彼，意在此，赞扬张良是别有寄托的。此外，李商隐还有一首《四皓庙》，现移录如下："羽翼殊勋弃若遗，皇天有运我无时。庙前便接山门路，不长青松长紫芝。"可备参考。

海　客

题解

作于唐宣宗大中元年(847)。是时，诗人随从桂管观察使郑亚到桂州(今广西桂林)任掌书记。海客：航海者。这里指郑亚。

海客乘槎上紫氛，星娥罢织一相闻。
只应不惮牵牛妒，聊用支机石赠君。

新解

海客乘槎上紫氛，星娥罢织一相闻——这两句是说：航海的人乘坐木筏来到了天上，织女停下织机与他相见。槎(chá)：木筏。传说银河与海相通，有人乘木筏上银河，见到了牛郎和织女。古人常以星河槎的典故称颂官位升迁，或比喻奉命出使。这里指郑亚赴桂林出任桂管观察使。紫氛：天空。星娥：织女。这里借指作者。"星娥罢织"指作者辞去秘书省之职而应郑亚之辟。相闻：相见。

只应不惮牵牛妒，聊用支机石赠君——这两句是说：只因不害怕牛郎的嫉妒，姑且用支机石来赠送来客。只应：只因。惮：畏惧、害怕。牵牛：牛郎。这里借指令狐绹。郑亚属李党，李商隐应郑亚辟，牛党令狐绹等人指斥其背恩。支机石：传说中织女支撑织机的石头。这里用来比喻诗人的文采。《荆楚岁时记》："汉武帝令张骞使大夏，寻河源，乘槎经月而至一处，见城郭如州府，室内有一女织，又见一丈夫牵牛饮河。骞问曰：'此是何处？'答曰：'可问严君平。'织女取搘(zhī)机石与骞俱还。后至蜀问君平，君平曰：'某年某月客星犯牛、女。'搘机石为东方朔所识。"

新评

晚唐时，牛李党争激烈。起先，李商隐在牛党令狐楚的门下，并受到赏识。后来在奔走于幕府的过程中，娶了李党王茂元女儿，因此被牛党视为背恩。此时，又入李党骨干郑亚的幕府，所遭非议和责难是可以想见的。因此，诗人口说“不惮”，其实是很难做到的，同时内心也是很矛盾的。历代索解者均认为此诗比附痕迹明显，此言极当。

岳阳楼

题解

作于唐宣宗大中元年(847)，或大中二年。是时，诗人往返于桂管，途经岳阳楼。岳阳楼：江南名楼，著名的游览胜地。在岳州(今湖南岳阳)郡治西南，西面是洞庭湖，东面是君山。《岳阳风土记》：“岳阳楼，城西门楼也。”

欲为平生一散愁，洞庭湖上岳阳楼。
可怜万里堪乘兴，枉是蛟龙解覆舟。

新解

欲为平生一散愁，洞庭湖上岳阳楼——这两句是说：为了驱散平生积郁心头的愁绪，我登上了洞庭湖边的岳阳楼。散：驱除，消散。洞庭湖：五大淡水湖之一，地处湖南北部。

可怜万里堪乘兴，枉是蛟龙解覆舟——这两句是说：可喜的是此行可以乘兴纵游万里，纵然有蛟龙在前方兴风作浪，掀翻了船只又有什么可怕的呢！可怜：可喜。堪：可，能。枉是：纵然，纵使。

新评

登高远望，面对浩瀚无边的洞庭湖，诗人一时豪情四起。首句直抒胸臆，快人快语，一泻无遗。三句因登高而忽生万里之兴。四句自作壮辞，对未来充满信心。此诗辞直而明快，在诗人的作品中极为罕见。纵观诗人一生，始终在牛李党争中挣扎，抑郁、不得志是其作品的主格调。如诗人于唐宣宗大中元年(847)赴桂途中曾写下《荆门西下》一诗，诗云：“一夕南风一叶危，荆门回望夏云时。人生岂得轻离别，天意何尝忌崄巇？骨肉书题安绝徼，蕙兰蹊径失佳期。洞庭湖阔蛟龙恶，却羡杨朱泣路歧。”诗的风格与《岳阳楼》截然不同。《岳阳楼》快人快语，酣畅淋漓；《荆门西下》则发出了世路维艰、始料未及的感慨，并对前程充满了忧虑。

梦 泽

题解

作于唐宣宗大中元年(847)。是年春夏之交，诗人随桂管观察使郑亚前往桂州(今广西桂林)的幕府，途经云梦泽，写下了这首诗。梦泽：即云梦泽。指今湖北江汉平原的湖泽地带。云梦泽旧属楚地。

梦泽悲风动白茅，楚王葬尽满城娇。
未知歌舞能多少，虚减宫厨为细腰。

新解

梦泽悲风动白茅，楚王葬尽满城娇——这两句是说：云梦泽的悲风吹动着繁盛的白茅，由此我想到，当年楚王宫里娇美的女子该有多少埋葬在这里啊。白茅：草本植物，春夏时生出银白色丝状的花穗。古代祭祀之前，常用裹束在一起的茅草滤去酒中的杂质，以表示尊敬神灵。周代，楚国每年都要向周天子进贡茅草。楚王：指楚灵王(前540—前529年在位)，以荒淫著称。

未知歌舞能多少，虚减宫厨为细腰——这两句是说：这些宫女们，为了保持纤细的腰身，空自减少了饮食，真不知道她们还能禁得起多少歌舞。细腰：纤细的腰肢。《后汉书·马廖传》："楚王好细腰，而国中多饿人。"

新评

诗人由眼前景联想到楚国宫廷中的旧事，可能与云梦泽安葬楚国的宫女有关。"悲风动白茅"五字极佳，从"悲"字可见诗人心中之悲。"楚王好细腰，而国中多饿人。"此所谓上有所好，下必甚焉。细腰之风从宫廷刮向民间，以致"葬尽满城娇"，可见其为害之烈。诗人既同情宫女们的处境和命运，更对她们自觉自愿走向毁灭的无知、愚昧和盲目进行了冷峻的揭示。正因为对主题的开掘异常深入，使得这样的悲剧具有了警示作用：那些希冀为世所知、所用而做出种种趋奉表演的人，不正与这些宫女是一类的吗？

深树见一颗樱桃尚在

题解

作于唐宣宗大中元年(847)桂州幕府中。深:枝叶茂盛。

高桃留晚实,寻得小庭南。
矮堕绿云髻,欹危红玉簪。
惜堪充凤食,痛已被莺含。
越鸟夸香荔,齐名亦未甘。

新解

高桃留晚实,寻得小庭南——这两句是说:我在小庭院的南面,发现高高的樱桃枝上存留着晚熟的果实。

矮堕绿云髻,欹危红玉簪——这两句是说:樱桃树枝繁叶茂,就像女子浓密的发髻,树上的那颗樱桃就像发簪上的红玉石。矮堕:发髻堆积的样子。欹(qī)危:倾斜。

惜堪充凤食,痛已被莺含——这两句是说:可惜呀,本来是可以作为凤凰的美食的,却被莺鸟吞食了,这真令人痛心。莺含:樱桃又称含桃,常为莺鸟所含食。

越鸟夸香荔,齐名亦未甘——这两句是说:南方的鸟喜欢夸耀荔枝的香甜,可即使能与荔枝齐名,樱桃也不会甘心的。越鸟:南方的鸟。桂林一带,古代为百越之地。香荔:唐玄宗巡幸骊山,适逢杨贵妃生日,命在长生殿奏乐。新奏的曲子未命名,恰巧南方进贡来荔枝,因此命名为《荔枝香》。这里,荔枝借指同僚中有才名的人。

新评

作这首诗时,诗人身处郑亚幕中,由于远离政治中心长安,难以实现的政治抱负与漂泊不定的幕府生活拧结在一起,诗人遂产生了失落不平的情绪。这首诗的着眼点是深树中的樱桃。试想在枝叶茂盛的大树上,在目光难以达到的隐蔽的地方,只有一颗樱桃存于树中,如果不仔细寻找是很难发现的。在这里诗人托物寄慨,以藏于深树中的樱桃自比,其痛惜处自是诗人因怀才不遇、备受打击而留下的无限遗恨。首句写眼前景,暗示时间。二句交待地点。三四句紧扣“深树见一棵樱桃尚在”的题意,以浓密的绿色烘托红色,不但色彩对比强烈,而且给人以想象的空间，从中可见诗人匠心之独运。五六句宕开一笔，以“惜堪”和“痛已”对举，深化樱桃的不幸。末二句大有孤芳自赏之意，为被弃的樱桃掬一捧泪，抒写内心的不平，是借樱桃发人生之感慨。纵观全诗，“尚在”是诗人情感的触发点，围绕此意，诗人反复渲染，大发寄兴之辞，越发显出吟咏对象的珍贵。

晚　晴

题解

作于唐宣宗大中元年(847)，是时，诗人任桂管观察使郑亚的掌书记。桂林地处一隅，远离政治斗争的漩涡，为此，诗人写下了这首景物明丽的诗篇，以表达愉悦欣慰的心境。

深居俯夹城，春去夏犹清。
天意怜幽草，人间重晚晴。
并添高阁迥，微注小窗明。
越鸟巢干后，归飞体更轻。

新解

深居俯夹城，春去夏犹清——这两句是说：我住在深幽的官邸中，俯瞰夹城，春天虽然过去，但初夏时节仍然是清爽宜人。深居：幽深的官邸。俯夹城：俯视着夹城。此言所住的官邸地势高。夹城：瓮城，城门外层的曲城，用以增强城防力量。犹：仍。清：意即凉爽。

天意怜幽草，人间重晚晴——这两句是说：雨后天晴，老天爷似乎格外地怜爱那小草，使其沐浴阳光；而人们也更加珍重这夕照辉映的晚晴。幽草：生长在幽静处的小草。

并添高阁迥，微注小窗明——这两句是说：雨后天空更加晴朗，在高阁上能看得更远。傍晚，夕阳照进小窗，屋子里显得分外明亮。并：更。高阁：指作者幽居的高阁。迥：远。微注：傍晚阳光渐弱，故称。注，照射。

越鸟巢干后，归飞体更轻——这两句是说：南方的鸟在巢穴变干后，傍晚归巢时飞翔的体态格外轻盈。越鸟：南方的鸟。桂林一带古代为百越之地。这两句通过飞鸟归巢的描述表现晚晴。巢干：表示天晴。归飞：表示傍晚时分。体更轻：借天晴后鸟身羽毛干燥、飞翔轻快喻诗人畅快的心情。

新评

诗紧扣题意突出"晚晴"的意象。雨后晚晴，烟尘俱净，万物盎然，诗人在物候的感染下，心情格外明朗。颔联为精彩之笔，大处落笔，小处作收，"天意"与"幽草"相应，中间用"怜"字挑起，从而使初夏晚晴中的小草人性化，顺势推出"人间重晚晴"五字，在诗情中生发出哲理。"重晚晴"中的"重"字，更是一字千钧，人生的珍重给这首清新明净的诗平添几分凝重，可谓寄兴遥深。

岳阳楼

题解

约作于唐宣宗大中元年(847)。当时，诗人由桂管北上来到岳阳楼。抚今追古，写下了这首诗。也许是因从桂管北上的缘故，在"入武关"之前，所经之地皆为楚地，给诗人以很强的视觉冲击力，故该诗名物尽为楚地。岳阳楼：江南名楼，著名的游览胜地。在岳州(今湖南岳阳)郡治西南，西面是洞庭湖，东面是君山。《岳阳风土记》："岳阳楼，城西门楼也。"

汉水方城带百蛮，四邻谁道乱周班。
如何一梦高唐雨，自此无心入武关？

新解

汉水方城带百蛮，四邻谁道乱周班——这两句是说：楚国疆土广袤，浩荡的汉江、险峻的方城山与百蛮之地连成一片。四方的邻居有谁敢说楚国乱了周王室的等级秩序呢？汉水方城：原指楚国誓死抗击齐国入侵的决心。此指楚国地域广袤。《左传·僖公四年》："楚国方城以为城，汉水以为池。"汉水：水名，又称汉江。发源于今陕西宁强，流经湖北，在武汉处汇入长江，是长江最长的支流。方城：山名，在今河南叶县南。一说方城指春秋时楚国北面边境上的长城。由今河南方城县循伏牛山，北至今河南邓州市，为古代著名的九塞之一。带：领有。百蛮：古代南方少数民族的总称。周班：周室封爵的等级。《左传·桓公十年》："鲁以周班后郑，郑人怒，请师于齐。"此言楚国强盛，没有人敢说它乱了周王朝的等级制度。暗喻唐王朝藩镇割据势力强大，虽不服从中央，但没有人敢对他们提出异议。

如何一梦高唐雨，自此无心入武关——这两句是说：楚顷襄王从秦国娶妇，因之沉湎于女色，忘记了其父楚怀王被劫、囚禁秦地的仇恨。高唐雨：此指男欢女爱之事。宋玉《高唐赋序》："昔者先王尝游高唐，怠而昼寝，梦见一妇人。曰：'妾巫山之女也，为高唐之客。闻君游高唐，愿荐枕席。'王因幸之。去而辞曰：'妾在巫山之阳，高丘之阻。旦为朝云，暮为行雨。'"《神女赋序》："楚襄王与宋玉游于云梦之浦。使玉赋高唐之事，其夜王寝，果梦与神女遇，其状甚丽。"此指楚顷襄王七年迎妇于秦之事，又暗喻唐代君主沉湎于女色，受藩镇制约之事。武关：古关隘，是秦国的南关。旧址在陕西商县东一百八十里处。据《史记·楚世家》：秦昭王约楚怀王于武关相会，"楚王至，则闭武关，遂与西至咸阳。……顷襄王三年，怀王卒于秦"。怀王死后，楚顷襄王不思报仇，反而于七年迎妇于秦，以一妇而忘复仇。

新评

岳阳楼俯瞰洞庭湖，视野极广。首句总写楚国的山川地理形势，言其地域广阔。二句用典，借周失权柄、诸侯坐大之事暗喻唐王朝藩镇割据不服从中央。三四句写楚顷襄王因贪恋美色而忘国恨家仇事，以此暗喻唐代君主沉湎声色而缺乏远图，以表达胸中的愤懑之情。

城　上

题解

唐宣宗大中元年(847)，居郑亚幕时登桂林城而作。

有客虚投笔，无憀独上城。
沙禽失侣远，江树著阴轻。
边遽稽天讨，军须竭地征。
贾生游刃极，作赋又论兵。

新解

有客虚投笔，无憀独上城——这两句是说：我枉自投笔从戎来到这里，如今只能一个人无聊地登上城楼。有客：诗人在郑亚幕府充任幕僚，故自称"有客"。虚：徒劳，枉自，白白地。投笔：投笔从戎的省语。无憀(liáo)：即无聊，空虚、无所依托的样子。

沙禽失侣远，江树著阴轻——这两句是说：向远处望，栖息在沙洲上的水鸟因失去伴侣显得十分孤独，那江边的树林里蒙上了一层薄薄的雾气。沙禽：停留在沙洲上的水鸟。著：附着。

边遽稽天讨，军须竭地征——这两句是说：国家对党项的叛乱征讨时日已久，乃至于传递公文的驿车不停地奔跑；军费开支用尽了全国的土地赋税。遽(jù)：传递官府文书的驿车。稽：迟延。天讨：朝廷对入侵者的征讨，此指对西北边地党项族的征讨。军须：即军需。地征：土地赋税的征收。

贾生游刃极，作赋又论兵——这两句是说：贾谊才学过人，会作赋又懂军事。这里，诗人以贾谊自况，认为自己对解救国家的危机游刃有馀，却得不到施展才干的机会。贾生：贾谊，西汉著名的政治家和文学家。游刃极：游刃有馀，应付裕如。此语出自《庄子·养生主》。作赋：指有文才，贾谊著有《吊屈原赋》、《鹏鸟赋》等。论兵：指有武略。贾谊曾上书论破匈奴的军事方略。

新评

读此诗，一个心忧国事、渴望报效国家的人物形象跃然纸上。"虚"字极佳，将投笔从戎的心事勾起。"独"字传神，万般无奈独上城楼。颔联写登高远望，景语即情语，失侣的水鸟凄然远去，轻阴薄雾笼罩着江树，这一切也压在诗人的心头。颈联由景物转入议论时事，国事维艰，给人以喘不过气来的重压。尾联宕开一笔，只言才智足以兴国的贾谊被弃之不用。由此上溯首句"虚投笔"之语，诗人报国无门的苦闷自然溢于言表。

端　居

题解

作于唐宣宗大中元年(847)秋，此时，诗人在桂管观察使郑亚幕中，因远离家乡和亲人勾起了无限的惆怅之情。端居：闲居。

远书归梦两悠悠，只有空床敌素秋。
阶下青苔与红树，雨中寥落月中愁。

新解

远书归梦两悠悠，只有空床敌素秋——这两句是说：寄给远方亲人的书信连同那归乡的美梦，是那么地悠长。醒来以后，与我相伴的只有一张空床和那令人备感寂寥的清秋。敌：对，相当、相等的。素秋：秋季。古代五行之说，秋属金，其色白，故称"素秋"。

阶下青苔与红树，雨中寥落月中愁——这两句是说：台阶下的青苔和庭中被秋霜染红的树叶，在迷蒙的秋雨以及冷冷的清月笼罩下，越发勾起我那悠长的愁绪。红树：指经霜以后的叶红之树，如枫树等。寥落：稀少，衰微。

新评

客居异乡，总有孤寂之感。那聊以打发乡愁的"远书"和"归梦"虽然悠长，却难以寄托空荡荡的情怀。为此，诗人以"空床"、"素秋"补足首句的句意。青苔、红树、秋雨、冷月，它们既是诗人的眼前景，同时也是牵动诗人思乡情结的触媒。需要指出的是，"雨中"、"月中"不是同时可见的景物，而是诗人将眼前景与往日的生活积累凭记忆拧结到一起，以暗示长夜难眠、思念之情已非一朝一夕，使其在时间上得到延伸。

访　秋

题解

作于唐宣宗大中元年(847)，写桂林秋色。

酒薄吹还醒，楼危望已穷。
江皋当落日，帆席见归风。
烟带龙潭白，霞分鸟道红。
殷勤报秋意，只是有丹枫。

新解

酒薄吹还醒，楼危望已穷——这两句是说：喝下去的酒淡淡的，风一吹，就清醒了，站在高峻的楼上，极目远望直到天边。薄：指味道淡的酒。危：高峻。望已穷：可以极望，隐含秋高气爽之意。

江皋当落日，帆席见归风——这两句是说：已近傍晚，惟有江边的高地还有馀晖映照；船帆北向，可见刮着南风。皋：水边的高地。

烟带龙潭白，霞分鸟道红——这两句是说：薄阴笼罩着龙潭，微微泛白，晚霞映红了崎岖狭窄的山路。龙潭：深渊。这里指桂林城北的白石潭。分：显露。鸟道：险峻狭窄的山路。

殷勤报秋意，只是有丹枫——这两句是说：殷勤地报送秋天消息的，只有红红的枫叶。因为桂林四季温暖，能使人觉察到秋天存在的物象很少。

新评

这是一首登高怀远的诗作。诗人于是年春来到桂林，转眼间就到了秋季。登高远眺，故园当然是无法收入眼帘的，而“落日”、“归风”却隐含了无尽的归思。桂林气候温暖，见不到内地习见的萧瑟秋景，诗人内心的异域之感、故园之思却未因此而稍减。名为“访秋”，其实是想寻访与内地的关联。丹枫承担起寄托作者此时全部思乡之情的重任，仿佛成了家乡远道而来报道秋消息的使者。

海上谣

题解

作于唐宣宗大中元年(847)。武宗在晚唐皇帝中算是比较有作为的，但迷信神仙术，会昌六年(846)三月因服长生药送命，是年八月下葬。

桂水寒于江，玉兔秋冷咽。
海底觅仙人，香桃如瘦骨。
紫鸾不肯舞，满翅蓬山雪。
借得龙堂宽，晓出揲云发。
刘郎旧香炷，立见茂陵树。
云孙帖帖卧秋烟，
上元细字如蚕眠。

新解

桂水寒于江，玉兔秋冷咽——这两句是说：桂海的水比江水还要寒冷，月中的玉兔也在深秋的清冷中战栗噤声。桂水：指桂海，南海的别称，传说南海有桂树，故称桂海。冷咽(yè)：因寒冷而战栗噤声。

海底觅仙人，香桃如瘦骨——这两句是说：潜入海底寻找仙人，只见到仙桃树枝叶稀疏，蟠桃像枯瘦的骨头。香桃：蟠桃，据说食之可以长生不老。此句讽刺皇帝求仙，费尽心机最后终无所得。

紫鸾不肯舞，满翅蓬山雪——这两句是说：紫鸾被冻僵了不肯起舞，它的翅膀上积满了蓬山的落雪。紫鸾：传说中的神鸟，擅长舞蹈。蓬山：海中的仙山，即蓬莱山。

借得龙堂宽，晓出揲云发——这两句是说：到海中借住龙宫虽然较为宽敞，但清早起床后依旧要梳理一头的白发。龙堂：龙宫。这里借指皇宫。揲(shé)：用手抽点成束或成批物品的数目，此处含有梳理之意。云发：指浓密如云朵般的头发。古人常以须发的疏密来表示人的年纪。

刘郎旧香炷，立见茂陵树——这两句是说：昔日汉武帝刘彻敬神求仙的香炷依然存在，转眼间，茂陵上已长出高大的树木了。刘郎：汉武帝刘彻。暗指唐宪宗。唐宪宗(806—821年在位)迷信神仙术，最后服长生药送命。此时距武宗服药身亡约二十馀年。旧香炷：《汉武内传》："七月七日燔百和之香以待王母。"茂陵：汉武帝刘彻的陵墓。

云孙帖帖卧秋烟，上元细字如蚕眠——这两句是说：汉武帝的子孙后代，现在都已经服帖地长眠于秋烟弥漫的荒野中了，上元真经上的小字还像卧蚕一样。云孙：指远代的子孙。《尔雅·释亲》："曾孙之子为玄孙，玄孙之子为来孙，来孙之子为昆孙，昆孙之子为仍孙，仍孙之子为云孙。"帖帖：稳妥服帖的样子。上元：上元夫人，神话中的女仙名，据说曾陪同西王母到汉宫中与汉武帝相会宴饮，并曾授汉武帝以真经。蚕眠：蚕蜕皮时，不食不动，其状如眠，谓之蚕眠。

新评

这是一首讽刺皇帝追求长生不老的诗。诗人将时间锁定在万物萧瑟的秋天，此时正是唐武宗入葬的时候。武宗于会昌六年三月因服长生药送命，是年八月下葬。全诗以秋月的寒冷兴起，营造凄凉的氛围。三至六句继续写海上仙境的寒冷，说明此地既不能生长仙桃，也不是紫鸾起舞的仙家胜境。七八句写求仙者虽然可以借到宽敞的龙堂居住，但并不能解决长生的问题，只能在早晨起床后梳理一头的白发。其讽刺之意可窥见一斑。后四句极写求仙者相继死亡，可见求仙之事的虚妄。中晚唐诸皇帝大都迷信神仙方术，妄求长生，虽然覆辙相袭，仍执迷不悟。

宋 玉

题解

这首诗作于唐宣宗大中元年(847)冬，是时，诗人奉命出使江陵，路过战国后期楚国宋玉的故宅。何焯在《义门读书记》中指出："此题下缺一'宅'字。"言之成理。宋玉：战国后期楚国著名的辞赋家。

何事荆台百万家，唯教宋玉擅才华？

楚辞已不饶唐勒，风赋何曾让景差！
落日渚宫供观阁，开年云梦送烟花。
可怜庾信寻荒径，犹得三朝托后车。

新解

何事荆台百万家，唯教宋玉擅才华——这两句是说：为什么拥有数百万人口的楚国，让宋玉一人独揽了才华呢？荆台：楚国台馆名，故址在湖北监利北。这里用来指楚国。擅：独揽。

楚辞已不饶唐勒，风赋何曾让景差——这两句是说：宋玉所作楚辞已不在唐勒之下，他的《风赋》又何尝比景差的作品逊色呢？饶：让，比……差。唐勒：与宋玉同时的楚国辞赋家。风赋：辞赋名，传为宋玉所作。景差：与宋玉同时的楚国辞赋家。

落日渚宫供观阁，开年云梦送烟花——这两句是说：日暮时分，落日映照着渚宫壮丽的观阁，呈现在宋玉眼前；开春时节，云梦泽又送来绚丽的景色，供他欣赏。渚宫：春秋时楚成王建的别宫，故址在今湖北江陵。供：呈献。开年：一年的开始，开春。云梦：即云梦泽，楚国境内的大湖泊，地处今湖北、湖南之间。烟花：指绚丽的春光。

可怜庾信寻荒径，犹得三朝托后车——这两句是说：可羡庾信沿着荒径去寻找宋玉的故宅，所以他能够连续三朝为文学侍从。可怜：可羡。庾信寻荒径：指庾信寻宋玉故宅的荒径而居住其地。三朝：指梁武帝、梁简文帝、梁元帝三朝。据《北史·庾信传》：庾信先事梁武帝，为东宫抄撰学士；后事简文帝，侯景作乱，信奔江陵。梁元帝承制除御史中丞，转右卫将军，封武康县侯，加散骑侍郎。托后车：托身于天子车驾后面的随从车。指庾信为文学侍从之臣。

新评

首四句极赞宋玉才华，隐以自况。五六句渲染宋玉的才情，落日馀晖下渚宫壮丽的观阁，春回大地时云梦泽送来的春光，无一不在泽及宋玉的才华，乃至于择宋玉故宅而居的庾信也跟着沾了光。思古抚今，令诗人抑郁的是，尽管庾信的才华远不及宋玉，只因择宋玉故宅而居，便历仕三朝。由此引起身世之叹，自己空有宋玉之才却不得不寄身于幕府。才华相同而遇合迥异，其不平之气自然显露出来。

高　松

题解

当作于唐宣宗大中二年(848)正月，李商隐奉郑亚之命摄守昭平郡(今广西平乐)时。

高松出众木，伴我向天涯。
客散初晴后，僧来不语时。
有风传雅韵，无雪试幽姿。
上药终相待，他年访伏龟。

新解

高松出众木，伴我向天涯——这两句是说：高大的松树从众多树木中脱颖而出，陪伴我面对着很远很远的地方。出：超出，出类拔萃的意思。向：面对。天涯：指极远的地方。作者当时居昭平，远离京城长安。

客散初晴后，僧来不语时——这两句是说：天气初晴，客人散去，僧人来访，我与他相对不语。诗人以此衬托高松下恬静幽雅的意境。

有风传雅韵，无雪试幽姿——这两句是说：风吹动松林传出清雅的松涛声，虽然岭南地区终年无雪，但同样可以试出青松的沉静和雅韵。雅韵：松涛声，指风吹松树时发出的清雅声音。幽姿：沉静的姿态。松树在大雪之中更显挺拔苍翠，昭平地处岭南，终年无雪，故说“无雪试幽姿”。

上药终相待，他年访伏龟——这两句是说：等到青松的根部生长出上等药物伏龟的那一天，人们就会来求访它了。上药：上等的药物，此处指延年益寿的药物。伏龟：指茯苓，寄生于松树根部。形如龟鳖者被认为是上等补药，旧时传说这种伏龟由百千年松树之精变化而成。

新评

起句挺拔，诗人以高松自喻，表明了在其个性中有着进取、自我肯定的一面。青松凌越众木，其物性为世人关注。故“伴我”是以物性观照自我。颔联宕开一笔，写高松下恬静幽雅的环境，从表面上看，似与高松无关；从深层看，松的神韵分别由“客散”、“僧来”得到了渲染和烘托。颈联大发感慨。孔子说：“岁寒，然后知松柏之后凋也。”(《论语·子罕》)自孔子以后，历代文人抒写青松的高洁时常常以大雪作为参照物来加以证实；但诗人别开生面，认为在岭南特定的环境中，青松一样可以显示其“幽姿”。从另一个层面看，“无雪”虽说是一种遗憾，然而，有伏龟与木秀于林的青松相伴，那高松的品质总有一天会被人发现，所以，诗人以“上药”自许，坚信有朝一日会为世所重。该诗借咏松抒写情怀，对人生价值充满了自信。

贾　生

题解

这是首咏史绝句，约作于唐宣宗大中二年(848)。贾生：指贾谊，西汉著名的政论家和辞赋家，曾多次上书汉文帝，主张削弱诸侯王势力以巩固中央集权，又曾提出抗击匈奴、重农抑商等主张。

宣室求贤访逐臣，贾生才调更无伦。
可怜夜半虚前席，不问苍生问鬼神。

新解

宣室求贤访逐臣，贾生才调更无伦——这两句是说：汉文帝在宣室中因求贤征询贾谊的政治见解，贾谊才气纵横，无与伦比。宣室：西汉未央宫前殿正室，汉文帝接见贾谊的地方。访逐臣：汉文帝初，贾谊为太中大夫，因贾谊有突出的政治才干，受到汉文帝的重视，正准备重用之时，朝廷大臣周勃、灌婴等坚决反对，因此被逐出朝廷，贬为长沙王太傅。后被汉文帝召回，在宣室接见，故曰“访逐臣”。才调：才气、才情。更：再。无伦：没有人能同他相比。

可怜夜半虚前席，不问苍生问鬼神——这两句是说：可惜的是，汉文帝跟他谈到夜半时分，空自留神倾听，移座向前，却不问苍生大计，只问鬼神之事。可怜：可惜。虚：空自，徒然。前席：在席上移膝向前。古人有席地而坐的习惯，此指听得聚精会神，不知不觉向对方靠近。《史记·屈原贾生列传》：“贾生征见，孝文帝方受釐(xī，祭馀之肉)，坐宣室，上因感鬼神事而问鬼神之本，贾生因具道所以然之状。至夜半，文帝前席。既罢，曰：‘吾久不见贾生，自以为过之，今不及也。’”苍生：指老百姓。

新评

诗选取汉文帝向贾谊夜问鬼神事加以生发，以议论为主干，意在抨击统治者貌似求贤而不知任用的荒唐。“不问苍生问鬼神”可谓是神来之笔，诗人的愤慨之情油然而起。晚唐的皇帝服药求仙，荒废政事，不问民生疾苦，比汉文帝有过之而无不及。前三句极写汉文帝对贾谊的重视，“求”、“访”、“虚前席”，刻意写汉文帝求贤若渴的形象，然“不问”与“问”一出，诗意陡然一翻，意境全新，对汉文帝(即统治者)的否定便显得格外有力。

题　鹅

题解

作于唐宣宗大中二年(848)。此时诗人仍在桂林，因与亲人远隔，遂生羁旅天涯之愁。

眠沙卧水自成群，曲岸残阳极浦云。
那解将心怜孔翠，羁雌长共故雄分。

新解

眠沙卧水自成群，曲岸残阳极浦云——这两句是说：鹅在水中嬉戏，在沙滩上卧眠，自在成群。站在曲曲弯弯的水岸边，眺望夕阳映红的水边和天边的层云。浦：水边。

那解将心怜孔翠，羁雌长共故雄分——这两句是说：鹅哪里知道去怜惜遭遇不幸的孔雀呢？孔雀只因拥有美好的文采，雌鸟被禁锢，被迫与雄鸟永远地分离了。孔翠：孔雀。故雄：旧时伴侣。

新评

群鹅固然文采不及孔雀出众，却能择地而居，享群居之乐。孔雀为文采所累，孤雌遭羁，雌雄两分。人生因缘际会，也莫过于此了。所谓“题鹅”者，一是羡慕鹅的自由自在；二是以文采灿然之孔雀遭羁，言己羁旅孤单之感。

北　楼

题解

约作于唐宣宗大中二年(848)，是时，诗人厕身桂林郑亚幕。这年的春天，从长安传来郑亚被贬的消息，诗人自感进身无望，悲从中来。

春物岂相干，人生只强欢。
花犹曾敛夕，酒竟不知寒。
异域东风湿，中华上象宽。
此楼堪北望，轻命倚危阑。

新解

春物岂相干，人生只强欢——这两句是说：春天的风物与我有何相干？人生只不过是强自欢愉而已。

花犹曾敛夕，酒竟不知寒——这两句是说：盛开的花儿，到傍晚终究要敛合；酒喝干了，却不觉得寒意。

异域东风湿，中华上象宽——这两句是说：南国异地，吹来的东风中都带有潮湿之气；北望中原，天空无比广阔。异域：指广西桂林。中华：中原。上象：指天空。

此楼堪北望，轻命倚危阑——这两句是说：在这座楼上，正可以好好地向北方眺望。我不惜生命，倚上高高的栏杆。

新评

首联以“岂相干”将以往的美好心情一笔勾销，归于虚无。以下四句将北地与南国进行对比。南方四季不分明，既无万紫千红轮番绽放的盛景，也无北方赏春时饮酒御寒的必要，不免使一心赏春的诗人意兴全无。而湿气浓重的南方天气也使诗人备感压抑。哀莫大于心死。人生最宝贵的是生命，而当一切的人生追求都渐渐落空时，生命也不足惜了。末句透露出诗人的绝望之情，伤痛至深。

潭　州

题解

约作于唐宣宗大中二年(848)，是时，诗人从桂林归北，暂时寓居湖南长沙。潭州：唐时为湖南观察使治所，今湖南长沙。

潭州官舍暮楼空，今古无端入望中。
湘泪浅深滋竹色，楚歌重叠怨兰丛。
陶公战舰空滩雨，贾傅承尘破庙风。
目断故园人不至，松醪一醉与谁同？

新解

潭州官舍暮楼空，今古无端入望中——这两句是说：在潭州的官舍中，黄昏时分，独自登上空寂的小楼。举目四望，今古之事，不由自主地进入眼中。今古：谓伤今吊古。无端：情不自禁，不由自主。

湘泪浅深滋竹色，楚歌重叠怨兰丛——这两句是说：湘妃的泪水滴到竹子上，形成了深深浅浅的斑纹。屈原的辞赋反复地吟唱，充满了对兰草丛的哀怨和不满。"湘泪"句：相传舜帝南巡时身亡，后葬在苍梧山。他的两个妃子娥皇、女英悲痛欲绝，眼泪滴到竹子上。这里暗寓对武宗的悼念。楚歌：指屈原的辞赋。重叠：接连不断。怨兰丛：屈原被逐时，曾反复吟唱"兰"的变质，对兰草的变质不芳、有名无实表示怨愤。事见屈原《离骚》。兰丛，暗寓唐宣宗统治集团。

陶公战舰空滩雨，贾傅承尘破庙风——这两句是说：陶公当年建立功勋的战舰如今躺在空滩上，经受日晒风吹雨淋。贾谊昔日的居所如今已成了布满灰尘的破庙，经受风雨的侵袭。陶公：指东晋名将陶侃。《晋书·陶侃传》："刘弘为荆州刺史，以侃为江夏太守，又加督护，使与诸军并力拒陈恢，侃以运船为战舰，所向必破。后讨杜弢，进克长沙，封长沙郡公。"这里暗示当时有功的将相受到排斥。贾傅：贾谊曾任长沙王太傅，很有政治才干，因受排挤被贬到长沙。承尘：承接尘土的天花板。破庙：《水经注·湘水》："湘州郡廨西有陶侃庙，云旧是贾谊宅。"这里暗示当时才士不被重用。

目断故园人不至，松醪一醉与谁同——这两句是说：望断故园而故人不至；想借酒浇愁，可谁能与我同醉呢？目断：望断。松醪(láo)：用松胶制成的酒，唐代潭州名产。与谁同：与谁同饮遣怀。

新评

这是首登览之作。首联交代时间、地点及伤怀缘由。"空"字传神，诗人身居潭州官舍，暮色中独登空楼，暗示诗人孤独无依。"无端"二字妙出，古今入望，为以下四句吊古作出必要的铺垫。颔联紧扣"湘泪"、"楚歌"，将眼前景蒙上一层哀怨忧愤的色彩。颈联承接上意继续吊古，五句中的"雨"和六句中的"风"是互文，在悲天悯人中暗寓诗人对现实的不满，使诗人的怨愤变得更为激壮。尾联以友人不至，无法同醉作收，愁怀不解，伤今之情便更加浓重。

夜雨寄北

题解

作于唐宣宗大中二年(848),是时,李商隐离开郑亚桂管幕府,北归后游巴蜀之地。北:指长安,在蜀地以北。

君问归期未有期,巴山夜雨涨秋池。
何当共剪西窗烛,却话巴山夜雨时?

新解

君问归期未有期,巴山夜雨涨秋池——这两句是说:您问我何时归来?我还没有定下归期呢!我在巴山之中,这里正下着秋雨,我猜想那雨水大概已经涨满池塘了吧?巴山:在陕西和四川的交界处,支脉绵延数百里,东接三峡。这里泛指东川一带的山,川东地区古时属巴国。

何当共剪西窗烛,却话巴山夜雨时——这两句是说:什么时候才能共您一起在西窗下剪烛夜谈,诉说今夜我在巴山雨夜中的心情呢?何当:何时。却:还,再。

新评

诗剔透玲珑,明白如话。首句一问一答,殷切之中透露出两人之间的关心与思念之情。次句写眼前景,那涨满秋池的夜雨点点滴滴打在诗人的心头,把诗人绵长的思绪进一步拉长。三句由眼前景转入想象,剪烛夜话既有往日温馨的回忆,又有他日重逢时的惊喜。重逢的时刻,满腹的话儿该从何说起呢?还是从今宵夜雨的思念中说起吧。四句加扣首句,富有暖色,给寂寞心灵带来慰藉和补偿的莫过于对美好未来的想象。友情的深重与亲切在巴山夜雨中显现得清空微妙。

楚　宫

题解

唐宣宗大中二年(848),诗人离桂林北归,五月至潭州(今湖南长沙),诗大约写于此时。诗题"楚宫"与内容无关,何焯、程梦星认为此诗的诗题可能是"楚厉","楚厉"二字取自诗第二句中的前两个字。这一观点有一定的道理,可备一说。

湘波如泪色漻漻，楚厉迷魂逐恨遥。
枫树夜猿愁自断，女萝山鬼语相邀。
空归腐败犹难复，更困腥臊岂易招？
但使故乡三户在，彩丝谁惜惧长蛟。

新解

湘波如泪色漻漻，楚厉迷魂逐恨遥——这两句是说：湘水色清而深，有如流不尽的眼泪，屈原无依无靠的冤魂已抱恨随波远去。漻漻(liáo)：水清而深的样子。厉：古人认为，鬼无依则为厉。这里指屈原的冤魂。逐恨：抱恨。逐，随。

枫树夜猿愁自断，女萝山鬼语相邀——这两句是说：屈原的冤魂长期寂寞，只有以女萝为带的山鬼殷勤相邀，同他交谈。枫树：《楚辞·招魂》："湛湛江水兮上有枫，目极千里兮伤春心。"夜猿：《楚辞·山鬼》："雷填填兮雨冥冥，猿啾啾兮狖夜鸣。"本句化用上述诗句，意为屈原的冤魂目睹江边伤心的枫树，耳听彻夜不停的猿鸣，将会愁肠欲断。女萝：松萝，地衣类植物，自树梢悬挂，像丝状的带子。山鬼：楚国传说中的山间女神。《楚辞·山鬼》把她描绘成以薜荔为衣、女萝结带，对人顾盼微笑、身材苗条的女神。

空归腐败犹难复，更困腥臊岂易招——这两句是说：人死后，归于九泉之下，肉身腐败，魂魄难以招回；更何况身陷水族的侵扰中，其魂魄就更加难以招回。空：徒然。腐败：指尸体腐烂。复：招魂。《礼记·檀弓下》："复，尽爱之道也。"注："复谓招魂。"困腥臊：为鱼所困。指屈原投江自杀，葬身鱼腹。腥臊，指鱼。招：招魂。表示希望死者复生。据说屈原死后，宋玉作《招魂》为屈原招魂。

但使故乡三户在，彩丝谁惜惧长蛟——这两句是说：只要故乡还有人在，人们就永远会纪念屈原，因为没有人会吝惜那些足以吓跑蛟龙的彩丝带。言外之意，人们要永远地纪念屈原。三户：楚国被秦灭亡后，在老百姓中间流传着"楚虽三户，亡秦必楚"(《史记·项羽本纪》)的民谣。彩丝：彩色的丝带，供扎粽子时使用。《续齐谐记》："屈原五月五日投汨罗江死，楚人每至此日，竹筒贮米投水祭之。汉建武(汉光武帝刘秀的年号，25—56)中，长沙区回白日忽见一人，自云三闾大夫，谓回曰：'闻君当见祭，甚善。但常年所遗，并为蛟龙所窃。今若有惠，可以楝树叶塞其上，以五色丝缚之，此二物蛟龙所惮。'回依其言。世人作粽，并带五色丝及楝叶，皆汨罗遗风也。"

新评

诗以“湘波”起兴，以“泪”和“恨”双绾凭吊者和被吊者，泪与恨抒写的对象既是屈原冤魂的形象，同时也寄寓了诗人的愤懑不平。颔联匠心独具，以屈原赋凭吊屈原，工整贴切。颈联以屈子沉江的传说，进一步壮大“泪”与“恨”的时空，渲染凄迷惨淡的氛围。尾联以“但使”警起，以“谁惜”应之，直立屈原忧国忧民精神的长存及在故乡人心中的地位。这样，就将全诗哀怨凄迷的基调挽起，使诗境走出阴霾，豁然开朗起来。

木兰花

题解

约作于唐宣宗大中二年(848)，是时，诗人从桂林北归，暂寓湖南长沙。

洞庭波冷晓侵云，日日征帆送远人。
几度木兰舟上望，不知元是此花身。

新解

洞庭波冷晓侵云，日日征帆送远人——这两句是说：清晨的洞庭湖上，波涛散发出的寒气直逼天边的白云；每天都有扬起的白帆送走远行的征人。远人：此指失意之人。

几度木兰舟上望，不知元是此花身——这两句是说：我几次在木兰舟上远望，却忘了自己就像这木兰孤舟，也在四处漂泊。木兰舟：用木兰树木材造的船。后常用作船的美称。《述异记》：“七里洲中，鲁班刻木兰为舟，至今在洲中。”

新评

唐宣宗即位后，诗人追随的郑亚一再遭贬。因进身无望，诗人自感平生的抱负尽付流水。北归途中，诗人寓居湖南长沙，征人之思，失意之慨，一齐涌上心头。由“送远人”到“不知元是此花身”，与其说诗人是在伤人，倒不如说诗人是在自伤。

同崔八诣药山访融禅师

题解

约作于唐宣宗大中二年(848),是时,诗人从桂林北归,暂寓湖南。崔八:郑亚的幕僚。诣:到……去。药山:在今湖南澧县。

共受征南不次恩,报恩唯是有忘言。
岩花涧草西林路,未见高僧且见猿。

新解

共受征南不次恩,报恩唯是有忘言——这两句是说:共同享有征南将军不拘常礼的恩待,恩重而难用言语表达,唯有去佛门为他祈福了。忘言:本意是难以用语言表达,亦可理解为无须用言语说明而能自通其意。征南:征南将军的省称,指郑亚。不次:不拘于寻常的等第、位次。

岩花涧草西林路,未见高僧且见猿——这两句是说:我们走在通向西林禅寺的山路上,山花烂漫,涧草披拂,只听到猿的哀鸣声,不见高僧的踪迹。

新评

知恩图报,本人之常情。言语既不足以表达万一,便欲寻访高僧,求得高僧的开导,或可以求得心安,然而却连高僧的影迹都未曾见到,此情何以堪!诗人曲折地表达了对郑亚的感激之情。此诗写于辞别郑亚北归的途中,而非在郑亚幕中,更见感情的真挚。

楚　吟

题解

唐宣宗大中二年(848),诗人由桂管北归,途经荆襄地区时,触景生情,写下了这首诗。

山上离宫宫上楼,楼前宫畔暮江流。
楚天长短黄昏雨,宋玉无愁亦自愁。

新解

山上离宫宫上楼，楼前宫畔暮江流——这两句是说：傍晚时分，我来到耸立在山上的离宫，随即又登上了离宫的高楼。举目远眺，江水在离宫的楼前盘绕而过。离宫：正宫之外供帝王出巡时居住的宫室。

楚天长短黄昏雨，宋玉无愁亦自愁——这两句是说：黄昏的时候，辽阔的楚天总是要飘起绵绵细雨。面对此景，无忧无虑的宋玉也会生出无端的愁绪。长短：总之，反正。宋玉：战国后期楚国著名的辞赋家。此指诗人自己，诗人曾在许多诗作中以富有才华的宋玉自况。

新评

首句层层推进：山上宫，宫上楼，将读者的眼光引到最高点，然后急转直下，放眼于一去不复返的暮江，将诗人内心的沉重和失落由此托出。多年来，诗人身世沉沦，仕途坎坷。郑亚遭贬后，诗人只得匆匆北归。二三句写眼前景，站在楚国离宫上，抬望眼，暮江流去，更兼黄昏雨。作为长期羁旅飘零之人，诗人顿感进退失据，不知不觉中多种滋味一起袭上心头。面对此情此景，从“无愁”到“自愁”，其意蕴之丰尽在不言中。

听　鼓

题解

似作于唐宣宗大中二年(848)，当时，诗人滞留于荆楚之地。长期以来，诗人有心用世，却因无意中卷入政治斗争的漩涡，而不得不流落异乡，故颇有身世凄凉之感。

城头叠鼓声，城下暮江清。
欲问渔阳掺，时无祢正平。

新解

城头叠鼓声，城下暮江清——这两句是说：城楼上鼓声不断，就好像是从客船上传来的催客起程的鼓声。城墙下，傍晚时分的江面格外地清旷萧瑟。叠鼓：轻轻地击鼓，此指鼓声连续不断。古时客船启程时，常鸣鼓催客。

欲问渔阳掺，时无祢正平——这两句是说：我非常想听《渔阳掺》那令人为之动容的鼓声，可惜的是，今天已经没有像祢衡这样擅长击鼓的人了。渔阳掺：鼓曲名，也作《渔阳掺挝》。《后汉书·文苑传下·祢衡》："次至衡(祢衡)，衡方为《渔阳掺挝》，蹀躞而前，容态有异，声节悲壮，听者莫不慷慨。"《世说新语·言语》："祢衡被魏武谪为鼓吏，正月半试鼓，衡扬枹(fú)为《渔阳掺挝》，渊渊有金石声，四座为之改容。"祢正平：祢衡，字正平，东汉末人，著名的文士。曹操想见他，祢衡称病不去，曹操怀恨在心，听说祢衡善击鼓，召他为鼓吏，令其着鼓吏服以羞辱之。祢衡当即脱去衣服，裸身击鼓，面色不改。曹操说："本欲辱衡，衡反辱孤。"事见《后汉书·文苑传下·祢衡》。

新评

首句以"叠鼓声"揭示"听鼓"，重在强调听觉。二句以"暮江清"补足，重在强调视觉。在这里，叠鼓之声既可能是从城楼上发出的，也可能是从客船上发出的。暮色黄昏，客愁、羁旅他乡之愁交织在一起，给人以难以忍受的重压。三四句宕开一笔，写诗人"听鼓"时产生的联想。在通感的作用下，诗人由此想起了东汉末年著名的文士祢衡击鼓骂曹的往事，内心郁积的激愤和不满顿时迸发出来。长期以来，诗人命运多舛，因仕途不顺被迫四处漂泊，这种危机四伏的生活何尝不是祢衡遭受曹操迫害的翻版呢？"欲问"、"时无"，一转一跌，增添几分沉郁。一是赞扬祢衡骂曹的勇气；二是陈情告哀；三是排遣郁积于胸的苦闷和孤愤。

汉南书事

题解

会昌(唐武宗李炎年号，841—846)末年，居住在西北地区的党项族为反抗唐边将的掠夺和枉杀，起兵造反，先后攻陷邠宁、盐州、界城堡等地，战事一直延续到大中五年。唐宣宗大中二年(848)，诗人由桂州北归，途经荆襄地区时，听说战事再度吃紧，有感而发，写下此诗。汉南：汉水以南，指荆襄(今湖北中部)地区。书事：纪事。

西师万众几时回？哀痛天书近已裁。
文吏何曾重刀笔？将军犹自舞轮台。
几时拓土成王道？从古穷兵是祸胎。
陛下好生千万寿，玉楼长御白云杯。

新解

西师万众几时回？哀痛天书近已裁——这两句是说：数万西征之师什么时候

回来呢？天子悔恨西征的诏书近期已经下达了。西师：西征之师，指唐王朝西征党项的军队。哀痛天书：汉武帝长期用兵西域，国库空虚，士卒死散，晚年下轮台罪己诏，深陈悔意。《汉书·西域传》："上乃下诏，陈既往之悔，曰：'轮台西于车师千馀里，乃者贰师败，军士死略离散，悲痛常在朕心。今请远田轮台，欲起亭隧，是扰劳天下也，朕不忍闻。'"裁：裁定，制作。

文吏何曾重刀笔？将军犹自舞轮台——这两句是说：擅长治民的文官没有受到应有的重视，致使那些武将在西北边地耀武扬威。文吏、刀笔：系"刀笔吏"的拆用。刀笔吏指文臣。轮台：古国名，在今新疆轮台以南，汉武帝时将军李广利攻灭轮台，在此屯田设防。这里借指西北边地。

几时拓土成王道？从古穷兵是祸胎——这两句是说：什么时候能通过开拓疆土的战争而实现以仁义治天下的王道？从古到今，穷兵黩武的战争都埋下了祸乱之根。拓土：开拓疆土。王道：指君王以仁义治天下的政策。这里指安抚边地、少数民族的柔远政策。祸胎：祸根。

陛下好生千万寿，玉楼长御白云杯——这两句是说：如果陛下体恤百姓的话，便可以得到神人的佑护，并享有长生之寿。好(hào)生：爱护生灵，此指体恤百姓。千万：千秋万岁的省称。玉楼：传说中神仙的住所，在昆仑山。这里代指皇宫。御：用。白云杯：仙人用的酒杯。《穆天子传》："天子觞西王母于瑶池之上，西王母为天子谣曰：'白云在天，山陵自出。'"此祝唐宣宗长寿之辞。

新评

这是首抒写时事的诗。首句沉痛，直接表明诗人对滥用武力的批评态度。次句用典，言宣宗对用兵镇压党项的悔意。三四句直切时弊，以文官不受重用衬托边地悍将的纵暴。五六句正论开边拓土不是长治久安的"王道"，斥责穷兵黩武给国家制造祸乱。尾二句规劝宣宗体恤百姓，用语极为委婉，以"白云杯"作结，将宣宗的长寿同"好生"联系在一起，颂圣的套话之中不乏讽喻之意。

赠田叟

题解

作于唐宣宗大中二年(848)。

荷蓧衰翁似有情，相逢携手绕村行。
烧畲晓映远山色，伐树暝传深谷声。

鸥鸟忘机翻浃洽，交亲得路昧平生。

抚躬道直诚感激，在野无贤心自惊。

新解

荷蓧衰翁似有情，相逢携手绕村行——这两句是说：扛着农具的老翁好像挺重情谊的，与我萍水相逢，便拉着我的手绕着村子走了一圈。荷：扛。蓧(diào)：古代锄草用的农具。

烧畬晓映远山色，伐树暝传深谷声——这两句是说：早晨，田地里草木焚烧的火光映照着远处的山色；傍晚，砍伐树木的声音回荡在深谷中。畬(shē)：焚烧田地里的草木，用草木灰作肥料的耕田方法。这样耕种的田地叫畬田。

鸥鸟忘机翻浃洽，交亲得路昧平生——这两句是说：和素昧平生、全无心机的田叟反而能融洽相处，昔日亲近的朋友，如今成了显贵后看见我却形同陌路。鸥鸟：这里指田叟。忘机：泯除心机。机，心机。《列子·黄帝》中说：海上有一人，每旦从鸥鸟游，鸥之从者百数，其父令取来，鸥鸟舞而不下。翻：同"反"，反而。浃洽：融洽、和洽。交亲：亲友，指令狐绹等人。得路：得到晋升机会。

抚躬道直诚感激，在野无贤心自惊——这两句是说：反躬自问，田叟真是正直而有道义的人，我因此感激不已。然而，那些权贵们却说乡野中没有贤良的人，这种说法真是让人心惊。

新评

人生相交，最可恨的是无情。蹇促时相互依傍，一旦得意，便视旧友为陌路。相形之下，乡野老叟全无心机的融洽相处是极为难得的。结句"在野无贤心自惊"是全诗的诗眼所系。联系诗人的经历，感想可谓深致。

梦令狐学士

题解

作于唐宣宗大中二年(848)。令狐学士：指令狐绹。

山驿荒凉白竹扉，残灯向晓梦清晖。

右银台路雪三尺，凤诏裁成当直归。

新解

山驿荒凉白竹扉，残灯向晓梦清晖——这两句是说：山中的驿站十分荒凉，用白竹制作的大门里面也冷冷清清；即将燃尽的灯火一直照到天明，在睡梦中见到了清晨的阳光。山驿：山中的驿站。

右银台路雪三尺，凤诏裁成当直归——这两句是说：通向右银台的路上，积雪足有三尺深，待皇上圣旨裁定，令狐学士完成值班的任务踏雪归来。右银台：此指翰林院。《旧唐书·职官志》："翰林院在大明宫右银台门内。王者一日万机，军国多务，深谋密诏皆从中出。翰林学士得选者，文士为荣。例置学士六人，择年深德重者一人为承旨，独承密命。贞元以后，为学士承旨者，多至宰相焉。"凤诏：指皇帝下达的诏书。晋·陆翙《邺中记》："石季龙与皇后在观上，为诏书五色纸，著凤口中，凤既衔诏，侍人放数百丈绯绳，辘轳回转，凤凰飞下，谓之凤诏。凤凰以木作之，五色漆画，脚皆用金。"当直：当值，值班。

新评

失意之人梦见得意之人。原是同学旧游，如今境遇却形同天壤：一个在荒山驿馆之中，苦捱馀生；一个在天子身边，颇受器重。两相对比，诗人的感慨油然而生。

韩　碑

题解

此诗似作于唐宣宗大中(847—860)初年。韩碑：指韩愈作的《平淮西碑》。讨伐淮西叛藩吴元济的战争持久不下，元和十二年(817)七月，宰相裴度亲临前线，同年的冬天，李愬入蔡州擒吴元济。淮西平定后，宪宗诏令韩愈撰《平淮西碑》，以刻石纪功。碑文记事客观，论功分明，着重颂扬了宪宗与裴度的历史功绩，同时也突出了李愬智擒吴元济的事迹。李愬见碑文后不满，以为功在裴度之上，上诉皇帝争功。诏令磨平韩碑，命段文昌重新撰写。段碑多叙写李愬之功。现两碑文并存于世。李商隐写此诗为韩碑大鸣不平，实为别有寄托。

元和天子神武姿，彼何人哉轩与羲。
誓将上雪列圣耻，坐法宫中朝四夷。
淮西有贼五十载，封狼生貙貙生罴。
不据山河据平地，长戈利矛日可麾。

帝得圣相相曰度，贼斫不死神扶持。
腰悬相印作都统，阴风惨淡天王旗。
愬武古通作牙爪，仪曹外郎载笔随。
行军司马智且勇，十四万众犹虎貔。
入蔡缚贼献太庙，功无与让恩不訾。

帝曰汝度功第一，汝从事愈宜为辞。
愈拜稽首蹈且舞，金石刻画臣能为。
古者世称大手笔，此事不系于职司。
当仁自古有不让，言讫屡颔天子颐。

公退斋戒坐小阁，濡染大笔何淋漓。
点窜尧典舜典字，涂改清庙生民诗。
文成破体书在纸，清晨再拜铺丹墀。
表曰臣愈昧死上，咏神圣功书之碑。
碑高三丈字如斗，负以灵鳌蟠以螭。

句奇语重喻者少，谗之天子言其私。
长绳百尺拽碑倒，粗砂大石相磨治。
公之斯文若元气，先时已入人肝脾。
汤盘孔鼎有述作，今无其器存其辞。

呜呼圣皇及圣相，相与烜赫流淳熙。
公之斯文不示后，曷与三五相攀追？
愿书万本诵万过，口角流沫右手胝。
传之七十有三代，以为封禅玉检明堂基。

新解

元和天子神武姿，彼何人哉轩与羲——这两句是说：唐宪宗效法三皇五帝，要完成恢复大业。元和天子：唐宪宗李纯。元和：唐宪宗的年号(806—820)。神武：《旧唐书·宪宗纪》："宪宗圣神章武。"这里简称"神武"，是用其谥号。姿：指气概。

唐宪宗在位时，先后讨平剑南、镇海、淮西、淄青等地叛藩，素有“中兴”的美誉。彼：他们，指句中的轩与羲。轩与羲：代指三皇五帝。轩，轩辕氏黄帝，传说中统一华夏的圣王。羲，伏羲氏太昊，传说中的中华文明初祖。

誓将上雪列圣耻，坐法宫中朝四夷——这两句是说：发誓将雪洗列朝先圣因国势不振、藩镇叛乱而蒙受的耻辱，端坐法宫之中使四方的外族来朝拜称臣。列圣耻：指玄、肃、代、德、顺等朝皇帝因国势不振、藩镇叛乱而蒙受的耻辱。法宫：皇帝处理朝政的正殿。朝四夷：使四周的外族来朝拜称臣。夷，泛指边远的游牧民族。

淮西有贼五十载，封狼生貙貙生罴——这两句是说：淮西藩镇违抗朝廷自行其是已五十年了，叛藩越来越残暴，势力越来越膨胀。淮西：指唐彰义军节度使所辖的蔡、申、光三州二十县，地处今河南东南部信阳、汝南、潢川一带。有贼五十载：指淮西藩镇违抗朝廷自行其是已五十年了。此据韩愈《平淮西碑序》“蔡帅之不廷授(由朝廷任命)，于今五十年”一语。封狼：大狼。貙(chū)：一种外貌似狸的猛兽。罴(pí)：棕熊，猛憨多力。这里以兽性的越来越凶猛、体形越来越大，喻叛藩越来越残暴，势力越来越膨胀。

不据山河据平地，长戈利矛日可麾——这两句是说：淮西叛镇割据平原沃野，自恃武器精良，气焰十分嚣张。日可麾(huī)：《淮南子·览冥训》：“鲁阳公与韩构战酣，日暮，援戈而挥之，日为之反三舍。”此处言叛军气焰嚣张。麾：同“挥”。以上为全诗的第一段，总写唐宪宗下决心平定叛藩的缘由。

帝得圣相相曰度，贼斫不死神扶持——这两句是说：君主得到名叫裴度的良相，裴度被人行刺而未死是因为有神的护佑。圣相：原注曰，《晏子春秋》：“仲尼，圣相也。”度：指裴度，唐宪宗元和十年(815)任宰相，为维护中央集权，力主削藩。斫(zhuó)：砍。扶持：保佑。讨伐淮西叛镇从元和九年开始，成德镇王承宗、淄青镇李师道几次上表请求赦免吴元济，唐宪宗不许。次年六月，李师道派刺客暗杀了主战的宰相武元衡，当时任御史中丞的裴度遇刺受伤。刺客以为死，逃走。之后，裴度拜为宰相。本句所言指此事。

腰悬相印作都统，阴风惨淡天王旗——这两句是说：裴度腰悬相印，出任总领各路兵马的统帅；出征时，阵阵阴风翻卷起皇帝的旗帜。都统：总领各路兵马的统帅。因淮西战事长期胶着，元和十二年七月，裴度自请赴前线督战，诏以裴度守宰相衔充淮西宣慰招讨处置使。因韩弘已领都统，裴度辞“招讨”之名，实行都统之权。阴风惨淡：形容裴度出征时森严肃杀的气氛。天王旗：皇帝的旗帜。裴度赴淮西时，宪宗诏命以神策军(皇帝的禁卫军)三百骑卫从，并亲至通化门送行，以示器重和寄予厚望。

愬武古通作牙爪，仪曹外郎载笔随——这两句是说：李愬、韩公武、李道古和李文通作为其麾下战将，礼部员外郎执掌书记。愬(sù)：指李愬，名将李晟之子。元和十一年，充随、唐、邓节度使，讨伐吴元济。武：指韩公武。元和十年九月，任宣武节度使韩弘为淮西诸军行营都统。韩弘是个半割据者，不愿淮西镇被灭，被任为统帅后不离汴州治所，仅派其子韩公武率三千人马隶属李光颜军。古：指李道古。元和十一年，充鄂、岳、蕲、安、黄团练使。通：指李文通，元和九年，以李文通为寿州团练使。牙爪：即爪牙，喻武臣。仪曹外郎：礼部员外郎。仪曹，唐代对礼部郎官的称呼。裴度出征时，以礼部员外郎李宗闵等掌书记，故说"载笔随"。

行军司马智且勇，十四万众犹虎貔——这两句是说：行军司马韩愈十分机智和勇敢，十四万士卒犹如猛虎貔貅，猛扑叛军。行军司马：唐代的将帅及节度使出征时下设行军司马，参预军事。裴度出征时，韩愈兼御史中丞、充行军司马。韩愈曾向裴度建议自领兵五千，间道入取吴元济，裴度不同意。后来，李愬奇袭蔡州成功，裴度始叹服韩愈的计谋。貔(pí)：貔貅(xiū)，一种猛兽。

入蔡缚贼献太庙，功无与让恩不訾——这两句是说：李愬攻入蔡州城活捉吴元济后，将吴元济送至长安，献于太庙。裴度的功劳无人可及，所得恩赏也难以估量。蔡：蔡州(今河南汝南)，吴元济的老巢。太庙：皇帝的宗庙。元和十二年十月十一日，李愬雪夜袭蔡州，活捉吴元济。送至长安，献于太庙后斩首。本句指此。功无与让：功劳不可以推让，意为功劳无人可及。恩不訾(zī)：赏赐之多，难以计量。訾，量，计算。在平叛的过程中，裴度既能运筹决策于前，又能亲临前线督师，奏请取消监军的宦官，因号令统一，士气大振。元和十三年二月，以裴度平淮西功，加金紫光禄大夫、弘文馆大学士，赐勋上柱国，封晋国公。以上为第二段，概写裴度临危受命，取得平定叛藩的胜利。

帝曰汝度功第一，汝从事愈宜为辞——这两句是说：皇帝说，裴度功劳第一；行军司马韩愈应该撰写碑文记述将士功德。从事：汉代将军下设从事中郎二人，参预谋划。这里指任行军司马的韩愈。宜：应该。为辞：作文章，指撰写碑文记述功德。

愈拜稽首蹈且舞，金石刻画臣能为——这两句是说：韩愈下拜叩头谢恩，高兴得手舞足蹈，对唐宪宗说，撰写碑文这件事我能够胜任。稽首：叩头。蹈且舞：手舞足蹈。此句写韩愈听到唐宪宗令他撰《平淮西碑》后，忙叩头谢恩，心中得意万分。金石刻画：原指在钟鼎、碑碣上刻写或刻画，这里指撰写碑文。

古者世称大手笔，此事不系于职司——这两句是说：自古以来人们就认为，世称"大手笔"的好文章不牵涉到那些专管草拟诏命、文件的官员。言外之意，像纪平淮西叛藩这样重要的文章，应另找适合的人选。大手笔：这里指文情并茂的好文章。职司：指主管其事的官员。这里具体指朝廷中专掌撰拟诏命、起草文件的官吏，如翰林学士等。

当仁自古有不让，言讫屡颔天子颐——这两句是说：遇到分内的事，自古贤士都是不会退让的，此话说完后，皇帝频频点头表示赞同。当仁不让：《论语·卫灵公》："子曰：'当仁不让于师。'"意为以仁为己任。后泛指遇到应该做的事情主动去做，绝不推诿。韩愈当时任刑部侍郎，撰写碑文非其本职。因唐宪宗特命，故有此说。颔：作动词用，点头。颐：下巴。"颔颐"指点头表示赞成。以上为第三段，写韩愈奉命撰写纪平淮西叛藩的文章。

公退斋戒坐小阁，濡染大笔何淋漓——这两句是说：韩公退朝后，斋戒沐浴，独居小室，濡染大笔，笔墨酣畅，挥洒自如。公：对韩愈的尊称。斋戒：古代举行祭祀等重大典礼前，要独居一室，素食、沐浴，以表示诚敬。这里用来形容韩愈撰碑文的严肃慎重。小阁：小阁。濡染：润湿。淋漓：形容笔墨酣畅、挥洒自如的样子。

点窜尧典舜典字，涂改清庙生民诗——这两句是说：变换《尧典》、《舜典》中的字句，修改加工《清庙》、《生民》等诗篇，力求行文的古雅。点窜：修改和加工的意思。点，涂改；窜，增添。《尧典》、《舜典》：古文《尚书》中的篇目，在今文《尚书》中，《尧典》和《舜典》合为一篇，名为《尧典》。古人认为，《尚书》是先王传下来的政典，是统治大法。《清庙》：《诗经》中的篇目，属《周颂》。《生民》：《诗经》中的篇目，属《大雅》。《诗经》是儒家的经典。两句言写作中精心推敲和修改。

文成破体书在纸，清晨再拜铺丹墀——这两句是说：碑文完成后，以破体书法写在纸上，清晨上朝时，韩愈再三叩拜，将文章铺展在宫殿前的红漆台阶上。破体：书法的一种，由行书变出。书：写。丹墀(chí)：宫殿前涂着红漆的台阶。墀，指宫殿台阶。

表曰臣愈昧死上，咏神圣功书之碑——这两句是说：奏表说，臣韩愈冒死向上进言，请将这篇歌颂朝廷神圣功业的文章刻写在石碑上。昧死上：冒死上言的省语，秦汉时群臣奏事，多用此语，以表示诚惶诚恐。昧死，冒死。咏：颂扬。书之碑：刻写在石碑上。

碑高三丈字如斗，负以灵鳌蟠以螭——这两句是说：石碑高达三丈，刻写在上面的字像斗一样大小，石碑由灵鳌背负着，碑的上端盘绕着螭龙。灵鳌：神龟，指负碑的龟形基座。蟠以螭(chī)：指碑的上端刻着盘绕的螭龙。蟠，盘绕。螭，传说中的一种无角龙。以上为第四段，讲韩愈完成纪平淮西叛藩的文章后，镌刻于石碑之上。

句奇语重喻者少，谗之天子言其私——这两句是说：碑文文句新奇，用语庄重深刻，能理解的人很少。有人向皇帝进谗言，说韩愈有私心。句奇语重：文句新奇，用语庄重深刻。喻：明白、理解。谗：进谗言。私：有私心。《旧唐书·韩愈传》：“诏愈撰《平淮西碑》，其辞多叙裴度事。时先入蔡州擒吴元济，李愬功第一。愬不平之。愬妻（唐安公主女也）出入禁中，因诉碑辞不实。诏令磨愈文。宪宗命翰林学士段文昌重撰文勒石。”本句即指此事。

长绳百尺拽碑倒，粗砂大石相磨治——这两句是说：因此用长达百尺的绳子将碑拽倒，用粗砂石磨去碑上原有的文字，重刻新文。磨治：磨去碑上原有的文字，重刻新文。治，修治。

公之斯文若元气，先时已入人肝脾——这两句是说：韩公的这篇碑文如同天地元气，早已深入人心了。斯文：此文，指韩愈的《平淮西碑》。元气：精神、生气。入人肝脾：指深入人心。

汤盘孔鼎有述作，今无其器存其辞——这两句是说：汤盘孔鼎都刻有古人著述的文字，现在这些盘鼎虽然都不在了，但铭文依旧流传了下来。言外之意，韩碑虽被磨去了，但它的碑文依旧流传，绝不会丧失它的影响力。汤盘：传为商汤沐浴的盘，上刻铭文“苟日新，日日新，又日新”。孔鼎：指正考父鼎，有铭文，正考父为孔子先祖。以上为第五段，述韩愈《平淮西碑》被磨去，段文昌奉命另撰碑文的情况。

呜呼圣皇及圣相，相与烜赫流淳熙——这两句是说：唐宪宗与裴度两人的事迹相互辉映，他们的正大光明之气流布世间。呜呼：叹词。圣皇：指唐宪宗。圣相：指裴度。烜（xuǎn）赫：声名或威望昭著。淳熙：正大光明。

公之斯文不示后，曷与三五相攀追——这两句是说：如果韩愈撰写的碑文不能留传后世，唐宪宗的伟业如何能同三皇五帝相比美呢？示后：传示后世。曷（hé）：疑问代词，何，怎么。三五：三皇五帝。

愿书万本诵万过，口角流沫右手胝——这两句是说：我愿意将这篇碑文抄写一万份，诵读一万遍，直到口角流沫，翻书的右手生出老茧。书万过：抄写誊录文章一万份。过，次、遍。胝（zhī）：生老茧。

传之七十有三代，以为封禅玉检明堂基——这两句是说：从古到今，得天下封禅泰山者共有七十二家，加上唐代共有七十三家。在这中间，韩碑可以用来作为唐代封禅的文书和明堂的基石。七十有三代：《史记·封禅书》：“古者封泰山，禅梁父者七十二家。”加上唐王朝为七十三。封禅：古代帝王祭告天地的隆重大典。在泰山上筑土为坛以祭天，报天之功，叫作“封”；在梁父（泰山下的小山）上辟基祭地，报地之功，叫作“禅”。玉检：玉制的石函盖，石函中藏放文书。明堂：皇帝宣明政教举行大典的地方。以上为最后一段，诗人直抒胸臆，表明赞扬韩愈碑文的态度。

新评

韩碑、段碑在写法上各有侧重点，韩碑突出了裴度的功劳，将裴度视为可与孔子相比肩的“圣相”，段碑则突出了雪夜袭蔡州的李愬。从文采的角度看，韩碑明显地优于段碑；从立意上讲，韩碑将笔墨的重点放到了维护中央集权，警诫强藩的方面，与段碑突出李愬之功有明显的不同。事隔几十年，李商隐为何还要为韩碑张目呢？读义山诗不难发现，国家治乱在于任用贤相是他一贯的政治主张。韩碑颂扬圣君贤相，恰好容易引起义山的共鸣。更重要的是，韩碑更能从大处着眼。韩愈认为，国家的昌盛在于君臣相得，裴度作为一代宰相，为维护中央集权力主削藩，在战略上任用李愬，正是因为有了这些正确的举措，李愬才可能有所作为。也正是因为韩碑能从维护国家统一的角度来认识裴度削藩之举，所以诗人才会高度赞赏韩碑。回顾义山生活的时代，藩镇割据较之于唐宪宗时已更加严重，即藩镇割据的肿瘤因不断地膨胀，已直接动摇了风雨飘摇中的唐王朝。社会伤乱之感以及维护中央集权的历史责任，自然使义山引韩愈为同调。因此，吊古实为伤今，乃是借他人酒杯浇自己胸中块垒。诗以叙事为主兼议论，在气盛言壮之中显示出大气磅礴之势。因是为韩愈张目，在作诗之法上，诗人有意学习韩诗奇崛险怪的笔法，力求新奇，在句法上有意不避虚字，以文为诗，全篇多用拗句、拗调，以此来创造硬朗峭拔的风格。这首诗，在义山诗中别具一格，既高古雄健，又酣畅淋漓。

骄儿诗

题解

作于唐宣宗大中三年(849)，是时，诗人居长安。骄儿：受宠爱的儿子。

衮师我骄儿，美秀乃无匹。
文葆未周晬，固已知六七。
四岁知姓名，眼不视梨栗。
交朋颇窥观，谓是丹穴物。
前朝尚器貌，流品方第一。
不然神仙姿，不尔燕鹤骨。
安得此相谓？欲慰衰朽质。

青春妍和月，朋戏浑甥侄。

绕堂复穿林，沸若金鼎溢。
门有长者来，造次请先出。
客前问所须，含意不吐实。
归来学客面，闒败秉爷笏。
或谑张飞胡，或笑邓艾吃。
豪鹰毛崱屴，猛马气佶傈。
截得青筼筜，骑走恣唐突。
忽复学参军，按声唤苍鹘。

又复纱灯旁，稽首礼夜佛。
仰鞭罥蛛网，俯首饮花蜜。
欲争蛱蝶轻，未谢柳絮疾。
阶前逢阿姊，六甲颇输失。
凝走弄香奁，拔脱金屈戌。
抱持多反倒，威怒不可律。
曲躬牵窗网，衉唾拭琴漆。
有时看临书，挺立不动膝。
古锦请裁衣，玉轴亦欲乞。
请爷书春胜，春胜宜春日。
芭蕉斜卷笺，辛夷低过笔。

爷昔好读书，恳苦自著述。
憔悴欲四十，无肉畏蚤虱。
儿慎勿学爷，读书求甲乙。
穰苴司马法，张良黄石术。
便为帝王师，不假更纤悉。
况今西与北，羌戎正狂悖。
诛赦两未成，将养如痼疾。
儿当速成大，探雏入虎穴。
当为万户侯，勿守一经帙。

新解

衮师我骄儿，美秀乃无匹——这两句是说：衮师是我最宠爱的儿子，又漂亮又聪明，没人能比得上。衮(gǔn)师：李商隐儿子的名字。美秀：指外在形貌的俊美和内在才智的超人。无匹：无比。

文葆未周晬，固已知六七——这两句是说：衮师未满周岁尚在襁褓中的时候，就已经认识“六”、“七”两个数字了。文葆：包裹婴儿的绣花包被。文，同“纹”。葆，同“褓”，裹婴儿的包被。周晬(zuì)：周岁。晬，婴儿满百日或满一岁。

四岁知姓名，眼不视梨栗——这两句是说：四岁时就知道自己的名姓，不再贪馋地盯着梨栗之类的果品。表示衮师从小懂事，不贪吃。晋·陶渊明《责子》诗：“雍端年十三，不识六与七。通子垂九龄，但觅梨与栗。”以上四句反其意而用之。

交朋颇窥观，谓是丹穴物——这两句是说：往来的朋友都十分注意观察衮师的举动，预言他以后一定是人中的凤凰。丹穴物：指凤凰，喻出类拔萃的人。《山海经·南山经》：“丹穴之山，有鸟焉，其状如鸡，五采而文，名曰凤皇(凰)。”

前朝尚器貌，流品方第一——这两句是说：如果是在重视人的风度、仪容、言谈举止的魏晋南北朝，那么，衮师一定是第一流的人物。前朝：指魏晋南北朝。当时士族注重门第，常针对士人的仪表风度、言行举止进行品评。尚：推崇。器貌：器宇、风度、仪表和容貌。流品：评定品级。方：将。

不然神仙姿，不尔燕鹤骨——这两句是说：他要不就是有神仙的风姿，要不就是有贵人的骨相。不然……不尔……：关联词，要不就是……要不就是……。燕鹤骨：燕颔(下巴)鹤骨，指骨相清奇，为贵人之相。上面五句是诗人的朋友赞赏衮师的话。

安得此相谓？欲慰衰朽质——这两句是说：衮师哪像他们说得那样呢？他们夸赞他不过是想安慰我这老朽无用的人罢了。此为诗人对朋友赞词的答话。以上为第一段，总写衮师小时候的不同凡响和朋友们对他的赞赏。

青春妍和月，朋戏浑甥侄——这两句是说：在美丽和煦的春日，孩子们一同玩耍嬉戏，不分舅甥叔侄的辈分。青春：春天。妍和月：美丽和煦的日子。浑：杂混。这句写衮师和甥侄们混在一起玩耍。

绕堂复穿林，沸若金鼎溢——这两句是说：孩子们玩耍，绕堂穿林，闹哄哄地就像开水从锅里翻滚出来一样。鼎：古代煮食物的器具，这里指锅。

门有长者来，造次请先出——这两句是说：门外有长者来访，急急忙忙地先出门迎客。造次：仓促，急忙。先出：指先出门外迎客。

客前问所须，含意不吐实——这两句是说：客人上前问他要什么，他却隐藏意愿不肯说出实情。须：同“需”。

归来学客面，闟败秉爷笏——这两句是说：送客归来，衮师破门而入，拿起父亲的手板，模仿客人的神情。闟(wéi)败：破门而入。闟，开门。笏(hù)：古代官员上朝时拿的手板，用以记事。

或谑张飞胡，或笑邓艾吃——这两句是说：有时嘲笑客人长着像张飞那样的下巴，有时嘲笑客人像邓艾一样口吃。或：有时。谑(xuè)：嘲笑。张飞：三国时蜀国著名将领。胡：本指鸟兽颔下的垂肉或皮囊。此指张飞的下巴像燕颔(燕子的下巴)那样。邓艾：三国时魏国著名将领。吃：口吃。

豪鹰毛崱屴，猛马气佶傈——这两句是说：衮师骑上竹马，有时像雄鹰展翅，有时像骏马奔驰。崱屴(zé lì)：山峰高耸的样子，这里形容豪鹰展翅而立的雄姿。佶傈(jí lì)：壮健的样子。

截得青筼筜，骑走恣唐突——这两句是说：砍下青竹子当竹马，衮师骑着它横冲直撞。筼筜(yún dāng)：长在水边的大竹子。恣：肆意、任意。唐突：冲撞。以上四句写衮师骑上竹马，横冲直撞，或如雄鹰展翅，或如骏马奔腾。

忽复学参军，按声唤苍鹘——这两句是说：有时学做参军戏，压低了声音叫唤苍鹘。参军、苍鹘：古代参军戏中的两个角色，前者扮官员，后者扮穿破衣的仆从，靠滑稽的对话和动作引人发笑。按声：压低声音。

又复纱灯旁，稽首礼夜佛——这两句是说：又在灯笼旁边，学长辈夜间叩头拜佛。稽首：叩头。礼：拜。“归来”以下十二句，写衮师对各种生活事物的模仿。

仰鞭罥蛛网，俯首饮花蜜——这两句是说：举鞭牵取蜘蛛网，低下头吸食花中的蜜汁。罥(juàn)：挂、牵。

欲争蛱蝶轻，未谢柳絮疾——这两句是说：衮师以追逐蛱蝶柳絮为戏，好像要跟它们比谁更轻捷一样。未谢：不让。

阶前逢阿姊，六甲颇输失——这两句是说：在门前的台阶上碰到他的姐姐，衮师与她玩“六甲”棋输了。六甲：即双陆，古代一种游戏，黑白两方各用六子赌胜负。

凝走弄香奁，拔脱金屈戌——这两句是说：硬要去拨弄阿姐的梳妆盒，把盒上的铰链都弄断了。凝走：硬要跑去。香奁(lián)：古代妇女盛放梳妆用品的盒子。金屈戌：此指梳妆盒上的金属搭扣、铰链。

抱持多反倒，威怒不可律——这两句是说：衮师的姐姐抱开衮师，他却翻身倒地耍赖；姐姐对他威吓发怒也无法约束他。律：约束。

曲躬牵窗网，衉唾拭琴漆——这两句写衮师弯着身子牵取窗纱，把唾沫吐在琴的漆面上，用窗纱擦拭。曲躬：弯着身子。窗网：指窗棂上的网纱。衉(kè)唾：吐唾沫。

有时看临书，挺立不动膝——这两句是说：他有时临摹碑帖，笔直站立，一动不动。临书：临摹碑帖。这两句写衮师看临摹碑帖十分专心。

古锦请裁衣，玉轴亦欲乞——这两句是说：衮师爱好书卷，要求用家里的旧锦缎裁作书衣，看到卷轴也要索求。衣：指书衣，包书的布帛。玉轴：饰玉的卷轴，唐代写本多装裱为卷轴，下端装轴子可卷，轴上饰玉。

请爷书春胜，春胜宜春日——这两句是说：请求父亲书写春胜，并知道春胜上要写“宜春”的字样。书：写。春胜：春幡，祝春好的吉语，犹春联。

芭蕉斜卷笺，辛夷低过笔——这两句是说：斜卷的笺纸形如芭蕉叶，从下面递过来的笔像含苞待放的辛夷花。辛夷：木笔花，含苞未放时形状像毛笔头。此指毛笔。过：递。这两句写衮师递笔给父亲要求写春胜的情形。以上为第二段，具体描写骄儿各种稚气十足的活动和情态。

爷昔好读书，恳苦自著述——这两句是说：父亲我过去喜好读书，勤奋刻苦于著述作文。恳苦：勤奋刻苦。著述：指写文章。

憔悴欲四十，无肉畏蚤虱——这两句是说：如今快四十了，形容瘦削、憔悴，害怕蚤虱的叮咬。畏蚤虱：喻畏惧小人的攻讦指责。

儿慎勿学爷，读书求甲乙——这两句是说：孩子你要小心，别学你父亲，一定要好好读书，读书以求及第做官。慎：小心，有告诫之意。读书求甲乙：通过读书应举，以求及第做官。甲乙：唐代的科举制度规定，经、策全通为甲第；策通四、帖过四以上为乙第。

穰苴司马法，张良黄石术——这两句是说：你应该去学学司马穰苴的兵法以及张良得黄石公亲传的谋略。穰苴(ráng jū)：春秋时齐景公的将领，姓田，因曾任司马一职，人称司马穰苴。司马法：《司马穰苴兵法》的简称，据《史记·司马穰苴列传》：齐威王令人整理古司马兵法，因穰苴兵法附于其中，故称。张良黄石术：据《史记·留侯世家》：汉高祖开国谋臣张良年轻时，黄石公送给他一部《太公兵法》。黄石公对他说：“读此，则为王者师矣。”

便为帝王师，不假更纤悉——这两句是说：这样一来你就可以成为帝王之师，不必依靠琐细纤微的知识生活了。假：凭借，依靠。纤悉：琐细。

况今西与北，羌戎正狂悖——这两句是说：何况如今西部和北方，羌戎反叛势力气焰嚣张。羌戎：古代中国西部的少数民族名称，这里指唐代后期经常侵扰中原的吐蕃、党项和回鹘等。狂悖(bèi)：这里指气焰嚣张的叛乱。

诛赦两未成，将养如痼疾——这两句是说：无论讨伐还是安抚都不见成效，一贯的姑息迁就已经使之成为痼疾了。将养：将息调养，这里指姑息放纵。痼疾：经久难治的病。

儿当速成大，探雏入虎穴——这两句是说：孩子你快快长大，争取将来深入虎穴平叛，立功勋。成大：成长，长大。雏：此指雏虎。这两句暗用了“不入虎穴，焉得虎子”之意。

当为万户侯，勿守一经帙——这两句是说：应当以军功博取万户侯的封赏，不要死守住一部经书。意思是那些死守经书，不能驰骋沙场、精忠报国的儒生是没出息的。万户侯：食邑万户(以一万户上交的赋税作为俸禄)的列侯。《史记·李广列传》：“文帝谓广曰：如令子当高帝时，万户侯岂足道哉！”经帙(zhì)：指经书。帙，包书的套子。《汉书·韦贤传》：“邹、鲁谚曰：遗子黄金满籯，不如遗子一经。”以上为第三段，感慨自身的经历，对骄儿作训示。

新评

诗汲取了左思《娇女诗》的养料，以“骄”为着眼点，既写孩子聪明过人、天真烂漫的种种生活情态；又暗示诗人对孩子的怜爱与娇宠，充满了亲情。第三段落尤为警策，诗人把大半生的感喟凝聚于笔端，对骄儿作出训示。对于读书人来说，科举是走向仕途、实现大济苍生之志的第一步，可作为文人，身世飘零，郁郁不得志，眼看外患侵扰而无力拯救国家，这就难怪诗人要告诫骄儿“当为万户侯，勿守一经帙”了。从另一层面讲，它又是诗人沉沦不遇的寄慨，透露着愤愤不平之气。

流　莺

题解

这是首托物咏怀、自伤身世的诗。可能作于唐宣宗大中三年(849)春。诗题取首二字。

流莺漂荡复参差，渡陌临流不自持。
巧啭岂能无本意？良辰未必有佳期。
风朝露夜阴晴里，万户千门开闭时。
曾苦伤春不忍听，凤城何处有花枝？

新解

流莺漂荡复参差，渡陌临流不自持——这两句是说：流莺到处翱翔，飞越田间小路，飞近河流，不知该飞向哪个方向。流莺：即黄莺。流，谓其鸣叫声流转圆润。参差：长短不齐，这里指鸟飞翔时翅膀张合的形状。渡陌临流：飞越田间小路，飞近河流。不自持：不能自主，无法控制自己。

巧啭岂能无本意？良辰未必有佳期——这两句是说：流莺美妙圆转地啼叫怎能没有自己的用意呢？但即使是碰到良辰，也未必有好的机遇。巧啭(zhuàn)：指莺啼美妙圆转。佳期：美好的期遇。

风朝露夜阴晴里，万户千门开闭时——这两句是说：无论是刮风的早晨、降露的夜晚，或者阴雨、晴朗的天气里，还是在千家万户开门活动、闭门休息时，流莺总是在不停地啼鸣。

曾苦伤春不忍听，凤城何处有花枝——这两句是说：自己曾为伤春而苦恼，因而不忍听流莺的哀啭悲啼。然而，放眼长安城中，哪儿能找到可供流莺栖息的花枝呢？凤城：秦都城咸阳，古称丹凤城。这里借指唐都城长安。

新评

诗人以流莺自况，自伤身世。首联"漂荡"是理解全诗的关键，它象征着诗人飘忽无依的身世遭遇。颔联以"岂能"、"未必"挑起，袒露积极入世的"本意"，以及遇合无期、世无知音的伤叹。颈联直言流莺啼鸣之悲，以此深化诗人期待落空后的失望、苦闷和愤激不平。尾联以伤春作收，点化主题，大有无明主可依之势，由悲流莺转化为悲自己，可谓寄意遥深，悲天自怜。

柳

题解

作于唐宣宗大中三年(849)。诗人以柳树自比。

为有桥边拂面香，何曾自敢占流光？
后庭玉树承恩泽，不信年华有断肠。

新解

为有桥边拂面香，何曾自敢占流光——这两句是说：柳虽然种植于道旁，拂面飘香，却并未占有大好春光。流光：时光易逝，故称光阴为流光。这里指春光。

后庭玉树承恩泽，不信年华有断肠——这两句是说：宫廷后院的槐树承上天的恩泽，不相信柳树正当盛年而肠断心摧。玉树：指槐树。古代皇宫多种植槐树，即所谓后庭玉树。这里当指春风得意的令狐绹。

新评

同为树木，柳树身姿婀娜，拂面飘香，却只能立于道旁，无法享有春光；而承受上天恩泽的槐树，身处皇宫后院却可以尽得春光。两相对比，不难想象柳树的萧瑟、冷清。诗人以柳树自比，以槐树为参照物，旨在说明自己难以形容的落拓失意。

漫成五章

题解

约作于唐宣宗大中三年(849)。《漫成五章》涉及品文、论人、评史、述政、谈兵等五个方面，高度概括了诗人关心的对象，从中可见诗人的价值取向以及评论事物的标准。漫成：义近偶题、杂感，即信手写成之意。

沈宋裁辞矜变律，王杨落笔得良朋。
当时自谓宗师妙，今日唯观对属能。

李杜操持事略齐，三才万象共端倪。
集仙殿与金銮殿，可是苍蝇惑曙鸡？

生儿古有孙征虏，嫁女今无王右军。
借问琴书终一世，何如旗盖仰三分？

代北偏师衔使节，关东裨将建行台。
不妨常日饶轻薄，且喜临戎用草莱。

郭令素心非黩武，韩公本意在和戎。
两都耆旧偏垂泪，临老中原见朔风。

新解

沈宋裁辞矜变律，王杨落笔得良朋——这两句是说：沈佺期、宋之问推敲辞藻而为诗，矜夸自己创制的“变律”；王勃、杨炯落笔作文，互相切磋，喜得良朋。沈宋：指初唐诗人沈佺期、宋之问。沈宋齐名，他们继承六朝以来诗歌探索音律的经验，完成了律诗体裁的定型工作。裁辞：选择裁制作诗的辞藻。矜：夸耀。变律：在前人认识音律的基础上，加以变化，确立律诗体裁。王杨：指初唐诗人王勃、杨炯。他们与卢照邻、骆宾王合称“初唐四杰”。得良朋：言当时著名作家除王、杨之外，还有卢、骆。

当时自谓宗师妙，今日唯观对属能——这两句是说：以今天的眼光来看，当时自称为一代宗师的沈、宋、王、杨，只不过会点对仗这样的雕虫小技罢了。宗师：此指文坛领袖。对属(zhǔ)：对仗，在诗文中撰成对句。

李杜操持事略齐，三才万象共端倪——这两句是说：李白、杜甫撰写诗文，其才气大体相当，天、地、人和世间万象都在他们的笔下得到展现。李杜：指盛唐时期的大诗人李白和杜甫。操持：指执笔撰写诗文。事：创作的业绩。齐：等同。三才：指天、地、人。万象：世间的万事万物。端倪：头绪。

集仙殿与金銮殿，可是苍蝇惑曙鸡——这两句是说：李、杜才华横溢，受到皇帝的赏识，但终因谄谀之徒进谗言而被废弃不用。这就像苍蝇的营营之声惑乱了晨鸡报晓的声音一样。集仙殿：即集贤殿。天宝十三年(754)，杜甫奏赋三篇，受到唐玄宗的赏识，并命待制集贤院召试文章。金銮殿：天宝元年，李白至长安被召见金銮殿，李白论当世事，奏颂一篇。唐玄宗大悦，赐食，亲为调羹。可是：却是。苍蝇：喻皇帝周围的谄谀之辈。曙鸡：报晓的公鸡，此处喻李、杜。

生儿古有孙征虏，嫁女今无王右军——这两句是说：生子，古有孙征虏那样的英雄豪杰；嫁女，现今再也找不到王右军那样的风流佳婿了。孙征虏：指孙权，因曾为讨虏将军，故称。一次，曹操同他对阵，见其军伍整肃，感慨道：“生子当如孙仲谋(孙权的字)！”王右军：王羲之，字逸少，中国古代著名的书法家。因东晋时任右军将军，故称“右军”。《世说新语·雅量》：“郗太傅在京口，遣门生与王丞相书，求女婿，丞相语郗信：‘君往东厢，任意选之。’门生归白郗曰：‘王家诸郎亦皆可嘉。闻来觅婿，咸自矜持；唯有一郎在东床上坦腹卧，如不闻。’郗公云：‘正此好！’访之，乃是逸少，因嫁女与焉。”事又见《晋书·王羲之传》。

借问琴书终一世，何如旗盖仰三分——这两句是说：我请问，像王羲之那样琴书为伴终老一生的，是否能比得上建立三分天下之霸业的孙权呢？终一世：王羲之雅好服食养性，不愿为官，终生以琴书自娱。王羲之是东晋著名书法家，此处“琴书”泛指文学艺术。旗盖仰三分：指孙权建立东吴帝业，与西蜀、北魏三分天下，其功业令人仰慕。旗盖，黄旗紫盖。古人认为天出黄旗紫盖状云气，是出帝王的预兆。

代北偏师衔使节，关东裨将建行台——这两句是说：石雄在代州北率领偏师抗敌有功，因此领了行营节度的头衔，这位昔日的关东裨将建立了自己的行台。代北：代州(今山西北部代县一带)之北。唐时在此驻扎代北军。偏师：全军的一部分。这里指率领偏师的将领石雄。唐武宗会昌初年，回鹘入侵天德地区，诏命刘沔为招抚回鹘使。三年，回鹘大掠云朔北边，石雄奉命率劲骑月夜奇袭，大胜而归。衔使节：指石雄大败回鹘后，因功升任丰州都防御使之事。关东裨(pí)将：指石雄。石雄是徐州人，徐州在函谷关以东，他曾在刘沔帐下为裨将，故称"关东裨将"。关东，函谷关以东；裨将，偏将，副将。建行台：指石雄升任晋绛行营节度使之事。行台，朝廷为征讨或守边而设置在外的统军机构。会昌三年，在讨伐刘稹叛镇的战争中，晋绛行营节度使李彦佐观望不前，朝廷遂以石雄为晋绛行营副使，石雄受命，引兵越乌岭，破贼五壁，斩获千计。贼兵大惧。武宗听后大喜，遂拜石雄为行营节度。

不妨常日饶轻薄，且喜临戎用草莱——这两句是说：像石雄这样出身低微而有才能的人，尽管平时受到非议和轻视，但临战时却得到了重用，得以发挥才能。这真是令人高兴的事情。常日：平日，平时。饶轻薄：任人轻视，菲薄。饶，任凭，尽管。石雄出身寒微，曾被诬而遭流放，因而被人非议。临戎：临战。草莱：长于田野的人，指出身寒微的人。

郭令素心非黩武，韩公本意在和戎——这两句是说：郭子仪原本不是黩武好战的人，而韩国公的本意是要与异邦和好的。郭令：指名将郭子仪，肃宗时任中书令。素心：本心。黩武：滥用武力，好战。唐代宗和唐德宗年间，吐蕃、回鹘屡次入侵，郭子仪在抗击入侵的同时，努力同他们议和，保持边地的安定。韩公：指张仁愿，受封韩国公。唐中宗时任朔方总管，屡次挫败突厥的入侵以后，在河北筑三座受降城以抵御突厥。从此，突厥不敢犯边，北方得以安定，并裁减驻守边地的军队数万人。故言"本意在和戎"。以上两句借郭子仪、张仁愿事迹，赞美会昌年间李德裕周密部署收复被回鹘、吐蕃侵占的河湟地区的各种重要决策。

两都耆旧偏垂泪，临老中原见朔风——这两句是说：西都和东都的父老乡亲都流下了眼泪，他们想不到自己到了晚年还能够看见北方的收复。两都：指西都长安和东都洛阳。耆旧：父老。这句表面上是说，安史之乱时，郭子仪收复了东都洛阳和西都长安，京师百万老少夹道流泪欢迎；实际上是借郭子仪事以称颂李德裕对收复河湟的筹划之功。见朔风：重见北方边地的风俗民情。指北方边地重归唐王朝。大中三年，吐蕃内乱，失陷的秦、原、安乐三州(在今甘肃、宁夏一带)及石门等七关，乘机摆脱吐蕃残暴统治，回归唐王朝。当三州士民千馀人到京都朝见皇帝时，他们当场脱去吐蕃服装，换上唐朝衣冠，在场的人都感动得高呼万岁。

新评

《漫成五章》品文、论人、评史、述政、谈兵，各自独立又浑然一体。清代冯浩说得好："盖实义山自叙一生沦落之叹，必先解明末二章，而前三章了然一串矣。"

(《玉谿生诗集笺注》)此论是解开《漫成五章》大旨的一把钥匙。从后两章的内容来看,实是借石雄、郭子仪、张仁愿之事浇胸中的块垒,这里既表明了诗人的人生态度,同时也暗寓诗人自己的境遇。由此反观前三章,可知其品评是与诗人的身世之感拧结在一起的。

第一章品评沈宋、王杨,他们对中国诗学的贡献早有公论,然而,诗人认为这些“宗师”只是擅长于“对属”而已,持论似太苛刻。但如果考虑到诗人曾从令狐楚学骈文,早年以为凭骈文工对能上“青云梯”,因无意中卷入党争的漩涡,而遭令狐绹等人排斥的事实,那么,对沈宋、王杨的否定实是对自己过去的否定,是自叹身世的沉沦。

第二章极赞李杜才华,“可是”二字一转,推出“苍蝇惑曙鸡”五字,明为李杜遭谗不被重用鸣不平,实寓自身不平的悲愤。

第三章首句“古有”与二句“今无”为互文,叹古伤今,古有一代雄杰孙权,古有一代文士王羲之,而今天全无。感伤之中诗人又以王羲之自比,并因此发问:以琴书终其一生的王羲之能否比得上建立东吴帝业的孙权呢?孰重孰轻,难以分辨。但如果考虑到诗人积极用世,而备受打击、壮志难酬的境遇,便应该发现,诗人追求的是建功立业,实现政治上的抱负。因此,以琴书终老不是诗人的本意。质言之,渴望建功立业与不得不以文士自处的矛盾是诗人难以解开的郁结。

第四章写唐武宗时期的名将石雄。石雄出身寒微,生活道路坎坷,“且喜”得到了重用。溯本追源,这与李德裕选拔石雄于“草莱”关系密切。冯浩指出:“雄为党人排斥,义山受党人之累,故特为之鸣不平,而致慨于卫国(李德裕)也。”(同上)此言极是,为他人鸣不平实为己鸣不平,即诗人在苦闷中渴望得到超拔和赏识,以图一展政治才华。

第五章借郭子仪、张仁愿之事为李德裕张目。诗人认为,李德裕处理唐王朝与吐蕃、回鹘关系的政策是正确的。因为其正确,才会有三州七关回归唐王朝之事,才会有“两都耆旧偏垂泪”的激动人心场面。然而,这样的功臣却遭到贬谪,诗人因此而感到沮丧。“素心”、“本意”,寓意深长,是解读第五章的关键。诗人因婚姻得罪了牛党,这里又表明支持李德裕处理吐蕃、回鹘的政策,李德裕被目为李党首领,唐宣宗时牛党得势被罢相。此时此刻,诗人还要为李德裕辩白,因而,有志不为时用,成为党争的牺牲品势在必然。

对雪二首

题解

作于唐宣宗大中三年(849),是时,诗人居长安。这年的五月,徐州军乱,逐节度使李廓,遂以义成节度使卢弘正为武宁军节度使。十月,卢弘正辟李商隐入幕为判官。年底诗人赴徐州。本诗当作于行前。原注:"时欲之东(之:往,到……去。徐州在长安城东南,因此说"之东")

其　一

寒气先侵玉女扉,清光旋透省郎闱。
梅华大庾岭头发,柳絮章台街里飞。
欲舞定随曹植马,有情应湿谢庄衣。
龙山万里无多远,留待行人二月归。

新解

寒气先侵玉女扉,清光旋透省郎闱——这两句是说:大雪纷飞,寒气一下子侵入了门窗,那清冷的雪光也从侧门中透入。玉女扉:画有仙女的门窗。旋:随即。省郎:唐代的官署有尚书、门下、中书、秘书、殿中、内侍等六省。诗人曾在秘书省任职,故称"省郎"。闱:宫的侧门。

梅华大庾岭头发,柳絮章台街里飞——这两句是说:雪花飞舞,就像大庾岭上梅花开放,又好像章台街里柳絮飘扬。大庾岭:五岭之一,在今江西、广东交界处,唐代为通往广东的要道。初唐时,张九龄曾开凿新路,岭上多植梅花,故大庾岭又称"梅岭"。柳絮:此指大雪纷飞。《世说新语·言语》:"谢太傅(谢安)寒雪日内集,与儿女讲论文义。俄而雪骤,公欣然曰:'白雪纷纷何所似?'兄子胡儿曰:'撒盐空中差可拟。'兄女(谢道韫)曰:'未若柳絮因风起。'公大笑乐。"章台街:汉代长安城有章台街。因道路两旁植柳树而闻名于世。唐代韩翃《寄柳氏》:"章台柳,章台柳,昔日青青今在否?纵使长条似旧垂,也应攀折他人手。"

欲舞定随曹植马,有情应湿谢庄衣——这两句是说:祥瑞的雪花如果飞舞,一定会跟随曹植翩翩而来的白马;雪花如果有情,一定要湿润谢庄的衣服。曹植马:曹植早年著有《白马篇》,曾写下"白马饰金羁,连翩西北驰。借问谁家子,幽并游侠儿”的诗句。该诗塑造了捐躯赴国难的白马少年。又曹植《洛神赋》有“飘飖兮若流风之回雪”句。曹植字子建，曹操第三子，著名诗人，有《曹子建集》。谢庄：南朝宋人。《宋书·符瑞志下》：“大明(宋孝武帝年号)五年(461)正月戊午元日，雪花降殿庭。时右卫将军谢庄下殿，雪集衣，还白，上以为瑞。于是公卿并作雪花诗。……草木花多五出，雪花独六出。”

龙山万里无多远，留待行人二月归——这两句是说：那雪花即使飘到万里之外，也因为有从龙山吹来的风可以亲近，故不为远；但愿这雪不要消却，等到二月我回来的时候再相会吧。龙山：在古云中郡，即今山西省长城以外地区及内蒙古自治区东南部。南朝宋·鲍照《雪诗》：“胡风吹朔雪，千里度龙山。”

新评

首二句以“寒气”、“清光”对起，写雪的气色和清寒；三四句用梅花、柳絮作比，抒写大雪飞扬的情状。五六句继续写大雪飞舞的情状，句中虽不用色彩词，但诗人将“曹植马”嵌入其中，从而起到提示大雪之白的作用。在这里，诗人以曹植、谢庄自比，一是道出了诗人即将远行、有成就一番事业的雄心；二是隐约地表达继续在朝为官的玄想。结二句自作祷语，盼望不久可以还京，希望还来得及看到早春时雪花与春光相互辉映的景象。诗题是“对雪”而不是“咏雪”，从其内容看，实为以雪为友，以寄托待归之情。

其　二

旋扑珠帘过粉墙，轻于柳絮重于霜。
已随江令夸琼树，又入卢家妒玉堂。
侵夜可能争桂魄？忍寒应欲试梅妆。
关河冻合东西路，肠断斑骓送陆郎。

新解

旋扑珠帘过粉墙，轻于柳絮重于霜——这两句是说：大雪纷飞，扑进了门帘，越过了粉墙。那漫天飞舞的雪花比柳絮还轻，堆积到地上，比寒霜还重。粉墙：涂刷成白色的墙。

已随江令夸琼树，又入卢家妒玉堂——这两句是说：雪落在树枝上，又飘进了堂中。江令：指江总，南朝陈时任尚书令(宰相)，每日与后主游宴后庭，吟诗作赋，时称“狎客”。江总有“璧月夜夜满，琼树朝朝新”之诗句。琼树：树的美称。这里指落满了雪的树木。琼，美玉。卢家：洛阳人莫愁嫁给卢家为妇。梁武帝《河中之水歌》：“河中之水向东流，洛阳女儿名莫愁。……十五嫁为卢家妇，十六生儿字阿侯。卢家兰室桂为梁，中有郁金苏合香。”玉堂：宫殿的美称。

侵夜可能争桂魄？忍寒应欲试梅妆——这两句是说：入夜以后，雪花泛起的寒光能够与月亮争辉吗？要是能耐得住寒冷，还可以将雪花贴上额头，充当梅花妆。桂魄：月亮的别称。传说月中有桂树，因称月为“桂魄”。梅妆：梅花妆。据《杂五行书》：宋武帝之女寿阳公主，在含章宫檐下休息时，梅花落在额头上，印出五瓣花一朵，拂之不去，三天后洗之乃落。宫女竞相效仿，自此有梅花妆。

关河冻合东西路，肠断斑骓送陆郎——这两句是说：大雪漫漫，关山与河川冰封到了一起，很难辨别东来西往的道路；那黑白色相间的马儿十分悲伤地送走远行的陆郎。关河：关山河川。肠断：形容极度伤心的样子。斑骓(zhuī)：黑白色相间的马。陆郎：不详，一说指陆瑜，陈后主狎客。《古乐府》：“陈孔骄赭白，陆郎乘斑骓。”诗人以陆郎自比，点明自己是皇帝近臣的身份。

新评

首二句写雪花飞舞及轻盈状。三四句以“琼树”、“玉堂”为着眼点，纵笔抒写雪盖大地时白茫茫的情状。五句写雪光清冽，可与月光争辉；六句以冷艳突出雪花的妍美。七句以“冻合”写环境严酷；八句以远行收笔。第八句先从“断肠”入笔，再以黑白色相间的斑骓马补之，通过强调色彩上的反差来突出“送”字，给全诗蒙上一层凄凉的氛围。诗在作法上大体可分为两个层次，第一个层次由前六句构成，从不同的角度和不同的层面抒写雪的形态，由第七、八句构成的第二个层次托出送别时黯然神伤的意绪。

题汉祖庙

题解

作于唐宣宗大中四年(850)，当时，诗人正在徐州卢弘正幕中。汉祖庙：指汉高祖刘邦庙，旧址在沛郡(今江苏徐州沛县)东泗水亭(刘邦曾为泗水亭长)中。

乘运应须宅八荒，男儿安在恋池隍？
君王自起新丰后，项羽何曾在故乡！

新解

乘运应须宅八荒，男儿安在恋池隍——这两句是说：大丈夫应乘时运而起，胸怀一统天下的雄心，哪里能一味地留恋自己的家乡呢？运：时运。宅八荒：以天下为家，有一统天下的意思。宅，居、处；八荒，八方荒远之地。池隍：城池。有水为池，无水为隍。此指乡里。

君王自起新丰后，项羽何曾在故乡——这两句是说：刘邦成就大业后，在长安建造了与家乡一样的新丰县。留恋故土的项羽，到头来兵败身亡，如何能在故乡成就霸业呢？新丰：刘邦建汉定都长安后，因其父思念故乡沛县丰邑，遂按丰邑的模样在长安附近另建街里，并将原丰邑百姓迁居于此。后来将其改名为新丰县。"项羽"句：项羽引兵入关中后，有人劝他定都于咸阳，以开创霸业。项羽说："富贵不归故乡，如衣锦夜行，谁知之者！"（《史记·项羽本纪》）于是分封诸侯，自称西楚霸王，定都于彭城（今江苏徐州）。

新评

首句气势磅礴，以不容商量的口吻表达对刘邦的赞美之情。第二句中的"安在"与上句中的"应须"呼应，直言项羽贪恋池隍终不能成就大业。三四句顺势而下，指出要真正地做到"恋池隍"，应与"宅八荒"的远大抱负统一起来。全诗高度概括和凝练，在对比中表达了对历史人物的看法。言在此而意在彼，晚唐皇帝大多安于现状、缺乏远见，在这里，诗人显然是在借刘邦、项羽之事来警示晚唐君主。

板桥晓别

题解

约作于唐宣宗大中四年(850)。板桥：在唐汴州(今河南开封)西，为汴州西面的门户，其地理位置十分重要，既是军事要塞，也是行旅往来、亲友话别的地方。

回望高城落晓河，长亭窗户压微波。
水仙欲上鲤鱼去，一夜芙蓉红泪多。

新解

回望高城落晓河，长亭窗户压微波——这两句是说：拂晓时分，我站在板桥上回望汴州，那高耸的城楼仿佛落入了银河之中；从长亭的窗户向外望去，晨光飘浮，微波荡漾。高城：高耸的城楼，此指汴州城。晓河：指破晓时分的银河。写情人离别时用银河，极易使人联想到牛郎织女。长亭：当指板桥上的亭阁。

水仙欲上鲤鱼去，一夜芙蓉红泪多——这两句是说：分别的时刻即将到来，远行的人儿将要乘舟西去。为此，那心爱的女子彻夜未眠，泣泪如血。水仙：指琴高。据《列仙传》：琴高是战国时期赵国人，擅长神仙道术。曾入水中取龙子，让弟子在水边等候。后乘赤鲤而出，停留月馀，返回水中。这里把远行者比作乘鲤踏波而去的水仙。因为远行者显然是将由水路乘舟西去的。芙蓉：指送行的女子。暗示女子容貌很美。红泪：女子的眼泪。《拾遗记》："魏文帝美人薛灵芸，常山人也。别父母，升车就路，以玉唾壶承泪，壶则红色。及至京师，壶中泪凝如血。"

新评

诗人从神话传说中汲取素材，从而构成了诗歌新奇浪漫情调和奇幻绚丽色彩。这首诗以传奇法写人间普通的离别，化用了一系列神话传说，如牛女相会、琴高乘鲤、灵芸泣血等，将现实与想象融为一体，实景虚化，虚实相间，创造出迷离、缤纷的幻境。首句交待时间地点，二句写景，三四句宕开一笔，不写分别那一刻的伤情，而是转忆前夜的悲痛，进一步提示了"晓别"时难以言表的感伤。

读任彦升碑

题解

约作于唐宣宗大中四年(850)。诗人读了任彦升的碑文以后，感慨万千，写下了这首诗。任彦升：任昉，字彦升。历仕宋、齐、梁三代。梁武帝萧衍建梁后，为黄门侍郎，出任义兴新安太守。擅长表、奏、书、启等各种文体。《南史·任昉传》："昉尤长为笔……当世王公表奏莫不请焉。昉起草即成，不加点窜。沈约一代辞宗，深所推挹。"当时有"任(昉)笔沈(约)诗"之称。

任昉当年有美名，可怜才调最纵横。
梁台初建应惆怅，不得萧公作骑兵。

新解

任昉当年有美名，可怜才调最纵横——这两句是说：早在少年时期，任昉就有美好的名声了，他才华横溢，恣肆奔放，真是令人羡慕。美名：美好的名声。《南史·任昉传》："河东裴氏，高明有德行，尝昼卧，梦有五色旗盖四角悬铃，自天而坠，其一铃落入怀中，心悸因而有娠。占者曰：'必生才子。'及生昉，身长七尺五寸。幼而聪敏，早称神悟。四岁诵诗数十篇，八岁能属文，自制《月仪》，辞义甚美。褚彦回尝谓遥曰：'闻卿有令子，相为喜之。所谓百不为多，一不为少。'由是闻声藉甚。"可怜：可羡。才调：才情。纵横：奔放，不受约束。

梁台初建应惆怅，不得萧公作骑兵——这两句是说：梁王朝建立的时候，任昉应感到失意才对，因为他已经没有机会任命梁武帝萧衍担任骑兵参军了。梁台初建：指梁朝初建。南朝称朝廷禁省为台，因称禁城为"台城"。萧公：指梁武帝萧衍。南齐时，萧衍曾任雍州刺史，镇守襄阳。后起兵入建康，废齐主，奉南康王萧宝融为帝，自任大司马。公元502年又废杀萧宝融，称帝，建梁。骑兵：官名，即骑兵参军，为节镇僚属。任昉与萧衍等人，早年并游于竟陵王萧子良西邸，号称"八友"。《南史·任昉传》："始梁武与昉遇竟陵王西邸，从容谓昉曰：'我登三府，当以卿为记室。'昉亦戏帝曰：'我若登三事，当以卿为骑兵。'以帝善骑也。"公元501年萧衍为大司马开府时，引任昉为骠骑记室参军，以应昔日之言。

新评

托古寄慨是该诗的主旨。起初，任昉与萧衍是朋友，同为"竟陵八友"。然而，人生沉浮，萧衍后来成为梁朝的开国皇帝。诗人认为，任昉的才能不在萧衍之下，故有"任昉当年有美名"之说，"可怜"二字寓意深刻，既包含着诗人对任昉才能的肯定，同时也包含了诗人对世事变迁如此之大的无限感慨。早年，任昉"才调最纵横"，稍后，却与萧衍成了上下级关系，进而是君臣关系。三句以游戏的笔墨挑起，"应"字颇有为古人着想的意味，"惆怅"则曲折地表露了诗人不平静的情怀。四句"不得"二字极佳，将人世沧桑、无限的感慨尽量地纳入笔端。在这里，诗人以任昉自比，实际上是在自伤自叹。然而，该诗的格调并不消沉，而是在自伤、自怜中透露出自嘲、自负，以略带幽默的笔调纾解不平之气。

房中曲

题解

唐宣宗大中五年(851),李商隐妻王氏去世。这时他从武宁节度使(治徐州)卢弘正幕府来,未及见妻子最后一面。睹物思人,写下了这首悼亡诗。房中曲:在室内用丝竹乐器演奏的音乐,故称。又为乐府旧题。这里借用旧题,是写诗人面对空房吟咏自己的悲伤。

蔷薇泣幽素,翠带花钱小。
娇郎痴若云,抱日西帘晓。
枕是龙宫石,割得秋波色。
玉簟失柔肤,但见蒙罗碧。
忆得前年春,未语含悲辛。
归来已不见,锦瑟长于人。
今日涧底松,明日山头檗。
愁到天地翻,相看不相识。

新解

蔷薇泣幽素,翠带花钱小——这两句是说:美丽的蔷薇花上,清露如泣,幽意绵长。细长的枝柯像绿色的衣带,缀满铜钱般的小花朵。泣幽素:带露水的淡雅花朵,因拟人化,故用“泣”。幽素,指给人幽冷感觉的淡雅花朵。翠带:指蔷薇细长的枝蔓像绿色的衣带。花钱:指花朵小而圆,如铜钱一般。

娇郎痴若云,抱日西帘晓——这两句是说:孩子因为小,不知失去母亲后带来的悲哀,乃至于日高帘卷时才睡醒。娇郎:指孩子。若云:像无依无靠的浮云一样。

枕是龙宫石,割得秋波色——这两句是说:用龙宫宝石做的枕头,光可照人,它仿佛是亡妻明如秋水的眼波。睹物思人,更加增添悲怆之情。龙宫石:泛指宝石。秋波:指眼睛,古人以明净的秋水状美女的眼波。

玉簟失柔肤,但见蒙罗碧——这两句是说:玉席上不见亡妻的身影,只见翠被蒙盖。簟(diàn):编织的席子。罗碧:指翠被。罗,一种丝织品。

忆得前年春,未语含悲辛——这两句是说:回忆起前年春天相别时的情景,妻子依依不舍的神情又浮现在眼前。现在我悼伤归来,复忆前景,备感伤痛。

归来已不见，锦瑟长于人——这两句是说：我从老远的幕府中回来时，妻子已经去世，睹物思人，锦瑟尚存。锦瑟：绘有织锦花纹的瑟。瑟，古代的一种弦乐器。长：久。

今日涧底松，明日山头檗——这两句是说：我常年奔波于幕府之间，就像那山涧下面的青松，始终无法伸展远大的志向；如今，你又离我远去，让我的明天就像山头的黄檗一样，心中变得更苦。涧底松：以苍松生于涧底，喻不得志。晋代左思《咏史·其二》："郁郁涧底松，离离山上苗。以彼径寸茎，荫此百尺条。世胄蹑高位，英俊沉下僚。"檗（bò）：黄檗，亦作黄柏，落叶乔木，树皮可入药，有清热解毒等功能，味苦。《乐府诗集·清商曲辞一·子夜歌十》："黄檗郁成林，当奈苦心多。"比喻从此将含悲行役。

愁到天地翻，相看不相识——这两句是说：思念亡妻的愁绪永远没有尽头，也许等到天翻地覆的时候能够相见，但那时纵然是相见也不相识了。言外之意，将抱恨终古。天地翻：指巨大的变故。

新评

这是首悼亡诗，感情沉挚而深厚。首四句写景叙事，"泣"字极佳，为全诗蒙上一层凄凉的色彩。次四句由室内之物入笔，将深切的哀悼之情寄托于夫妻二人共用的物品之中，以往日的温情反衬痛失的哀伤。"忆得"四句以时间拉开悠长的思绪，以"锦瑟"为收，睹物思人，物在人去，进一步渲染对亡妻的刻骨铭心的哀思。尾四句宕开一笔，直写身世飘零之感，由"今日"推想"明日"，将人生坎坷与亡妻之痛缠绕在一起，以强化内心凄苦的氛围。最后发出"相看不相识"的浩叹，其抱恨的痛思得到再次的强化，将地老天荒之恨溢于诗外。

蜀　桐

题解

似作于唐宣宗大中五年(851)，此时，诗人在梓州（今四川三台）柳仲郢幕中。

玉垒高桐拂玉绳，上含霏雾下含冰。
枉教紫凰无栖处，斫作秋琴弹坏陵。

新解

玉垒高桐拂玉绳，上含霏雾下含冰——这两句是说：玉垒山上的梧桐高大得可以参天,甚至能拂拭到玉绳星了;梧桐的树梢上薄雾缭绕,它的根部已被冰裹围。玉垒:山名,在四川成都的西北。玉绳:星宿名。

枉教紫凰无栖处,斫作秋琴弹坏陵——这两句是说:白白地使紫凰无处栖身,将高大的梧桐斫削成质地优良的琴以后,用它来弹奏古曲《坏陵》,却没有受到人们的赏识。紫凰无栖处:传说凤凰只栖息于梧桐树上。枉:徒然,白白地。斫(zhuó):砍,削。秋琴:古人认为蜀中秋天的梧桐最适合制作乐器。坏陵:古曲名,相传为伯牙所作。

新评

此感遇之作。高桐参天,如此良材,正应留以栖凰引凤,却不惜斫削为琴,欲引知音。谁料知音难觅,空留怅恨,徒使紫凰无栖宿之所。其时,东川节度使柳仲郢奉调回长安,李商隐以幕府属员的身份随柳回京。仲郢内征,好似良材之斫作秋琴,而自己则从此托身无所了。

代越公房妓嘲徐公主

题解

作于唐宣宗大中五年(851)。越公:指杨素。隋文帝灭陈时,他率水军从三峡东下,因功封越国公。徐公主:指陈后主陈叔宝之妹乐昌公主。据《古今诗话》:乐昌公主嫁与徐德言为妻。徐德言预感到陈王朝即将灭亡,遂将铜镜破开,与乐昌公主各藏一半,作为他日相聚的信物。陈亡后,公主落入杨素府中。因不忘旧情,公主让人到街市以高价出卖半面铜镜,借此来寻找徐德言。徐德言以半镜合之,作诗表达对公主的思念之情。杨素为他们的真情所感动,使夫妻二人团圆。

笑啼俱不敢,几欲是吞声。
遽遣离琴怨,都由半镜明。
应防啼与笑,微露浅深情。

新解

笑啼俱不敢,几欲是吞声——这两句是说:面对丈夫和恩主,欢笑、啼哭都不合适,徐公主因心存顾忌而吞声不语。笑啼俱不敢:杨素听说徐德言和乐昌公主之事后,召见徐德言,还其妻。当即又让乐昌公主赋诗,公主口占一首:"今日何迁次,新官对旧官。笑啼俱不敢,方信作人难。"(参见《古今诗话》)官:对君主以及尊长的敬称，后也用作对有一定社会地位男子的敬称。

遽遣离琴怨，都由半镜明——这两句是说：夫妻失散的伤痛一下子得到了排遣，这都是因为得到那半块明镜的相助啊。离琴：古有琴曲《离鸾》，意为“双凤离鸾”，后常以离鸾比喻分离的配偶。

应防啼与笑，微露浅深情——这两句是说：应竭力掩饰自己的哭和笑，经历了破镜重圆的事件以后，只要稍微地露出一些表情便可以表达出情意的深浅。乐昌公主入杨素府后，深得杨素的宠爱，见到旧夫徐德言后，一方面因破镜重圆而笑，另一方面又因杨素令其作诗，不敢当场表白真实感情，故有“笑啼俱不敢，方信作人难”的诗句。

新评

诗题中的“代”是指代言体，是以杨素府中的妓女的眼光来看待乐昌公主破镜重圆时的情形。诗题中的“嘲”字自然是指嘲笑或讽刺，是讲乐昌公主新故去就之际不敢表露内心的真情。从这一意义上讲，“嘲”的主要方面虽然是嘲讽，但对于卷入党争漩涡的诗人来说，似乎很能理解乐昌公主新故去就之际的心态，故在嘲讽之中，还包含了对乐昌公主的怜悯，可以说，诗人在这里实际上是以命不由己的乐昌公主自比的。

代贵公主

题解

作于唐宣宗大中五年(851)。此诗与上诗作于同一时间，两者之间有着承接关系。一题“代公主答”，似更能揭示题意。贵公主：当为徐公主。

芳条得意红，飘落忽西东。
分逐春风去，风回得故丛。
明朝金井露，始看忆春风。

新解

芳条得意红，飘落忽西东——这两句是说：春天来了，绿枝上的花朵红艳艳的。没想到，一阵突如其来的大风，吹落了她们，让她们各自东西。

分逐春风去，风回得故丛——这两句是说：各分东西的花朵追逐春风而去，风儿又把她们吹到原先的地方。

明朝金井露，始看忆春风——这两句是说：等到明天金井滋润着露水的时候，相看时才会忆起当初沐浴春风的日子。金井：《西征记》："太极殿前有金井栏。"

新评

首句以"红"字直言乐昌公主伉俪的和谐。二句写因战乱而被迫分离造成的痛苦，"忽西东"补足"飘落"之意，与首句形成鲜明的对比。三句以乐写哀，绾合"风回得故丛"，将尝尽离别之苦后的百感交集表现得淋漓尽致。五六句言其情感的复杂，既言不忘旧恩，又有不忘新恩之意。乐昌公主在杨素府中与徐德言相见时，曾口占一诗："今日何迁次，新官对旧官。笑啼俱不敢，方信作人难。"以此作解，可知乐昌公主复杂的心态。前人解诗时认为三句中的"春风"是指乐昌公主入杨素府后所受到的宠爱，故末句中的"春风"与杨素有关。其依据是来源于乐昌公主的诗。进一步求其大旨，可知李商隐长期生活在牛李党争的漩涡当中，旧恩难忘，新恩难酬，因之进退维谷，这也就难怪诗人要写这一首代言之诗了。

咏怀寄秘阁旧僚二十六韵

题解

作于唐宣宗大中五年(851)。对于李商隐来说，这一年经受的打击太多。年初，诗人追随的卢弘正去世，因之失职返京；春夏之间，妻王氏不幸去世；向令狐绹陈情，仅得薄宦，难以为生。穷蹇无路之际，诗人应柳仲郢之召赴东川，被迫离开长安。秘阁：秘书省。李商隐曾任秘书省校书郎，故有旧僚。韵：两句一韵，二十六韵即五十二句，但本诗只有二十四韵四十八句。

年鬓日堪悲，衡茅益自嗤。
攻文枯若木，处世钝如锤。
敢忘垂堂诫，宁将暗室欺？
悬头曾苦学，折臂反成医。
仆御嫌夫懦，孩童笑叔痴。
小男方嗜栗，幼女漫忧葵。
遇炙谁先啖，逢齑即更吹。
官衔同画饼，面貌乏凝脂。
典籍将蠡测，文章若管窥。

图形翻类狗，入梦肯非罴。
自哂成书簏，终当咒酒卮。
懒沾襟上血，羞镊镜中丝。
橐籥言方喻，樗蒲齿讵知？
事神徒惕虑，佞佛愧虚辞。
曲艺垂麟角，浮名状虎皮。
乘轩宁见宠？巢幕更逢危。
礼俗拘嵇喜，侯王欣戴逵。
途穷方结舌，静胜但揞颐。
粝食空弹剑，亨衢讵置锥！
柏台成口号，芸阁暂肩随。
悔逐迁莺伴，谁观择虱时？
瓮间眠太率，床下隐何卑！
奋迹登弘阁，摧心对董帷。
校雠如有暇，松竹一相思。

新解

年鬓日堪悲，衡茅益自嗤——这两句是说：两鬓斑白，日益衰老，我感到很悲伤；身处陋室，贫穷潦倒，面对这一切，我只能报以苦笑。年鬓：年龄与容颜。年老则鬓发渐白，故常用以表示衰老。衡茅：衡门（横木为门）茅屋，指陋室。嗤：笑，自我嘲笑。

攻文枯若木，处世钝如锤——这两句是说：我专心研习文学，文章写得枯燥乏味；在为人处世方面，我十分愚钝，且不通世故。此为诗人自谦之辞。枯木：比喻颓丧之心或老朽之人。钝锤：笨重的锤子。比喻愚钝。《晋书·祖纳传》："君汝颍之士，利如锥；我幽冀之士，钝如锤。持我钝锤，捶君利锥，皆当摧矣。"

敢忘垂堂诫，宁将暗室欺——这两句是说：我将牢记坐不垂堂的古训，同时也不做那些见不得人的事。敢：自言冒昧之词。垂堂：堂屋的檐下。因檐瓦有可能掉下来伤人，故常用来比喻危险的境地。《史记·司马相如列传》："故鄙谚曰：'家累千金，坐不垂堂。'"《索隐》："垂，边也。近堂边恐其堕坠。"《三国志·吴书·陆逊传》："今不忍小忿，而发雷霆之怒，违垂堂之戒，轻万乘之重，此臣之所惑也。"宁：竟，乃。暗室欺：来自不欺暗室。虽在别人看不到的地方，也不做亏心事。《列女传·卫灵夫人》有蘧伯玉"不为冥冥堕行"语，故称蘧伯玉不欺暗室。暗室，幽暗的内室，黑暗无光的房间。

悬头曾苦学，折臂反成医——这两句是说：我曾悬梁苦读，虽经折臂之苦却成了良医。悬头：即悬梁。悬头发于梁上，以防瞌睡。形容苦读。《太平御览》卷六一一引晋代张方《楚国先贤传》："孙敬好学，时欲寤寐，悬头至屋梁以自课。"后终于成为当世大儒。折臂：《楚辞·惜诵》："九折臂而成良医兮，吾至今乃知其信然。"另据说，晋代羊祜坠马折臂，后位至三公，故有折臂三公之称。三公指辅助国君掌握军政大权的最高官员。

仆御嫌夫懦，孩童笑叔痴——这两句是说：仆役、车夫嫌我懦弱无能，小孩子笑我呆笨。言外之意，自己好义隐德，而世人不识。笑叔痴：《晋书·王湛传》："初有隐德，人莫能知，兄弟宗族皆以为痴，其父昶独异焉。……兄子济轻之，所食方丈盈前，不以及湛。湛命取菜蔬，对而食之。济尝诣湛，见床头有《周易》，问曰：'叔父何用此为？'湛曰：'体中不佳时，脱复看耳。'济请言之。湛因剖析玄理，微妙有奇趣，皆济所未闻也。济才气抗迈，于湛略无子侄之敬。既闻其言，不觉慄然，心形俱肃。遂留连弥日累夜，自视缺然，乃叹曰：'家有名士，三十年而不知，济之罪也。'……武帝亦以湛痴，每见济，辄调之曰：'卿家痴叔死未？'济常无以答。及是，帝又问如初，济曰：'臣叔殊不痴。'因称其美。"

小男方嗜栗，幼女漫忧葵——这两句是说：小儿子刚刚才吃了栗子，小女儿又漫称没有菜吃的忧虑。葵：菜。此指五谷。写此诗时，李商隐的夫人已经去世，儿女尚未成年。因家境贫寒，常有衣食之忧，故云。

遇炙谁先啖，逢齑即更吹——这两句是说：我曾经像王羲之那样受到赏识而名重一时，后来因有被热菜烫过的经历，吃凉菜时也要吹一下。此言诗人早年受到王茂元的赏识，无意中陷入党争，受到牛党的猜忌和排斥。遇炙谁先啖：《晋书·王羲之传》：羲之幼讷于言，人未奇之。年十三，尝谒周顗(字伯仁，尚书右仆射)，顗察而异之。时重牛心炙，坐客未啖，顗先割啖羲之，于是始知名。"逢齑即更吹：《楚辞·九章·惜诵》："惩于羹者吹齑兮，何不变此志也？"齑，细切的冷菜。谓人被热菜烫过，心怀戒惧，吃冷菜时也要吹一下。比喻遇事过于谨慎。

官衔同画饼，面貌乏凝脂——这两句是说：我没有什么官位，面貌上也缺少名士的风度。言外之意，我实际上是一无所有。画饼：《三国志·魏书·卢毓传》："选举莫取有名，名如画地作饼，不可啖也。"意为虚名如同画饼，不切实用，无济于事。凝脂：柔滑洁白。比喻人皮肤细白润泽。《诗经·卫风·硕人》："手如柔荑，肤如凝脂。"《世说新语·容止》："王右军(王羲之)见杜弘治，叹曰：'面如凝脂，眼如点漆，此神仙中人。'"

典籍将蠡测，文章若管窥——这两句是说：我的学问和文章都没有什么长进，气象不大。蠡(lí)测：以蠡测海的省略语。用瓠瓢测量海水，比喻以浅陋之见揣度事物。蠡，瓢。管窥：从竹管里看天。比喻所见者狭小、片面。《庄子·秋水》："是直用管窥天，用锥指地也，不亦小乎？"

图形翻类狗，入梦肯非罴——这两句是说：我有心成就一番事业，结果是人微言轻，平生的志向难以实现。图形翻类狗：《后汉书·马援传》："马援《诫兄子书》：'效季良不得，陷为天下轻薄子，所谓画虎不成反类狗者也。'"比喻好高骛远，弄巧成拙，反而留下笑柄。非罴(pí)：此指吕尚，即姜太公。也喻隐士出山见用。《宋书·符瑞志上》：文王将猎，史遍卜之，曰："将大获，非熊非罴，天遣汝师以佐昌。"果得吕尚于渭水之阳。后辅佐武王讨灭商纣。

自哂成书簏，终当咒酒卮——这两句是说：我嘲笑自己虽然读了很多的书，到头来却只能效仿刘伶的样子在酒中纵情。书簏(lù)：用竹子编制成的书箱。此处形容读书虽然很多但不能通解与致用的人。咒酒卮(zhī)：对着美酒祷告。《晋书·刘伶传》："常乘鹿车，携一壶酒，使人荷锸而随之，谓曰：'死便埋我。'其遗形骸如此。尝渴甚，求酒于其妻。妻捐酒毁器，涕泣谏曰：'君酒太过，非摄生之道，必宜断之。'伶曰：'善！吾不能自禁，惟当祝鬼神自誓耳。便可具酒肉。'妻从之。伶跪祝曰：'天生刘伶，以酒为名。一饮一斛，五斗解酲。妇儿之言，慎不可听。'仍引酒御肉，隗然复醉。"此言刘伶不能自禁，只能向鬼神发誓。刘妻设酒肉祭鬼神，被刘伶一饮而尽。咒，祷告。卮，古代盛酒的器皿。

懒沾襟上血，羞镊镜中丝——这两句是说：我不愿为别人不了解我而痛哭，也羞于对着镜子拔除头上的白发。襟上血：衣襟上沾满了鲜血。形容哭泣十分伤心，哭出了鲜血。《韩非子·和氏》："楚人卞和得玉璞于楚山，献厉王。王使人相之，曰：'石也。'刖和右足。及武王即位，又献之，复相曰：'石也。'刖左足。及文王即位，和乃抱其璞哭于楚山，三日三夜，泣尽继之以血。王使玉人治之，得宝玉焉。名曰和氏之璧。"镊：拔除(头上的白发)。

橐籥言方喻，樗蒲齿讵知——这两句是说：我听命于自然，不与人争强斗勇。橐籥(yuè)：古代冶铁用以鼓风吹火的装置。橐为鼓风器，籥为送风管道。老子《道德经·第五章》："天地之间，其犹橐籥乎？虚而不屈，动而愈出。"喻：明白，了解。樗(chū)蒲：古代博戏名。晋代十分盛行，投掷骰子决胜负。后泛称赌博为"樗蒲"。齿：骰子。讵：岂，表示反问。

事神徒惕虑，佞佛愧虚辞——这两句是说：我学道事佛都成了空谈。事：侍奉。惕虑：敬畏思虑。佞佛：沉迷于佛教。

曲艺垂麟角，浮名状虎皮——这两句是说：我虽然小有文名，但只是徒有虚名而已。曲艺：小技能。麟角：喻珍贵稀少。《北史·文苑传》："学者如牛毛，成者如麟角。”虎皮：虎皮羊质的省语。外表似虎，实质是羊，比喻外强中干。

乘轩宁见宠？巢幕更逢危——这两句是说：做官难道就能受到君主的宠爱吗？那就像燕子在幕上筑巢一样，是十分危险的。乘轩：乘坐华美的车子。春秋时只有大夫才能乘轩，后来以乘轩泛指做官。巢幕：在帷幕上筑窝，形容处境危险。《左传·襄公二十九年》：“夫子(孙文子)之在此也，犹燕之巢于幕上。”

礼俗拘嵇喜，侯王欣戴逵——这两句是说：我不愿像嵇喜那样为礼俗所累，更不愿像戴逵那样受到侯王的重视。礼俗：礼仪习俗。嵇喜：晋人，著名文士嵇康的哥哥。《晋书·阮籍传》：“籍又能为青白眼，见礼俗之士，以白眼对之。及嵇喜来吊，籍作白眼，喜不怿而退。喜弟康闻之，乃赍酒挟琴造焉，籍大悦，乃见青眼。由是礼法之士疾之若仇，而帝第保护之。”戴逵：《晋书·戴逵传》：“戴逵字安道，谯国人也……太宰、武陵王晞闻其善鼓琴，使人召之，逵对使者破琴曰：‘戴安道不为王门伶人！’”

途穷方结舌，静胜但搘颐——这两句是说：途穷的时候才不敢说话，我静默自处，捱度时光。结舌：不敢说话。搘(zhī)颐：以手托颊。搘，支撑，拄持；颐，颊，腮。

粝食空弹剑，亨衢讵置锥——这两句是说：我吃着粗粮，弹剑寄托自己的不平之气，难道通途大道就没有我的立锥之地吗？这是抒发自己入秘书省不久即遭人排挤的不满。粝食：粗米饭。弹剑：弹剑作响。《战国策·齐策四》：冯谖贫穷不能自立，托人求为孟尝君的食客。因不满意孟尝君给予的待遇，冯谖三次弹铗(jiá，剑柄，此指长剑)而歌：“长铗，归来乎！食无鱼。”“长铗，归来乎！出无车。”“长铗，归来乎！无以为家。”因此冯谖受到孟尝君的优待，也因此冯谖忠心于孟尝君，表现出政治才能和远见。亨衢：四通八达的大道。后引申为官运亨通。置锥：插锥子。形容地方狭窄，无立足之地。

柏台成口号，芸阁暂肩随——这两句是说：回想当年，曾和同僚一起和诗，并肩而行。柏台：即柏梁台，汉武帝所筑，以香柏为梁，传说武帝曾置酒台上，诏群臣和诗。口号：古体诗的题名。表示随口吟成，与口占相似。芸阁：古代藏书之所，即秘书省。暂肩随：与人并行而略后，以表敬意。

悔逐迁莺伴，谁观择虱时——这两句是说：我非常懊悔随众人一起进退，可惜的是却没有一个人知道我的心思。迁莺：仕途上进。唐人多指进士及第。择虱：寻找虱子。《晋书·顾和传》：“王导为扬州，辟从事。月旦当朝，未入，停车门外。周顗遇之，和(顾和)方择虱，夷然不动。顗既过，顾指和心曰：‘此中何所有？’和徐应曰：‘此中最是难测地。’”此言心思无人能察。

瓮间眠太率，床下隐何卑——这两句是说：醉卧酒瓮旁边真是太率直了，敢于隐藏在床下也没有什么可卑微的。瓮间眠：《晋书·毕卓传》：“毕卓字茂世，新蔡鲖阳人也……太兴末，为吏部郎，常饮酒废职。比舍郎酿熟，卓因醉夜至其瓮间盗饮之，为掌酒者所缚。明旦视之，乃毕吏部也。遽释其缚。卓遂引主人宴于瓮侧，致醉而去。”率：率直，鲁莽。床下隐：用事不明。《晋书·阮籍传》：“邻家少妇有美色，当垆沽酒。籍尝诣饮，醉，便卧其侧，籍既不自嫌，其夫察之，亦不疑也。”

奋迹登弘阁，摧心对董帷——这两句是说：旧僚们深得当权者的奖掖，而自己摧心抑志，只得闭门读书。奋：猛然用力。弘：公孙弘，汉武帝时以布衣任至丞相。《汉书·公孙弘传》：“时上(汉武帝)方兴功业，屡举贤良。弘自见为举首，起徒步，数年至宰相封侯，于是起客馆，开东阁以延贤人，与参谋议。”东阁：东向开之的小门，此指宰相款待宾客之所。摧心：极度伤心。董：董仲舒，汉代大儒。《汉书·董仲舒传》：“董仲舒，广川人也。少治《春秋》，孝景时为博士，下帷讲诵，弟子传以久次相授业，或莫见其面，盖三年不窥园，其精如此。”

校雠如有暇，松竹一相思——这两句是说：如果旧僚们校对之馀有闲暇时间的话，希望你们能念及我这失意之人。校(jiào)雠：校对文字。一人独校为校，二人对校为雠。松竹：松竹梅的省语，松竹梅为岁寒三友，此指旧友。

新评

诗人自称这是首咏怀诗，通篇读来，倒不如说是诗人在向旧日的同僚诉说其不幸的遭遇和宣泄内心的不平之气。全诗以“年鬓日堪悲，衡茅益自嗤”领起，通过追忆过去的生活和经历，一写其苦读和追求人生理想的大志；二写其生活困顿和人生坎坷之路；三写其不为世用，辜负了自身的才华。这三者混融在一起，将诗人胸中的无限感慨一一道出。需要指出的是，因这首诗又是写给过去的同僚看的，诗人对个人的遭际虽多有感慨，但有意用曲笔，将其愤激之辞隐于自嘲之中。这首诗是诗人在很复杂的心境中写成的。当时诗人的夫人刚刚去世，面对仕途坎坷和家庭生活中的困境，其内心的悲苦是可以想见的。因一腔的悲愤无处诉说，故留下了这首诗。从另一个意义上讲，这首诗又是我们深入了解诗人内心世界的一把钥匙。

七月二十九日崇让宅宴作

题解

作于唐宣宗大中五年(851)。崇让宅:李商隐岳父王茂元的旧宅在洛阳崇让坊。大中五年,李商隐赴梓州幕府前可能曾在崇让宅小住。宴:据诗意看,当为别宴。

露如微霰下前池,风过回塘万竹悲。
浮世本来多聚散,红蕖何事亦离披?
悠扬归梦唯灯见,濩落生涯独酒知。
岂到白头长只尔?嵩阳松雪有心期。

新解

露如微霰下前池,风过回塘万竹悲——这两句是说:前池露冷,回塘风寒,竹林发出悲秋的萧瑟之音。霰(xiàn):由空中落下的细小的冰粒。回塘:迂回曲折的池塘。

浮世本来多聚散,红蕖何事亦离披——这两句是说:人世间虚浮不定,本来就有许多的聚散离合之事;可是池中的红蕖为什么也要离披散落呢?浮世:人间,人世间。古人认为世事虚浮不定,故称。红蕖:红色的荷花(又名芙蕖)。离披:散乱的样子。

悠扬归梦唯灯见,濩落生涯独酒知——这两句是说:从今以后,归梦中只有孤灯可见,我再也见不到亲爱的夫人了;我漂泊在外的孤独,只有饮下的苦酒能够知道。悠扬:飞扬,飘忽起伏。归梦唯灯见:崇让宅是李商隐夫人王氏的娘家,此时王氏已去世。回忆往事,诗人说自己归来后,再也见不到夫人了,即便是在梦中,也只有孤灯可见。濩(huò)落:空廓,廓落无用。引申为零落,无聊失意。喻诗人的丧偶和身世零落之痛。

岂到白头长只尔?嵩阳松雪有心期——这两句是说:怎么能一直到年老白头的时候还这样长久地孤寂零落呢?归隐嵩山之南的松雪之中,才是我的心愿。尔:如此,这样。嵩阳:嵩山南。阳:水之北、山之南为“阳”。中岳嵩山,在今河南登封,上有寺庙,是古代名士学道求佛的隐居之处。心期:两相期许。

新评

亲朋欢会畅饮,本为赏心之乐事,但此诗所写,却并非宴饮之乐,而是由此触发的诗人的幽恨悲情。开头两句，写崇让旧宅初秋时的夜景，在这里，诗人用环境的凄清，衬托其心境的凄凉。三句宕开一笔，抒写人生感慨；四句回到眼前景，以荷花的零落散乱，感叹人世的漂泊，聚散不定。五六句写自己丧偶之痛、失意之悲，无人可以倾诉，只能独对孤灯，借酒浇愁了。“唯”、“独”二字，起着强调、渲染的作用。尾二句，诗人表达了归隐山林，遁入空门，了此尘缘的思想。从表面上看，是想获得解脱，实际上是在进一步抒写内心的伤痛。

崇让宅东亭醉后沔然有作

题解

作于唐宣宗大中五年(851)初秋。东亭：王茂元在洛阳崇让坊家中的亭子。沔：同“湎”，沉酣的样子。

曲岸风雷罢，东亭霁日凉。
新秋仍酒困，幽兴暂江乡。
摇落真何遽，交亲或未亡。
一帆彭蠡月，数雁塞门霜。
俗态虽多累，仙标发近狂。
声名佳句在，身世玉琴张。
万古山空碧，无人鬓免黄。
骅骝忧老大，鶗鴂妒芬芳。
密竹沉虚籁，孤莲泊晚香。
如何此幽胜，淹卧剧清漳？

新解

曲岸风雷罢，东亭霁日凉——这两句是说：一阵风雨雷电过后，天空放晴，在宅院中池塘曲折的岸边，东面的亭子里升起了阵阵凉意。曲岸：指宅内池塘的曲岸。霁：雨雪止，云雾散，天放晴。

新秋仍酒困，幽兴暂江乡——这两句是说：在这初秋时节，我沉醉在美酒之中，内心十分幽静和安适，好像一下子到了江南水乡。暂：忽然，突然。江乡：犹言水乡，指江南多水之地。

摇落真何遽，交亲或未亡——这两句是说：秋天来了，万物急速凋零，幸好还有一些亲友尚在人间。摇落：凋谢，零落。遽：迅疾，突然。交亲：互相亲近的人，这里指亲友。

一帆彭蠡月，数雁塞门霜——这两句是说：我曾独自扬起风帆领略了鄱阳湖的月光，又曾像大雁那样领略了北方边塞的风霜。此言诗人因幕府生涯长期辗转于南方和北方。彭蠡：鄱阳湖，在今江西九江附近。这里泛指南方。塞(sài)门：边关。这里泛指北方。

俗态虽多累，仙标发近狂——这两句是说：平时，我虽困于世俗，多受牵累，即使是偶尔轻狂一下(不能免俗)，但我那仙家的品格依然存在。仙标：仙家标格，指高尚的品格。狂：轻狂，此指发梅福之狂。《北史·儒林·王孝籍传》："谢相如之病，无官可以免；发梅福之狂，非仙所能避。"《汉书·梅福传》："梅福字子真，九江寿春人也……至元始中，王莽颛政，福一朝弃妻子，去九江，至今传以为仙。"

声名佳句在，身世玉琴张——这两句是说：我虽然以诗文享有声名，然而宦途却屡屡受挫，必须不断调整。玉琴张：犹言改弦更张，即调整乐器之弦，使声音和谐。比喻改变法度或做法。张，琴瑟之弦过紧，声音就不调和。

万古山空碧，无人鬓免黄——这两句是说：一万年以后，起伏不定的山峦依旧是空碧的；但没有一个人能青春长驻。言外之意，自然万物长在，而人生短暂易老。空碧：此指山色澄碧。

骅骝忧老大，鶗鴂妒芬芳——这两句是说：我虽有千里之志，但日渐老迈；更何况还屡次遭受鶗鴂之辈的嫉妒和暗算呢？骅骝：赤色的骏马。喻异才。老大：年老。鶗鴂(tí jué)：指杜鹃。妒芬芳：据说鶗鴂常立夏时开始鸣叫，鸣叫时众芳皆歇。屈原《离骚》有"恐鹈鴂之先鸣兮，使百草为之不芳"句。"鹈鴂"即"鶗鴂"。

密竹沉虚籁，孤莲泊晚香——这两句是说：风雨过后，密密的竹林静寂无声，孤单的荷花还留有一丝馀香。虚籁：空寂无声。籁，从孔穴中发出的声音。泊：停，留。

如何此幽胜，淹卧剧清漳——这两句是说：这是多么幽静雅致的地方，我淹留醉卧于此，内心留下的伤痛远胜于卧病于清漳河的刘桢。淹：滞留。剧：尤甚。清漳：水名，漳河上游一大支流。在今山西东部，汉·刘桢《赠五官中郎将》有"余婴沉痼疾，窜身清漳滨"之句。

新评

本诗为酒后寄慨之作。首二句点明雨过天晴，次二句说醉卧东亭，心生幽深之感。自"摇落真何遽"以下八句皆是抒发身世之慨。"俗态虽多累，仙标发近狂"，说明自己不随流俗；"万古山空碧，无人鬓免黄"发年华易逝之叹；"骅骝忧老大，鶗鴂妒芬芳"，其中既有不为世用而才华难施的悲哀，更有忧谗畏讥的激愤。"密竹"、"孤莲"二句笔锋一转，又回到对崇让宅清幽景致的描写。这一描写为结句埋下伏笔：如此怡人的环境，又“沔然”于酒，仍不能助诗人排遣内心的郁闷和痛楚，可见诗人内心的伤痛之深。

宿晋昌亭闻惊禽

题解

作于唐宣宗大中五年(851)。晋昌亭：指令狐楚家位于长安城南晋昌坊的别墅。

羁绪鳏鳏夜景侵，高窗不掩见惊禽。
飞来曲渚烟方合，过尽南塘树更深。
胡马嘶和榆塞笛，楚猿吟杂橘村砧。
失群挂木知何限，远隔天涯共此心！

新解

羁绪鳏鳏夜景侵，高窗不掩见惊禽——这两句是说：愁绪缠绕，夜不能寐，浓重的夜色侵人，宽大的窗子没关，看见惊禽到处乱飞。鳏鳏(guān)：睁大眼睛不眠的样子。鱼睡觉时眼睛总是睁着，因此称愁闷抑郁而张目不寐者为“鳏鳏”。

飞来曲渚烟方合，过尽南塘树更深——这两句是说：飞到曲江的时候，已经是暮霭沉沉；越过南塘的时候，更是树影昏暗，找不到栖息的枝柯。曲渚：即曲江池，在长安城的东南，此地距晋昌坊很近。南塘：指位于晋昌坊中慈恩寺前的南池。

胡马嘶和榆塞笛，楚猿吟杂橘村砧——这两句是说：胡马的悲嘶声中传出了榆塞地区凄清的笛音；楚猿的哀鸣中夹杂着橘村捣衣砧的声音。榆塞：秦代的大将蒙恬驻守西北边地时，掠地数千里，堆垒石头作为城，栽种榆树作为边塞，后人称之为“榆林塞”。后来用作边塞的通称。橘村：又名橘子洲，地名，在今湖南长沙湘江中。自古以产橘闻名。

失群挂木知何限，远隔天涯共此心——这两句是说：胡马失群、楚猿挂木可知何时是尽头啊？天涯处处都有失意可伤的事情。失群：此指胡马。挂木：此指猿被树绊挂住。

新评

对于李商隐来说，唐宣宗大中五年(851)是个多事之秋，年初，诗人追随的卢弘正突然去世，诗人失职返京；春夏间，妻王氏卒。迫于生计，诗人向令狐绹陈情，然仅得“薄宦”。因穷蹇无路，诗人只得就柳仲郢辟征，打算远赴东川。本诗系将行未行时，在悼亡、失意和即将远行三种情绪交织之下写成的。值得注意的是，诗人于大中五年的七月接受柳仲郢的召唤，但直到入冬后才成行，可以想见，其间一定另有原因。从这一意义上讲，诗以“羁绪”总领全诗，以下各句皆从此句兴起，实是抒写诗人难以明说的隐情。题中标明“宿晋昌亭”，系影射令狐绹。以“惊禽”自喻，用意昭然若揭。受到打击后，惊禽四处乱飞，仓惶失路，这正是诗人当时境况的写照。全诗所用意象皆为冷色，意境极其沉郁悲怆。

武侯庙古柏

题解

唐宣宗大中五年(851)冬，诗人赴成都推狱，曾游览武侯庙。武侯庙：在四川成都南郊，西晋时为纪念蜀汉丞相忠武侯诸葛亮而建。

蜀相阶前柏，龙蛇捧閟宫。
阴成外江畔，老向惠陵东。
大树思冯异，甘棠忆召公。
叶凋湘燕雨，枝拆海鹏风。
玉垒经纶远，金刀历数终。
谁将出师表，一为问昭融？

新解

蜀相阶前柏，龙蛇捧閟宫——这两句是说：蜀相庙阶前的古柏，像盘绕虬曲的龙蛇，拱卫着那幽深的祠堂。蜀相：指诸葛亮。三国时期，诸葛亮曾为蜀国的丞相。阶前柏：武侯庙前有高大的柏树，相传为诸葛亮手植。龙蛇：武侯庙前的古柏，盘根错节，延伸至大门两侧，势如龙形。捧：拱卫。閟(bì)宫：深闭的祠庙。武侯庙在先主刘备庙的右边，这里指君臣二人的合庙。閟，深闭。

阴成外江畔，老向惠陵东——这两句是说：古柏枝叶繁茂，树阴一直伸展到外江的江岸。其苍老遒劲的枝柯，向东一直伸展到刘备的惠陵。外江：指郫江，岷江的支流，在四川境内。惠陵：蜀先主刘备的陵寝，在四川华阳西南。武侯庙在它的西边。

大树思冯异，甘棠忆召公——这两句是说：看到古柏，不禁想起诸葛丞相立下的赫赫战功；看到古柏，不禁想起他施行的德政以及老百姓对他的怀念。冯异：汉光武帝的战将，曾多次讨灭乱贼，屡建战功。诸将并坐论功，冯异独坐树下，人称大树将军。甘棠：《诗经·国风·召南》中有《甘棠》一诗，诗的内容为歌颂召公的德政。召公：指召穆公虎。召公曾巡行南国，宣扬文王之政，于甘棠树下休憩决狱。后人念其遗爱，赋《甘棠》赞美他。冯异、召公在此都喻诸葛亮，上句指武功，下句指文治。

叶凋湘燕雨，枝拆海鹏风——这两句是说：树叶凋零，就像湘地的石燕在风雨中翻飞一样；枝条开裂，其气势如同大鹏展翅扶摇而上那样激起惊天动地的风浪。湘燕雨：零陵(在湖南境内)有石燕，据说遇到风雨后便像燕子那样在空中飞舞，风雨停止后又复归为石。拆：开、裂。海鹏风：此指难以想象的大风。《庄子·逍遥游》："鹏之徙于南溟也，水击三千里，抟扶摇而上者九万里。"

玉垒经纶远，金刀历数终——这两句是说：玉垒山前，诸葛亮曾作出宏远的战略规划，然而，刘家天下的气数已尽，败局已成定局。玉垒：山名，在四川成都的西北。经纶：指在政治、军事方面的谋略。金刀："刘"字的繁体"劉"可拆解为卯、金、刀，金刀暗指刘姓天下。历数：天道，亦指朝代更迭的次序。古人认为帝位相承的次序与天象运行的次序相应。

谁将出师表，一为问昭融——这两句是说：如今，谁能手持《出师表》，去问一问那高远的苍天呢？出师表：本指出征前大臣给皇帝的表文，此指诸葛亮于蜀后主建兴五年(227)出兵伐魏前上奏的《出师表》。昭融：光明，长远，转指帝王的鉴察。

新评

诗因柏及人，借柏喻人，将古柏作为诸葛亮精神人格和悲剧命运的象征，缅怀其建立的功业，颂扬其对百姓的恩德，对先主的忠贞，并深深叹息其生逢末世、壮志难酬的悲剧命运。诗人生逢李唐王朝的末期，目睹许多有才干、有抱负的人因客观环境制约而难以有所作为，在咏怀古迹之中，融入了现实感慨。

井络

题解

唐宣宗大中五年(851),诗人应东川节度使柳仲郢之聘入幕,前往梓州(今四川三台),这首诗大约是他初入蜀地所作,诗题取首句二字。

井络天彭一掌中,漫夸天设剑为峰。
阵图东聚烟江石,边柝西悬雪岭松。
堪叹故君成杜宇,可能先主是真龙?
将来为报奸雄辈,莫向金牛访旧踪。

新解

井络天彭一掌中,漫夸天设剑为峰——这两句是说:巴蜀之地耸立着高峻的天彭山,从全国的范围看,它不过是一隅之地,只手可擵;又有人任意夸耀那天设之险的剑门山奇峰如剑。井络:指井宿照及的地区,这里指蜀地。井,星宿名,由八颗星组成,又称东井或天井,属双子座。中国古代天文学根据天空星宿的位置,划分地面上的相应地区,叫星宿分野。蜀地是井宿的分野。络,网罗、包括。天彭:山名,在今四川灌县。因两峰相对,形如城阙,又称天彭门,或称天彭阙。一掌中:意谓从全国的角度说,四川只是一隅之地,犹如被擵在掌心之中。漫:随意,不受拘束。剑为峰:险峰如剑。这里特指形状如剑的大剑山和小剑山(在今四川剑阁县北),大剑山和小剑山合称剑门山,是进入蜀地的著名天险。

阵图东聚烟江石,边柝西悬雪岭松——这两句是说:当年诸葛亮在东川聚石布下的八阵图,其遗迹还留存在烟波浩渺的江畔;守边士兵的更柝声,犹自回荡在雪山的松林中。阵图:八阵图,传说三国时诸葛亮曾在鱼腹县(今重庆奉节,位于川东)江边聚石布成八阵图。柝(tuò):军中打更报警的木梆。雪岭:即雪山,在今四川的西部,唐代为吐蕃和汉族的杂居处。

堪叹故君成杜宇,可能先主是真龙——这两句是说:可叹蜀国的君主终免不了要化为杜鹃鸟,蜀汉的先主刘备又岂能成为一统天下的真命天子呢?堪:可。故君成杜宇:传说古蜀国君主望帝,姓杜名宇,死后魂魄化为杜鹃鸟。杜宇,杜鹃。可能:岂能。先主:指三国时开创蜀汉帝业的刘备。真龙:意为真命天子,皇帝。

将来为报奸雄辈,莫向金牛访旧踪——这两句是说:我说这些是为了正告那些居心不良的奸雄们:不要再到金牛道上重蹈前人覆辙了。将来:拿来,用来。为报:

正告。奸雄：指怀有割据野心的人。金牛：金牛道，由秦入蜀的重要通道。由今陕西勉县西南行，越七盘岭入今四川境，经朝天驿到剑门关，一路天险，古称金牛道。传说秦惠王想伐蜀，但不知入蜀之路，乃刻石牛五头，置金于牛尾下，诳称能便金粪。蜀人信以为真，派五名壮士开出通道迎取石牛。后来张仪由此道伐蜀。访旧踪：寻访割据蜀地的历史旧迹。这两句是引用前人的例子警告野心家，不要再沿着金牛道去蜀地寻访割据的历史陈迹。即往日的割据已成泡影，今后不要重蹈覆辙。

新评

晚唐，藩镇叛乱一直是困扰唐王朝的大问题。由于藩镇或恃险而叛，或以为朝廷无暇顾及而乱，诗人入柳仲郢幕以后，蜀地险要的地势以及历史上割据蜀地的故事一起涌上心头。由古及今，诗人认为险不可恃，割据者必玩火自焚，因此向割据者以及有此企图者发出严正警告。与李白惊呼“蜀道之难，难于上青天”有所不同的是，诗人在概括地写蜀地险要的同时，还突出了险不足恃的思想。颈联以“堪叹”、“可能”虚词领起，平波骤起，发人深省：故君已成杜宇，而占据蜀地企图统一全国，最终而亡的先主如何能成为“真龙”？发问之中对“奸雄辈”提出了正告。

杜工部蜀中离席

题解

唐宣宗大中六年(852)的春天，成都推狱事毕，诗人准备动身前往梓州(今四川三台)，临行宴别时，写下了这首诗，故称“蜀中离席”。因诗拟杜工部体，故又加上了“杜工部”三字。杜工部：即杜甫，杜甫在成都附严武时，曾授检校工部员外郎之衔，后世因此称其为“杜工部”。

人生何处不离群？世路干戈惜暂分。
雪岭未归天外使，松州犹驻殿前军。
座中醉客延醒客，江上晴云杂雨云。
美酒成都堪送老，当垆仍是卓文君。

新解

人生何处不离群？世路干戈惜暂分——这两句是说：人生中哪儿不会碰到离别的事呢？但在世路险恶的战争年代，哪怕是暂时的分手也会让人依依不舍。干戈：指战争。干，盾牌；戈，一种长柄兵器。

雪岭未归天外使，松州犹驻殿前军——这两句是说：川西的边防吃紧，在遥远的雪岭那边，朝廷出使吐蕃的使臣还没有回来，松州一带还驻扎着朝廷精锐的军队。雪岭：即雪山，在今四川西部，唐代为吐蕃和汉族的杂居处，也为唐王朝与吐蕃及南山党项争夺地之一。使：使臣。松州：唐代州名，今四川阿坝藏族自治州松潘。殿前军：神策军，也即皇帝的禁卫军。中唐以降，各地将领为得到优厚的给养，往往奏请遥属神策军，称神策行营。

座中醉客延醒客，江上晴云杂雨云——这两句是说：宴席上，醉酒的人一个劲儿地劝清醒的人饮酒；远处的江面上，清朗的晴云夹杂着阴晦的雨云。延：邀请，这里指劝饮。醉客：指西川饯行者。醒客：指诗人自己。

美酒成都堪送老，当垆仍是卓文君——这两句是说：成都市面上，美酒足可使人流连终老；更何况还有卓文君这样富有情致的美女当垆卖酒呢！美酒成都：成都的美酒，成都盛产美酒。堪：可。送老：度过晚年。当垆：古代酒店筑土砌台以安放酒瓮，称垆。卖酒的人坐在垆旁，叫“当垆”。卓文君：西汉著名辞赋家司马相如的妻子，貌美富有才情，她与相如私奔后曾在家乡当垆卖酒。这里借指美女。言外之意，美酒美女虽足以送老，但国事堪忧不能沉迷于此。

新评

首句反笔逆起，人生哪儿没有离别之事？反诘之中既传达着人生喟叹，又将自己身世飘零的感慨寓于其中。二句转折，与首句粘合，以世路干戈反托“暂分”的依依不舍。三四句叙事，概写蜀中紧张的形势，大处落笔，寄慨尤深，颇得杜甫沉郁之妙。五六句大有众人皆醉我独醒之势。“晴云杂雨云”，变幻不定的天气与雪岭、松州不明朗的军情的拧结，引起诗人的不安。七八句承五句意，同时又扣宴别的环境，以美酒美女宴乐与干戈未靖的严峻形势进行对比，突出诗人忧国伤时的情结。

寓　兴

题解

约作于唐宣宗大中六年(852)。此时，诗人身居梓州(今四川三台)，在柳仲郢的幕府中。寓：寄托。兴：兴致、兴趣。

薄宦仍多病，从知竟远游。

谈谐叨客礼，休浣接冥搜。
树好频移榻，云奇不下楼。
岂关无景物？自是有乡愁。

新解

薄宦仍多病，从知竟远游——这两句是说：我官职低微又体弱多病，然而为追随知己者居然远游到此地。薄宦：卑微的官职。从知：指追随幕主柳仲郢。知，知己。

谈谐叨客礼，休浣接冥搜——这两句是说：我们之间的交谈是和谐的，他以宾主之礼相待；休假时就一起吟诗作赋。休浣：唐代定制，官吏十天一次休息沐浴，每月分为上浣、中浣、下浣。冥搜：指搜访及于幽远之处，此处指构思诗文。

树好频移榻，云奇不下楼——这两句是说：树木繁茂有景致，乃至于我频频变动坐榻的位置；云彩奇谲变幻不定，为了看云我终日待在楼上。

岂关无景物？自是有乡愁——这两句是说：然而我仍郁郁不乐，难道是没有景物可欣赏吗？只因为我有难以遣怀的乡愁呀。

新解

诗人是丧偶后追随柳仲郢寓居梓州的。失妻、薄宦、多病、远游，人生无一得意之处，故对一切都意兴索然。

夜　饮

题解

此诗作于唐宣宗大中七年(853)。

卜夜容衰鬓，开筵属异方。
烛分歌扇泪，雨送酒船香。
江海三年客，乾坤百战场。
谁能辞酩酊，淹卧剧清漳？

新解

卜夜容衰鬓，开筵属异方——这两句是说：那夜间的酒会，还容得下我这个衰鬓之人吗？没想到，开筵设席是在远离故乡的梓州。卜(bǔ)夜：卜昼卜夜的省语。指从早到晚相继不停地宴饮。《左传·庄公二十二年》："(陈敬仲)饮桓公(齐桓公)酒，乐。公曰：'以火继之。'辞曰：'臣卜其昼，未卜其夜，不敢。'"属(zhǔ)：正值、恰逢。异方：他乡，这里指梓州。

烛分歌扇泪，雨送酒船香——这两句是说：烛泪垂落，滴到歌女舞动的歌扇上；微雨轻飘，吹送着杯中酒的芳香。酒船：指大酒杯。

江海三年客，乾坤百战场——这两句是说：我零落江湖，作客他乡已经三年，世间扰攘纷争不断，战场处处，烽烟弥漫。三年客：李商隐大中五年来到梓州，至此恰好三年。

谁能辞酩酊，淹卧剧清漳——这两句是说：淹留在此，身心的痛楚远远地超过了清漳河畔卧病不起的刘桢。面对这样的情况，有谁能拒绝大醉一场呢？酩酊：大醉时的模样。淹：滞留。剧：尤甚。清漳：水名，漳河上游一大支流。在今山西省东部。"建安七子"之一的刘桢《赠五官中郎将》有"余婴沉痼疾，窜身清漳滨"的诗句。诗人以刘桢自比，兼及忧国忧时和自伤身世这两个方面。

新评

诗人淹卧梓州，不辞衰病而强与宴游，其情状之低迷、意兴之萧瑟可想而知。首联衰鬓异方的内心悲苦恰与颔联歌扇酒香的绮丽喧闹形成鲜明比照，语丽而情悲。颈联对身世、时事的联想，意境阔大，感情沉郁。尾联以"谁能辞酩酊"作结，将诗人借酒遣愁、强颜为欢的心绪展现出来。

江上忆严五广休

题解

作于唐宣宗大中七年(853)。此时，诗人在梓州(今四川三台)柳仲郢幕中，代掌书记。十月，被任命为上军。严广休：事迹不详，可能是李商隐的幕府同僚。

征南幕下带长刀，梦笔深藏五色毫。
逢著澄江不敢咏，镇西留与谢功曹。

新解

征南幕下带长刀，梦笔深藏五色毫——这两句是说：当初，你在征南大将军幕中时身佩长刀，将生花的妙笔深藏不露。征南幕：指严广休在桂林郑亚的幕府中。梦笔、五色毫：《南史·江淹传》："(江淹)又尝宿于冶亭，梦一丈夫自称郭璞，谓淹曰：'吾有笔在卿处多年，可以见还。'淹乃探怀中得五色笔一以授之，尔后为诗绝无妙句。时人谓之才尽。”此处诗人反用这一典故，表明严广休有生花妙笔，才学过人。

逢著澄江不敢咏，镇西留与谢功曹——这两句是说：今天遇上了清澈的江水，因为它实在是太美了，我不敢轻易地吟咏，还是留给文思清俊如谢功曹的严广休为它吟咏吧。澄江：清澈的江水。谢朓《晚登三山还望京邑》中有“馀霞散成绮，澄江静如练”的诗句。谢功曹：指谢朓，南朝齐诗人，官至尚书吏部郎。诗风清俊，与谢灵运并称于世，亦称“小谢”。《南史·谢朓传》：“朓字玄晖，少好学，有美名。文章清丽，为齐隋王子隆镇西功曹，转文学。”

新评

首联说严广休弃笔从戎，三四句将严广休与谢朓相比较，说其无论文韬还是武略都不输于谢朓。其实，此诗是诗人借忆严广休来抒发豪情。半生为文，及至中年终于谋得军职，早年的英豪气概瞬间充溢身心，踌躇满志之情、建功立业之望溢于言表。

题僧壁

题解

作于唐宣宗大中七年(853)。此时在梓州(今四川三台)柳仲郢幕中。李商隐从少年起开始研习佛教、道教，一直坚持到晚年。

舍生求道有前踪，乞脑剜身结愿重。
大去便应欺粟颗，小来兼可隐针锋。
蚌胎未满思新桂，琥珀初成忆旧松。
若信贝多真实语，三生同听一楼钟。

新解

舍生求道有前踪，乞脑剜身结愿重——这两句是说：舍生求道之事，有前人的踪迹可循。不惜奉献自己的头颅，在身上剜上千孔作菩萨前的佛灯，只是为了结深深的佛愿。舍生求道：据说，释迦牟尼为了求无上真正之道，曾经将头目脑髓施于人。乞脑：《报恩经》：“有婆罗门往乞其头，王许之。婆罗门寻断王头，持还本国。”剜身：《报恩经》：“转轮圣王为求佛法，有一婆罗门言：‘若能就王身上剜作千疮，灌满膏油，安施灯炷，然以供养者，我当为汝解说佛法。’”

大去便应欺粟颗，小来兼可隐针锋——这两句是说：佛法往大处讲，则无所不包；往小处说，则针尖上可隐。去来：表示向某一方面夸张。粟颗：佛经有“一粒粟中藏世界”之说。针锋：《涅槃经》：“尖头针锋，受无量众。”

蚌胎未满思新桂，琥珀初成忆旧松——这两句是说：蚌胎未满盈时就像一轮新月那样；琥珀初成时往往忆念千年的旧松。意思是对未来的预期，对过往的忆念，都是通过妙悟佛法实现的。蚌胎：指珍珠。珠在蚌中，似妇女怀胎，故称“蚌胎”。据说，月望(农历十五)则蚌实，月晦(农历初一)则蚌虚。新桂：指新月，朔月的月相，农历月初出现。此处喻未来。琥珀：松柏树脂的化石。陈藏器《木草》：“旧产松脂入地千年，化为琥珀。今烧之亦作松气。”《博物志》：“《仙传》曰：松脂沦地中，千年化为茯苓，茯苓化为琥珀。”此处喻过去。

若信贝多真实语，三生同听一楼钟——这两句是说：如果能笃信经语，就能够彻底地了悟三生。贝多：树名，因佛经多用此树的贝片书写，所以常被用来指佛经。真实语：指如来的话。三生：佛教名词，指前生、今生、来生。即过去世、现在世、未来世。一楼钟：闻钟声而觉悟之意。

新评

本诗无论就主题还是就艺术价值而言，都毫无可取之处，只是堆砌佛教词汇，说教意味浓厚。值得注意的是李商隐刻意事佛的缘由：抱负难申，壮志难酬，加之丧妻失家，转向佛经道法中寻求寄托。这也是古代士人干进之途受阻后最常见的人生选择。

忆　梅

题解

作于唐宣宗大中九年(855)春，因此时梅花早已凋谢，故题为“忆梅”。自大中五年起，李商隐一直在梓州(今四川三台)柳仲郢幕中。

定定住天涯，依依向物华。
寒梅最堪恨，长作去年花。

新解

定定住天涯，依依向物华——这两句是说：我被迫流落天涯，没想到被牢牢地定在这个地方了；此时此刻，我怀着依依不舍的心情看着眼前美好的春景。定定：牢牢地、死死地，形容长期滞留不迁。此为唐代的俗语。天涯：此指梓州。梓州离长安一千八百多里，加之交通不便，故称天涯。依依：亲切依恋的样子。物华：春天美好的景物。

寒梅最堪恨，长作去年花——这两句是说：寒梅最令人怅恨，不能与百花共享春光，总是在三春来临前就开花了。恨：怅恨、惋惜。

新评

面对春日芳华，诗人独从“忆梅”写起。“定定”有味，以唐代俗语入诗，又以其形容流落天涯，诗人无可奈何的心态因此而呼之欲出。“依依”一词补足“定定”创造的意境，提示出诗人追求美好的一面。两相对比，形成巨大的反差，将诗人的悲情袒露出来。三句言“恨”，暗寓诗人的身世之慨。如同“去年”开放的寒梅一样，诗人自己也是早秀先凋、生不逢春的。然而，当春华竞发时，还有谁能像诗人那样，“忆”起先春而开的寒梅呢？也就是说，诗人生不逢时的感慨在“忆梅”中得到了延长。

天　涯

题解

作于唐宣宗大中九年(855)。此时，诗人在梓州(今四川三台)柳仲郢幕中。

春日在天涯，天涯日又斜。
莺啼如有泪，为湿最高花。

新解

春日在天涯，天涯日又斜——这两句是说：明媚的春光洒在梓州，遥望天边，那天边的红日，正渐渐地西斜。天涯：首句中的“天涯”指梓州，二句中的“天涯”指天边。

莺啼如有泪，为湿最高花——这两句是说：啼叫的莺儿呀，如果你也有泪，就请为我沾湿最高的花吧。啼：鸟鸣为“啼”，人哭泣也称作“啼”，这里语带双关。最高花：树梢上的花，也是开到最后的花。

新评

首联平直而起，时值春残日暮，又值天涯沦落，从中可见诗人的内心世界深沉而婉曲。“日”和“天涯”回环重复，更见低回缠绵之韵致。春将逝去，诗人泪已干枯，望着残春中日渐枯萎的花朵，只有托付黄莺，将啼叫时的泪给花儿洒上，留住最后的春意。全诗于虚处将惜春、伤春之情淋漓尽致地表达了出来。李商隐生活的年代，唐王朝气数将尽，诗人对国家和个人的前途都深感忧虑和绝望，诗人的悲痛即是天涯羁旅之愁、身世之悲、家国之痛的交织。

筹笔驿

题解

作于唐宣宗大中九年(855)冬。其时，东川节度使柳仲郢奉调回长安，李商隐以幕府属员的身份随柳回京，途中经筹笔驿时写下了这首咏怀古迹的诗。筹笔驿：驿站名，故址在今四川广元北朝天峡上。相传诸葛亮出师征伐曹魏，曾驻扎在此地筹划军事，因此得名。

猿鸟犹疑畏简书，风云长为护储胥。
徒令上将挥神笔，终见降王走传车。
管乐有才真不忝，关张无命欲何如？
他年锦里经祠庙，梁父吟成恨有馀。

新解

猿鸟犹疑畏简书，风云长为护储胥——这两句是说：筹笔驿附近的猿猴飞鸟，好像仍然畏惧诸葛亮当年森严的军中戒令；这里风云聚积，像是要永远地护卫他的军营壁垒。犹疑：畏缩不前的样子。简书：古代用竹简写字，称简书。此指军中的戒令和文告。储胥：古代军队安营扎寨，用竹、木做成藩篱以为壁垒，称作储胥。

徒令上将挥神笔，终见降王走传车——这两句是说：诸葛亮空自挥动神笔，谋划征伐大事，其结果是看到了投降的后主被驿车押解送往洛阳。徒令：空教。上将：指诸葛亮。挥神笔：指筹划军事，挥笔出令。含有运筹帷幄决胜于千里之外的意思。降王：指蜀汉后主刘禅。传车(zhuàn jū)：驿站备供的长途旅行车。传，传舍，驿站。公元263年，魏派邓艾、钟会伐蜀。邓艾兵至成都城北，后主刘禅出降，全家被迁到洛阳。

管乐有才真不忝，关张无命欲何如——这两句是说：诸葛亮与管仲、乐毅这样的文韬武略之士相比毫不逊色，可惜关羽、张飞这两员大将过早地死去，在这种情况下，诸葛亮又能有什么作为呢？管：管仲，春秋时辅佐齐桓公成就霸业。乐：乐毅，战国时著名军事家，曾为燕昭王破齐。诸葛亮躬耕南阳时，曾以管仲、乐毅自比。忝(tiǎn)：愧。关张：指关羽和张飞，两人均为蜀汉著名大将。无命：夭亡。关羽镇守荆州，为东吴所袭杀。张飞欲起兵报仇，又为部将行刺而死。欲何如：又能有什么办法呢？这句感叹关、张二将早死，诸葛亮失去有力的助手，无力独自支撑危局。

他年锦里经祠庙，梁父吟成恨有馀——这两句是说：几年前诗人曾去成都游武侯祠，深深慨叹诸葛亮复兴汉室的宏大志愿未能实现，即诸葛亮生不逢时，只能用《梁父吟》来寄托无法实现的政治抱负。他年：往年。锦里：原指成都以南锦江流过的地方，后用作成都的别称。祠庙：指成都诸葛武侯祠。梁父：山名，在泰山下。古乐曲《梁父吟》为挽歌，盖言人死葬此山，歌词悲凉慷慨，今所传古辞相传为诸葛亮作。诸葛亮隐居南阳时常吟此曲，以寄托政治怀抱。

新评

首联以猿鸟不近、风云屯集言诸葛亮当年治军风范，几百年后依旧森严，令人望而生畏。颔联颈联，言诸葛亮生不逢时，为复兴汉室鞠躬尽瘁，却阻挡不住死后刘禅出降；空有管、乐经天纬地之才，却缺少关、张那样的猛将相助。尾联写往年对武侯祠的凭吊，强调“恨”字，将诸葛亮的遗恨化为自身的怀抱。因此，对诸葛亮事业未竟的惋惜实际上是诗人对自身志向不遂的喟叹。全诗将写景、叙事、议论、抒情熔为一炉，笔力雄健而沉郁。

重过圣女祠

题解

作于唐宣宗大中十年(856)。唐文宗开成二年(837)冬，诗人曾写《圣女祠》一诗，因此这首诗题作“重过圣女祠”。圣女祠：在陈仓县(今陕西宝鸡西南的大散岭上)之间，悬崖之侧，列壁上有状如妇女的神像，世称圣女祠。

白石岩扉碧藓滋，上清沦谪得归迟。
一春梦雨常飘瓦，尽日灵风不满旗。
萼绿华来无定所，杜兰香去未移时。
玉郎会此通仙籍，忆向天阶问紫芝。

新解

白石岩扉碧藓滋，上清沦谪得归迟——这两句是说：供奉圣女的祠堂中，白石砌成的门边，已经长满了碧绿的苔藓；圣女从上清宫被贬谪到人间，迟迟未能返回到天上。扉：门。滋：滋生。上清：道教所称三清之一，即灵宝道君所居的天外仙境。沦谪得归迟：意为被贬谪到人间迟迟未归。

一春梦雨常飘瓦，尽日灵风不满旗——这两句是说：整个春天，迷濛轻忽的细雨经常飘洒到屋顶上。然而，终日不断的灵风却轻柔得无法把那神旗高高地吹起。梦雨：迷蒙缥缈的细雨。灵风：神灵之风。不满旗：形容灵风轻微，不能把祠前的神幡吹动起来。

萼绿华来无定所，杜兰香去未移时——这两句是说：萼绿华到来时，是居无定所的；杜兰香升天而去，也只是不久以前的事。萼绿华：传说中的女仙。《真诰》："萼绿华者，自云是南山人，不知是何山也。女子，年可二十上下，青衣，颜色绝整。以升平（晋穆帝年号，357—361）三年十一月十日夜降于羊权家，自此往来，一月辄六过。来与羊尸解药。"杜兰香：传说中的女仙。《墉城仙录》："杜兰香者，有渔父于湘江之岸见啼声，四顾无人，唯一二岁女子，渔父怜而举之。十馀岁，天姿奇伟，灵颜姝莹，天人也。忽有青童自空下，集其家，携女去，谓渔父曰：'我仙女也，有过谪人间，今去矣。'"未移时：没有过多久。

玉郎会此通仙籍，忆向天阶问紫芝——这两句是说：也许天上的玉郎在祠中与圣女相会，让她重登仙籍；回想当初，我也曾在天阶侧畔向她问取紫芝呢。玉郎：掌管学仙名册的仙官。通仙籍：将名字载入仙籍，取得登仙界的资格。仙籍，仙人的名册。天阶：天宫的台阶，这里指天宫。紫芝：灵芝仙草，传说服食可以成仙。

新评

早年，诗人登第时曾路过圣女祠，经历了无数的艰难时世，如今落魄无依，再度路过圣女祠。伫立在蒙蒙细雨之中，看到长满苔藓的石门，面对此情此景，圣女沦谪人间的传说又一次引起诗人的感慨。细读其诗，可知圣女无法返回仙界与诗人政治上的失意同质同构，因为这样的缘故，那"灵风不满旗"的眼前景便格外地令诗人感到惆怅。颈联以女仙悠然自得、来去轻灵，与前两联渲染圣女沦谪形成对比。尾联直扣题意，景还是昨日的景，人还是昨日的人，但当年成名的得意早已化成了今天的失意，可谓是人生寄慨在一个"忆"字中盘旋和跌落。

韩冬郎即席为诗相送，一座尽惊。他日，余方追吟“连宵侍坐徘徊久”之句，有老成之风，因成二绝寄酬，兼呈畏之员外

题解

唐宣宗大中十年(856)作。这年的年初，诗人回到长安。不久，经柳仲郢推荐，任盐铁判官。韩冬郎：韩偓(844—914？)，冬郎是他的小名。其父韩瞻(字畏之)与李商隐是同年进士，两人又是连襟，交谊颇深。大中五年(851)，李商隐赴梓州入柳仲郢幕府时，韩偓八岁，写诗相送，才惊四座。大中十年，李商隐由梓州回长安，追忆此事，写下这两首诗。“连宵”句：韩偓诗中的一句。老成：形容文章老练成熟。

其　一

十岁裁诗走马成，冷灰残烛动离情。
桐花万里丹山路，雏凤清于老凤声。

新解

十岁裁诗走马成，冷灰残烛动离情——这两句是说：刚刚十岁的韩冬郎才思十分敏捷，面对残烛冷灰，触动离情写下了感人至深的诗句。裁诗：作诗。走马成：形容文思敏捷，像疾驰的骏马。冷灰：指灯芯的灰烬。

桐花万里丹山路，雏凤清于老凤声——这两句是说：在丹穴山的万里山道上，桐花盛开，凤凰齐鸣，其中雏凤的声音比老凤更为清亮悦耳。言外之意，冬郎比他的父亲更富有才华。桐：梧桐，传说中凤凰栖息的树。丹山：即丹穴山，传说中产凤凰的地方。《山海经·南山经》：“丹穴之山，有鸟焉，其状如鸡，五采而文，名曰凤皇(凰)。”雏凤：幼凤，通常指有才华的子弟。这里指韩偓。老凤：指韩瞻，韩偓的父亲。清：声音清亮，比喻诗歌言语清丽。

新评

首句盛赞韩偓少年才俊，才思敏捷。二句紧扣韩偓“连宵侍坐徘徊久”的诗句，盛赞韩偓刚满十岁时写下的离情诗。三四句以“雏凤”引出“桐花”，为读者勾勒

出一幅令人神往的图景，使本很容易流于平庸的应对之作显得别有韵味。这首诗虽然浅近，但韵味悠远。诗题以“老成之风”赞扬韩偓诗风，诗中又以“清”字补充，从中可见诗人的审美意趣。由此及彼，再看诗人清丽婉曲之中见沉郁的诗风，不但与诗人的艺术追求有密切的关系，还与诗人的审美价值取向息息相关。

其　二

剑栈风樯各苦辛，别时冰雪到时春。
为凭何逊休联句，瘦尽东阳姓沈人。

新解

剑栈风樯各苦辛，别时冰雪到时春——这两句是说：我在靠近剑门栈道的巴蜀之地，你在有风樯的江南，我们俩天各一方。当初分别正值冰天雪地的时候，没想到，现在又到了春暖花开的季节。剑栈：剑门栈道。此指李商隐在梓州柳仲郢幕府中。风樯：此指韩瞻在江南之地。

为凭何逊休联句，瘦尽东阳姓沈人——这两句是说：恳请何逊不要再与范云联句了，我虽然没有沈约那样的才华，为写诗，我却比沈约更加消瘦。此系自谦之辞，是说韩偓的才华远胜于诗人。李商隐自注：“沈东阳约尝谓何逊曰：‘吾每读卿诗，一日三复，终未能到。’余虽无东阳之才，而有东阳之瘦矣。”《南史·何逊传》：“沈约尝谓逊曰：‘吾每读卿诗，一日三复，犹不能已。’”李商隐自注在文字上与此语略有出入。凭：请。何逊：南朝梁代著名诗人。《南史·何逊传》：“逊字仲言，八岁能赋诗，弱冠，州举秀才。南乡范云见其对策，大相称赏，因结忘年交。”何逊与范云曾合作写《范广州宅联句》一诗：“洛阳城东西，却作经年别。昔去雪如花，今来花似雪。濛濛夕烟起，奄奄残晖灭。非君爱满堂，宁我安车辙。”此诗的前四句为范云作，后四句为何逊作。东阳：沈约(441—513)字休文，号东阳，吴兴武康(今浙江德清)人，南朝著名的文学家。沈约自幼孤贫，笃志好学，博览群书，历仕宋、齐、梁等三朝，官至尚书令，封建昌县侯。瘦：瘦弱。《南史·沈约传》：“初，约久处端揆，有志台司。论者咸谓为宜，而帝(梁武帝)终不用。乃求外出，又不见许。与徐勉素善，遂以书陈情于勉。言已老病，百日数旬，革带常应移孔(意谓自己年老多病，因瘦弱的缘故，身上的腰带常常要移动孔洞)。”

新评

在写法上，此诗别开生面。首句中的“各”字，紧扣诗题“兼呈畏之员外”，写与韩瞻天各一方的思念之情。二句顺势而下，将这种思念之情从冬季延续到春天，即通过时间上的延长暗寓思念之长久。三四句回到赞扬韩偓的诗才方面，“瘦尽”二字回应首句中的“苦辛”，以沈约瘦弱之事并写两面，一写才不如韩偓，二写身世之感，暗寓诗人政治上的失意。

过招国李家南园二首

题解

这首诗系诗人唐宣宗大中十年(856)所作。招国：应作昭国，即昭国里(又称昭国坊)，在长安城内。李家：无定考，可能指李商隐的连襟李千牛。李家南园当是李商隐携妻曾住之地。

其　一

潘岳无妻客为愁，新人来坐旧妆楼。
春风犹自疑联句，雪絮相和飞不休。

新解

潘岳无妻客为愁，新人来坐旧妆楼——这两句是说：我自妻子亡故后，来访的朋友也为我发愁，新人现已占据了亡妻居住的旧妆楼。潘岳：西晋文学家，字安仁，擅长写悼念死者的哀诔文，这里喻指诗人自己。新人：新婚的妻子。

春风犹自疑联句，雪絮相和飞不休——这两句是说：春风吹拂，我不禁想起往昔我俩对诗联句，常有“咏絮”般佳句相互唱和。雪絮：用谢道韫事。谢道韫是东晋时人，谢安的侄女，聪慧有才辩。冬日大雪，谢安问：“何所似也？”有说似盐，谢道韫说：“未若柳絮因风起。”世称“咏絮才”。

新评

本诗为悼亡诗。首句写故地重游，想起往日情景，笑语欢颜历历在目。二句写新人坐进旧妆楼，一个“旧”字将追忆勾起，怅惘之情油然而生。三四句写昔日与亡妻对诗联句的情景，极赞亡妻的才学，更添内心的伤痛。

其　二

长亭岁尽雪如波，此去秦关路几多？
惟有梦中相近分，卧来无睡欲如何！

新解

长亭岁尽雪如波，此去秦关路几多——这两句是说：岁末将至，作别于长亭，漫天雪花翻飞；这里距离秦关的路程十分遥远。长亭：古时于大路旁设立亭舍，以供行人歇息，十里一长亭，五里一短亭。长亭又常用作饯别送行之处。秦关：指秦地东面的函谷关。秦地以长安为中心，东西长约八百里，函谷关以西就是秦地，出关向东就是关东之地。

惟有梦中相近分，卧来无睡欲如何——这两句是说：我俩只剩下梦中相见的缘分了，然而卧于床榻，睡意全无，又将如何是好呢？

新评

这首诗承接上一首诗意，继续抒写对亡妻的思念之情。岁尽乡远，寒风吹彻，大雪飞飘如同波浪一般，行路艰难，前途渺茫，面对这些景象，诗人在自觉无法忍受的同时，又平添了几分悲凉。为此，越发思念亡妻，然而，这一切已成为过去，因此诗人希望能寄相思于梦中，不料，梦又难近。心中的悲凉可窥一斑，一往情深，也由此可见。

南　朝

题解

作于唐宣宗大中十一年(857)，似诗人游江东时的作品。

地险悠悠天险长，金陵王气应瑶光。
休夸此地分天下，只得徐妃半面妆。

新解

地险悠悠天险长，金陵王气应瑶光——这两句是说：金陵有虎踞龙盘的险要形势，紫金山是它的天然屏障，浩浩的长江是它的天险。自古以来，金陵一直是成就帝王霸业的地方，它的天子气上应瑶光。地险：指金陵（南朝都城建康，今江苏南京）虎踞龙盘的险要地理形势。悠悠：悠长。天险：指长江。金陵王气：《太平御览》卷十七引《金陵图》："昔楚威王见此有王气，因埋金以镇之，故曰金陵。秦并天下，望气者言江东有天子气，凿地断连冈，因改金陵为秣陵。"南朝齐谢朓《入朝曲》有"江南佳丽地，金陵帝王州"句。瑶光：星名，北斗七星的第七颗星。吴地属斗宿分野，故说"应瑶光"。

休夸此地分天下，只得徐妃半面妆——这两句是说：先不要夸耀据金陵者可分天下的一半，实际上只得到了徐妃的半面妆而已。分天下：分有天下的一半。长江天险，界限南北，中分天下。徐妃半面妆：《南史·后妃传下·元帝徐妃》："元帝徐妃讳昭佩，东海郯人也……妃无容质，不见礼，帝三二年一入房。妃以帝眇一目（徐妃因元帝有一只眼是瞎的），每知帝将至，必为半面妆以俟（等候），帝见则大怒而出。"此系讽刺南朝皇帝偏安于江南，没有统一全国、收复中原的大志，如同徐妃的半面妆。

新评

首句总写金陵山川之险，二句以"王气"点明金陵上应天象，为成就帝王霸业的地方。三句以"休夸"挑出"分天下"，四句以"只得"推出"半面妆"，一呼一应，讽刺之意昭然若揭，一是将南朝君主自恃的形胜和王气荡然于无形之中；二是直刺南朝君主偏安江南，不思进取，在石榴裙下讨生活的荒淫无耻。咏古是为了讽今，此诗有很强的现实针对性，应该说它是针对晚唐君主只求苟安的行为而发的。

南朝

题解

这首诗系诗人于唐宣宗大中十一年（857）游江东（今南京、扬州一带）时所作。

玄武湖中玉漏催，鸡鸣埭口绣襦回。
谁言琼树朝朝见，不及金莲步步来？
敌国军营漂木柹，前朝神庙锁烟煤。
满宫学士皆颜色，江令当年只费才。

新解

玄武湖中玉漏催，鸡鸣埭口绣襦回——这两句是说：玄武湖中，玉壶滴漏之声相催，时光忽逝；鸡鸣埭口，身着锦绣衣裳的宫女又回来了。玄武湖：湖名，在今江苏南京玄武门外，南朝宋文帝刘义隆时建成，后为游览胜地。玉漏催：指时间流逝。玉漏，古代计时器。鸡鸣埭(dài)：玄武湖北堤坝名。南朝齐武帝常清早游琅琊城，行至湖北堤坝时才天亮鸡鸣，故称“鸡鸣埭”。埭，堤坝。绣襦(rú)：锦绣短袄，这里指代宫妃、宫女。

谁言琼树朝朝见，不及金莲步步来——这两句是说：谁说陈后主那“琼树朝朝见”的张贵妃，不及齐废帝“金莲步步来”的潘妃呢？琼树朝朝见：南朝陈后主宠幸张贵妃、孔贵妃，作《玉树后庭花》咏其丽容，江总有“璧月夜夜满，琼树朝朝新”的诗句。琼：美玉，这里用作修饰语，像玉一样美丽。金莲步步来：指齐后主(废帝)宠潘妃事，详见下一首《齐宫词》解评。

敌国军营漂木柿，前朝神庙锁烟煤——这两句是说：从隋朝准备进攻陈朝的军营里漂来了造战船时砍下的木片，荒淫无度的陈后主全然不顾，继续醉生梦死，乃至于祖庙里蒙上了厚厚的烟尘。敌国：指北方的隋朝。木柿(fèi)：碎木片。据《南史·陈后主纪》：隋文帝准备渡江伐陈，大造战船。有人建议秘密行事，不要让陈知道，文帝说：“吾将显行天诛，何密之有？使投柿于江，若彼能改，吾又何求！”前朝神庙：指陈朝高祖、世祖和高宗的祭庙。锁烟煤：指陈后主不祭祖庙(不问国事)，致使祖庙积满了烟尘。烟煤，烟尘。

满宫学士皆颜色，江令当年只费才——这两句是说：满宫的学士皆为容色艳丽的女子，而江总等人也为吟风弄月耗尽了自己的文才。学士：陈后主以有文学才能的宫女为“女学士”，让她们与一些不理政务的大臣宴游吟诗，并以此为乐。颜色：形容姿容艳丽。江令：指江总，陈时任尚书令(宰相)，不理政务，天天与后主游宴后庭，时称“狎客”。费才：耗尽了才华。

新评

诗以“南朝”为题，吟咏对象自然是宋、齐、梁、陈四代之事。然纵观全诗，除一二句列举宋、齐外，以下六句皆言陈后主事，不提梁事。这是诗人的疏忽吗？显然不是。玩味诗意，不难发现诗人关注的焦点是南朝君主的失政。南朝政权迭变，历代失政的原因大体相似，而陈居南朝之末，其变本加厉、淫乐无度的做法是对南朝历代君主的复加。因此，把笔墨集中于陈后主，实际上是选择典型，对南朝君主进行无情的鞭笞和嘲讽。

齐宫词

题解

约作于唐宣宗大中十一年(857),是时,诗人任盐铁推官,游江东(今南京、扬州一带)。这首诗题为“齐宫词”,实咏齐、梁两代事。

永寿兵来夜不扃,金莲无复印中庭。
梁台歌管三更罢,犹自风摇九子铃。

新解

永寿兵来夜不扃,金莲无复印中庭——这两句是说:永寿殿的宫门夜深不闭,连梁兵杀到门前也不知道。从此,潘妃的金莲细步再也不能印在宫殿上了。永寿:南齐宫殿名。据《南史·齐废帝东昏侯纪》、《南齐书·东昏侯纪》:齐后主萧宝卷大造宫殿,又另为宠妃潘妃建造永寿等三殿,终日淫乐,不问政事。公元501年,雍州刺史萧衍领兵入京,是夜,后主正寻欢作乐,兵至被斩,萧衍建立梁朝。夜不扃(jiōng):指王珍国、张稷等作内应,夜开云龙门,引萧衍领兵入宫。扃,闭锁。金莲:金制的莲花,又指女子的纤足。《南史·废帝东昏侯纪》:“齐废帝东昏侯凿金为莲花以贴地,令潘妃行其上,曰:‘此步步生莲华也。’”

梁台歌管三更罢,犹自风摇九子铃——这两句是说:梁王朝的宫城中,夜夜歌乐大作,直至三更之后,还能在风声里听到九子铃叮当作响。梁台:指梁宫。晋宋间称朝廷禁省为台,称禁城为台城。九子铃:古代挂在宫殿、寺观风檐前或帷帐上的装饰铃,用金玉等制成。《南史·齐废帝东昏侯纪》:“庄严寺有玉九子铃,外国寺佛面有光相,禅灵寺塔诸宝珥,皆剥取以施潘妃殿饰。”

新评

诗人以敏锐的眼光抓住齐梁二三事,将褒贬寓于叙述之中。齐亡国的惨痛教训本应引起它的后继者梁王朝的重视,然而,梁统治者依旧歌舞管弦、淫乐无度。“犹自”二字给人以警醒,它提示着齐梁灭亡历史见证物“九子铃”的作用。一物寓无限的兴亡之感,诗人把冷峻的嘲讽指向无视前朝教训的梁代。

咏 史

题解

作于唐宣宗大中十一年(857)。

北湖南埭水漫漫，一片降旗百尺竿。
三百年间同晓梦，钟山何处有龙盘？

新解

北湖南埭水漫漫，一片降旗百尺竿——这两句是说：如今，玄武湖上只见一片茫茫的湖水，遥想当年，这里到处都是高挂的降旗。北湖：即玄武湖。在今江苏南京玄武门外，南朝宋文帝刘义隆时建成，后为游览胜地。南埭(dài)：鸡鸣埭，玄武湖北堤坝名。埭，堤坝。“北湖南埭”统指玄武湖。一片降旗：东吴、东晋、宋、齐、梁、陈六代更迭频繁。初东吴降晋，后来陈朝降隋。此处统指六代兴废的历史。

三百年间同晓梦，钟山何处有龙盘——这两句是说：短短三百年里先后换了好几个朝代，其短暂如同做了一场晨梦，钟山哪里有什么龙盘虎踞的气象呢？三百年：当指东吴、东晋、宋、齐、梁、陈六朝建国年代的约数。晓梦：清晨做的梦。比喻南朝各代统治的时间短促。钟山：即紫金山。在今江苏南京东郊。据张勃《吴录》：刘备派诸葛亮出使，诸葛亮看了金陵的形胜后说：“钟山龙盘，石城虎踞，帝王之宅也。”

新评

这首诗，借三国孙权立国以至陈亡这一历史时期中建都金陵的几个朝代纷纷代谢的史实抒发感慨。首句从“北湖南埭”入笔，抒写六朝故都的典型景色。玄武湖早年是南朝水军操练的地方，同时又是帝王游宴之地，如今只见一片“水漫漫”，那战舰、龙舟均不复存在，昔日的繁华都成了回忆，令人感慨万千。二句过渡至想象中的历史画面：“一片降旗”已经令人感到悲哀，可是那悬挂降旗的旗杆又高达“百尺”，亡旗高举，见其受降之心之迫切，更是让人难以承受。三句转捩，诗人一笔囊括六朝三百年耻辱的历史。三百年本不算短暂，然六朝诸代，频繁更迭，每一代的帝王梦都如同清晨残梦。金陵乃世所公认的“帝王州”，然六朝更迭频易，可见国之存亡，在人不在天。末句以沉着明快的反问，将全诗推向高潮。反诘当中，给人以无穷的回味。

隋　宫

题解

约作于唐宣宗大中十一年(857)。隋宫：指隋炀帝杨广游幸江都(今江苏扬州)时建造的宫殿。杨广曾任扬州总管，即帝位后，迷恋江南的奢华生活，经常南下，不回长安。大业十四年(618)，杨广死在扬州，隋亡。

紫泉宫殿锁烟霞，欲取芜城作帝家。
玉玺不缘归日角，锦帆应是到天涯。
于今腐草无萤火，终古垂杨有暮鸦。
地下若逢陈后主，岂宜重问后庭花？

新解

紫泉宫殿锁烟霞，欲取芜城作帝家——这两句是说：长安城内，宫城终日为烟霞锁闭，空无一人，皇上大概打算把扬州立为帝都吧。紫泉：宫殿名，原名紫渊，唐人避高祖李渊讳改称紫泉。汉·司马相如《上林赋》描绘长安形胜时有"丹水亘其南，紫渊径其北"之语。这里借指长安。锁烟霞：指长安的宫殿为烟云彩霞笼罩，以此表明宫中无人。芜城：即江都，又称广陵。广陵因战乱荒芜，刘宋时期文学家鲍照作《芜城赋》，因此得名。帝家：帝都。

玉玺不缘归日角，锦帆应是到天涯——这两句是说：如果不是传国玉玺归于李渊的话，隋炀帝的龙舟还要继续游下去，直到天涯海角。玉玺归日角：《旧唐书·高祖纪》："隋恭帝二年，奉皇帝玺绶于高祖。"玉玺，传国的玉印，政权的象征。日角，指唐高祖李渊。古代星相学称额骨中央圆满如日者为日角，此为贵人之相，或帝王之相。《后汉书·光武帝纪》："身长七尺三寸，美须眉，大口，隆准，日角。"《旧唐书·唐俭传》："高祖在太原留守。俭与太宗周密，俭从容说太宗，以隋室昏乱天下可图。太宗白高祖，乃召入密访时事。俭曰：'明公日角龙庭，李氏又在图牒。天下属望非在今朝。若开府库，南啸豪杰，北招戎狄，东收燕赵，长驱济河，据有秦雍，海内之权指麾可取。愿弘达节以顺群望，则汤武之业不远。'"锦帆：隋炀帝游幸时乘的龙舟，船帆用名贵的织锦制成。

于今腐草无萤火，终古垂杨有暮鸦——这两句是说：萤火虫已被隋炀帝搜罗殆尽，以致现在腐草里不再有萤火虫了；很长时间以来，隋堤的杨柳中一到了傍晚时就有乌鸦的影子。腐草无萤火：萤火虫产卵于水边草丛，第二年孵化成虫，是以古人误认为腐草化萤。《逸周书·时训》:“大暑之日,腐草化为萤。”据说,隋炀帝在东都景华宫收集到数斛萤火虫,夜出游山时放飞,萤光照亮山谷。终古:长久。垂杨:指隋堤杨柳。炀帝开通济渠及邗沟,河畔筑御道,种植杨柳,名曰隋堤,长一千三百里。“垂杨暮鸦”渲染了隋朝灭亡后的凄凉景象。

地下若逢陈后主,岂宜重问后庭花——这两句是说:隋炀帝死后,若在地下遇到陈后主,不宜再问起《后庭花》的事了。陈后主:陈朝后主陈叔宝,因荒淫无度而亡国。后庭花:乐曲名,即《玉树后庭花》,为陈后主所制,后世称为亡国之音。唐代颜师古《隋遗录》:“炀帝在江都,昏湎滋深,曾游吴公宅鸡台,恍惚与陈后主相遇。尚唤帝为殿下。后主舞女数十,中一人迥美,帝屡目之,后主曰:‘即丽华也。’乃以海蠡酌红粱新酿劝帝,帝饮之甚欢,因请丽华舞《玉树后庭花》。丽华徐起,终一曲。后主问帝:‘萧妃何如此人?’帝曰:‘春兰秋菊,各一时之秀也。’”

新评

首联直刺隋炀帝的荒唐行径,“芜城”二字用心良苦,不言广陵直称芜城,已将隋炀帝耽于酒色,必然亡国的主旨寓于其中。颔联“不缘”、“应是”,乃冷语,极尽嘲讽之意。颈联翻高中陡落,今天的腐草中已不再有萤火虫的存在,连绵一千三百里的杨柳岸中只剩下了暮鸦。其衰败冷落的景象与“锦帆”相接,发人深省,进而把慨讽之意凝聚在总结隋衰亡的教训方面。尾联“岂宜”值得玩味,沉湎于酒色、耽于游幸的隋炀帝,如果能与陈后主在地下相逢的话,还好意思请张丽华舞上一曲《玉树后庭花》吗?从《隋遗录》所记之事来看,亡国之君是至死不悟的。从这一视角看,诗人选择此语,可谓是冷到了极点,是在将人生无价值的东西撕破给人看。

风　雨

题解

约作于唐宣宗大中十一年(857),是时,诗人任盐铁推官,漫游了江东一带。

凄凉宝剑篇,羁泊欲穷年。
黄叶仍风雨,青楼自管弦。
新知遭薄俗,旧好隔良缘。
心断新丰酒,销愁斗几千。

新解

凄凉宝剑篇，羁泊欲穷年——这两句是说：那寄怀壮志的《宝剑篇》，早已凄凉遭冷落。漂泊天涯，此生就将如此到头了。宝剑篇：一作《古剑篇》，唐前期将领郭震以古剑寄托不平之气的诗篇。这里借指诗人漂泊零落、壮志难酬的情怀。羁泊：寄居异地，旅途漂泊。穷年：终年，这里指一生。

黄叶仍风雨，青楼自管弦——这两句是说：树叶已经枯黄，又遭风吹雨打；而青楼上的富贵人家，全然不顾外界的变化，依旧在不停地歌舞宴乐。仍：又，更加。青楼：泛指豪华精致的楼房，此处指显贵人家。自：自顾，只管自己。管弦：管乐和弦乐。此指歌舞管弦，声色享受。

新知遭薄俗，旧好隔良缘——这两句是说：新结交的知心朋友，遭到浇薄世俗的指斥；而旧时的老友，又因良缘受阻，关系日渐疏远。新知：新交结的知心朋友，可能指郑亚等人。遭薄俗：遭到浇薄世俗的攻击和诽谤。旧好：老朋友，可能指早年交好的令狐绹等人。当时令狐绹为相，对李商隐已毫不留情，不肯略施援手。隔良缘：良缘受到阻隔，指关系疏远。

心断新丰酒，销愁斗几千——这两句是说：我决心不再饮用那新丰美酒以消解胸中的忧愁，因为一斗酒要几千钱啊！心断：决心不再(饮用)。新丰酒：产于新丰(故城在今陕西临潼西)的美酒。新丰出产美酒，但其价钱很贵。《旧唐书·马周传》：“西游长安，宿于新丰逆旅，主人惟供诸商贩而不顾待周，遂命酒一斗八升，悠然独酌，主人深异之。至京师，舍于中郎将常何家，为何陈便宜二十馀事，皆合旨。太宗即日召与语，寻授监察御史。”诗谓自己无法被皇帝赏识，只能借酒浇愁。销愁：解愁，此言酒能解愁。斗几千：言酒价昂贵。斗，古代的盛酒器皿。

新评

诗人由眼前为题，寄兴因凄风苦雨引起的羁旅异乡、身世漂泊之愁。全诗以“凄凉”二字领起，将不平之气贯穿其中。颔联以备遭风雨欺凌的黄叶与青楼管弦对比，“风雨”经诗人的再次推出，既扣题又写景，生发出浓重的象征意味，将社会压迫贤士的冷酷全盘托出。颈联工对，写新知、旧好因不同缘故相继离去，以突出诗人屡遭“风雨”的孤苦。尾联用典，以马周事相开解，与首联遥相呼应，将潜存在内心深处的入世进取之想托出，以此反衬诗人抑郁愤懑不平的心境。

锦　瑟

题解

约作于唐宣宗大中十二年(858),这时,诗人罢盐铁推官,病居郑州(治所在今河南郑县)。此诗拈首二字为题,其实也是无题之作。

锦瑟无端五十弦,一弦一柱思华年。
庄生晓梦迷蝴蝶,望帝春心托杜鹃。
沧海月明珠有泪,蓝田日暖玉生烟。
此情可待成追忆,只是当时已惘然。

新解

锦瑟无端五十弦,一弦一柱思华年——这两句是说:不知什么缘故,锦瑟会有五十根弦,我现已年近半百,回首往事,历历在目,心情难以平静。锦瑟:绘有织锦花纹的瑟。瑟,古代的一种弦乐器。无端:无来由,无缘无故。五十弦:据说瑟原有五十弦,因音调悲凉,后改为二十五弦。详见《汉书·郊祀志》。一弦一柱:每弦各有一柱。柱,系弦的短木柱,可上下移动,以定声音的清浊高低。思:追忆。华年:美好的年代,青年时代。

庄生晓梦迷蝴蝶,望帝春心托杜鹃——这两句是说:像庄周那样,我在清晨做了一场梦,梦见自己变成飞舞的蝴蝶;像古蜀国的望帝,把那幽怨的心事,寄托在杜鹃鸟的悲鸣中。庄生:即庄周,战国时期著名哲学家、文学家。梦迷蝴蝶:据《庄子·齐物论》:庄周梦见自己变成了蝴蝶,醒来后不知庄周梦为蝴蝶,还是蝴蝶梦为庄周。意即人生如梦。望帝:古蜀国君主,名杜宇,死后化为杜鹃,其啼声凄切。春心:伤春之心。

沧海月明珠有泪,蓝田日暖玉生烟——这两句是说:大海茫无际涯,明月照在苍碧的水面,鲛人的眼泪化成万千明珠;蓝田山的美玉,沉埋在泥土里,天晴日暖,生出袅袅轻烟。沧海:大海。月明珠有泪:古人认为海中蚌珠的圆缺和月的盈亏有对应关系,所以常把月圆与珠圆联系起来。又,古代有珍珠是海底鲛人(神话中的人鱼)的眼泪变成的传说,故“珠”和“泪”又联系在一起了。另有成语“沧海遗珠”比喻埋没人才。这句把几个典故糅合到一起便构成了“沧海遗珠”、让人极为痛心的意象。蓝田:山名,又名玉山,在今陕西蓝田,是著名的产玉之地。日暖玉生烟:相传美玉埋在地下,在阳光的照射下,天空会映现出烟云。中唐诗人戴叔伦说:“诗家之景，如蓝田日暖，良玉生烟，可望而不可置于眉睫之前也。”这里化用戴叔伦语意，喻美好的追求如良玉生烟可望而不可得。

此情可待成追忆，只是当时已惘然——这两句是说：这种种感慨岂待现在回顾追忆？它发生的当时我已经惘然失意，事后更何从追寻呢？此情：指二三两联所言的情境。可待：岂待，何待。惘然：惆怅的样子。

新评

此诗众说纷纭，莫衷一是，可能是诗人晚年回首往事，抒发身世之感的篇什。以此立论，“五十弦”可能暗指诗人的年龄，是时，诗人四十六岁，与此大体吻合，“思华年”既为“五十弦”挑起，又为“一弦一柱”所动。颔联以“庄生晓梦”言如梦如幻的人生，以杜鹃凄鸣寓一生忧患之恨。那沧海遗珠不为世用的哀伤，那理想追求的可望不可即引起诗人无限的感叹。尾联“可待”二字值得玩味，往事如烟，本来可以成为追忆的对象，然而，当时发生的时候已惘然若失了，更何况是现在呢？诗扑朔迷离，意象朦胧，言语的多义性极易产生歧义，造成多解。如有人说此诗咏瑟，有的说是悼亡，有的说是写艳情，有的说寄托政治怀抱，等等。可以说，多义多解的朦胧性给这首对仗工整、色彩斑斓的诗增添了无穷的魅力。

无题二首

题解

这两首诗作于何时，不太清楚。从内容上看，为冶游之作。前一首诗借一女子的口气写成。后一首诗用一男子的口吻写成。

其　一

长眉画了绣帘开，碧玉行收白玉台。
为问翠钗钗上凤，不知香颈为谁回！

新解

长眉画了绣帘开，碧玉行收白玉台——这两句是说：修长的眉毛精心描画好了，打开绣帘，婢女过去收拾好梳妆打扮的白玉镜台。碧玉：唐人诗中多用碧玉、小玉等指婢女。白玉台：玉制的镜台。

为问翠钗钗上凤，不知香颈为谁回——这两句是说：我想问一问缀在翠钗上的凤鸟，你知道我的香颈为谁回顾吗？翠钗：用翠玉制作的发簪。

新评

一早起来，整衣严妆，内心却是茫然：为谁打扮呢？顾影自怜，却只能将满腹心事悄悄地说给钗头的凤凰。“为问”、“不知”，一问一答，惟妙惟肖地道出了女主人公的万般无奈。

其 二

寿阳公主嫁时妆，八字宫眉捧额黄。
见我佯羞频照影，不知身属冶游郎。

新解

寿阳公主嫁时妆，八字宫眉捧额黄——这两句是说：这女子着的是梅花妆，描着八字眉，眉间涂着黄色的影彩。嫁时妆：梅花妆。据说南朝宋武帝的女儿寿阳公主，休息时梅花落在额头上，成一朵五瓣花，拂之不去，宫女竞相效仿，自此有梅花妆。八字宫眉：汉武帝时宫人时尚画八字眉。额黄：指眉心鼻梁间涂抹的黄粉，因涂在两眉之间，所以用“捧”字。

见我佯羞频照影，不知身属冶游郎——这两句是说：她一见我就假作娇羞，却又频频顾盼自己的身影，她不知道其实我是个轻浮的冶游郎啊。冶游：原指春天或节日里男女出外游玩，后专指狎妓。

新评

此诗与其一对应，似写一青楼女子，一二句状其装束艳丽入时，三四写其佯羞弄姿，正与对方“身属冶游郎”之身份相称。然而，李商隐的“无题”诗通常都是曲意深隐，此诗是否可以作如是观？提出以备参考。

无题二首（选一）

题解

写作年代不详，这是一首写少女相思之情的诗。

凤尾香罗薄几重？碧文圆顶夜深缝。
扇裁月魄羞难掩，车走雷声语未通。
曾是寂寥金烬暗，断无消息石榴红。
斑骓只系垂杨岸，何处西南待好风？

新解

凤尾香罗薄几重？碧文圆顶夜深缝——这两句是说：那织有彩凤花纹的芳香的绮罗，薄薄的，究竟有多少层啊？为精心缝制碧绿花纹的圆帐顶，她一直忙到夜深人静的时候。凤尾香罗：织有凤尾花纹的芳香绮罗。几重：几层。碧文圆顶：有青碧花纹的圆顶罗帐。

扇裁月魄羞难掩，车走雷声语未通——这两句是说：她用那圆月般的扇子害羞地遮住了脸庞，面对留下隆隆车声的意中人，她没有讲一句话。扇裁月魄：指裁制的扇面如圆月。月魄，本指月亮没被太阳照到的昏暗部分，此指圆月。羞难掩：含羞半掩面。车走雷声：指车声隆隆像雷鸣。这两句是女主人公回想当初与意中人相遇时的情形：对方驱车过来，自己虽暗含情意，却未及答话便含羞地用团扇半遮起面孔。

曾是寂寥金烬暗，断无消息石榴红——这两句是说：伴着黯淡的残灯，独自度过了多少个寂寥的夜晚。然而，对方始终音讯全无，转眼间又到了石榴花开的时节。曾是：已是。金烬：指铜灯盏上的残烬。烬，灯花。此写邂逅之后的相思情。

斑骓只系垂杨岸，何处西南待好风——这两句是说：那意中人将马拴在长满杨柳的岸边，离我并不遥远。什么时候才能有从西南吹来的好风，把我送到那儿与他相会呢？斑骓(zhuī)：黑白色相间的马，此指意中男子骑的马。西南风：此指与意中人相会的凭借物。曹植《七哀诗》："君若清路尘，妾若浊水泥。浮沉各异势，会合何时谐？愿为西南风，长逝入君怀。"此句化用其意。

新评

夜缝罗帐，密针密线。往日意外相逢的情形又一幕一幕地呈现在眼前。"羞难掩"、"语未通"，把少女初恋心理把握得恰到好处。转眼间，又是石榴花红的季节。多少个寂寞孤独的长夜，灯烛燃尽，心爱的人儿，你究竟在哪里呢？焦急盼望之中，牵动着少女的情怀。转念一想，思念的人并不遥远，不就在系马的杨柳岸边吗？少女多么希望平地而起一阵西南风，把自己吹入思念之人的怀抱。

无　题

题解

这是首爱情诗，写作年代不详。

相见时难别亦难，东风无力百花残。
春蚕到死丝方尽，蜡炬成灰泪始干。
晓镜但愁云鬓改，夜吟应觉月光寒。
蓬山此去无多路，青鸟殷勤为探看。

新解

相见时难别亦难，东风无力百花残——这两句是说：起初，相会已经非常困难，如今离别就在眼前，更觉得难舍难分。更何况，此时正是春风无力、百花凋残的暮春时节呀。东风：此指春风。

春蚕到死丝方尽，蜡炬成灰泪始干——这两句是说：我悠长的思念就像春蚕吐出的丝一样，到死才会完结；我无尽的离愁，就像蜡炬滴下的烛泪一样，蜡芯成灰后才会枯干。丝：双关语，谐"思"。蜡炬：蜡烛。泪：指蜡烛点燃后滴下的烛油。

晓镜但愁云鬓改，夜吟应觉月光寒——这两句是说：清晨时，取镜自照，只恐怕云鬓已改，青春不再；夜晚吟诗，应感到月光如水般孤寂清冷。云鬓：指女子浓密如云的头发。这里借指青春年华。寒：清冷。

蓬山此去无多路，青鸟殷勤为探看——这两句是说：蓬莱仙山离这里大概没有多远吧？青鸟啊，请为我们频送消息，互致别情吧。蓬山：海中仙山，即蓬莱山。这里喻所思念的女子的住所。青鸟：神话中西王母的神鸟，能传递信息，后人因以青鸟代称使者。探看(kān)：探望。

新评

首句直抒胸臆，直言离别之苦。次句以风中花残之景对首句补充，以托衬离情别绪，强调离别给双方造成的心理重负。三四句言悠长的相思和离人之泪。"丝"谐"思"，烛"泪"对离人之"泪"，以表达至死不渝的坚贞和无尽的哀伤，并进一步渲染留下相思之恨的意境。五六句宕开一笔，不言自己的思念之情，而是设想对方的处境，以"云鬓改"、"月光寒"，反笔曲折地表达至深的情意。结处翻作宽慰语自解，希望青鸟传书蓬山，代为探望致意，向爱人剖白心迹。全诗情感炽烈而缠绵，相思与离恨经诗人摄取物象缓缓道来后，其情感深沉而蕴藉。

无题四首（选二）

题解

《无题四首》包括七律两首，五律、七古各一首，此选两首七律。前一首七律写一男子对所爱女子的思念，后一首七律写一深闺女子对爱情的热烈追求和幻灭后的苦痛。

其　一

来是空言去绝踪，月斜楼上五更钟。
梦为远别啼难唤，书被催成墨未浓。
蜡照半笼金翡翠，麝熏微度绣芙蓉。
刘郎已恨蓬山远，更隔蓬山一万重。

新解

来是空言去绝踪，月斜楼上五更钟——这两句是说：当初，相约来此已经纯属空谈，一去之后便无踪无影。夜来梦醒，月斜楼阁，远处传来凄清的晓钟声。

梦为远别啼难唤，书被催成墨未浓——这两句是说：因为远别而梦中哭啼，醒来后，急切地提笔写信以传达思念之情，匆忙中连墨都未磨浓。

蜡照半笼金翡翠，麝熏微度绣芙蓉——这两句是说：残夜的烛光照在用金线绣成的帷帐上，帷帐上的翡翠鸟处于半明半暗之中。兰麝的芳香气味，透过绣有芙蓉的被褥轻轻地向外散发。蜡照：烛光。半笼：烛光暗淡，照不到帷帐的上部，故称“半笼”。笼，罩。此指烛光照亮的范围。金翡翠：指用金线绣成翡翠鸟图案的帷帐。麝(shè)熏：古代富贵人家常用麝香、沉香等名贵香料熏蒸被褥衣物。这里指麝香的芬芳气味。绣芙蓉：绣有芙蓉图案的被褥。

刘郎已恨蓬山远，更隔蓬山一万重——这两句是说：当年，刘郎为远离蓬山而怅恨不已，没想到，今天我与相爱的人已远隔万重蓬山呢！刘郎：指东汉时的刘晨。传说他与阮肇入天台山采药，遇仙女，留居半年。回家后，子孙已有七世。后重入天台访仙女，已找不到了。一说刘郎指汉武帝，武帝曾派人入海至蓬莱山求仙。蓬山：指蓬莱山，海中的仙山。

新评

远别相思，夜不成寐；魂梦萦绕，给诗人留下无以名状的怅恨。首联徒言期约已成"空言"，月斜高楼，只留下一片空寂。颔联写梦醒之后的思念之情，"墨未浓"三字传神，极为真切地传达了诗人悠长而又浓烈的相思之情。颈联宕开一笔，写室内之物，睹物思人，"金翡翠"、"绣芙蓉"越发令人不能相持。尾联突出"远"字，怅恨无限，追慕难求，那可望不可即给人以渺茫之感。诗似别有怀抱，故有人说这是首政治诗，诗人是在以爱情作穴，抒写政治上不遇的浩叹。

其 二

飒飒东风细雨来，芙蓉塘外有轻雷。
金蟾啮锁烧香入，玉虎牵丝汲井回。
贾氏窥帘韩掾少，宓妃留枕魏王才。
春心莫共花争发，一寸相思一寸灰。

新解

飒飒东风细雨来，芙蓉塘外有轻雷——这两句是说：东风飒飒，送来了迷蒙的细雨，芙蓉塘外，响起了轻轻的雷声。芙蓉塘：荷塘。古诗中常以此为男女相会和传情的地点。

金蟾啮锁烧香入，玉虎牵丝汲井回——这两句是说：尽管香炉被带有金蟾装饰的盖子紧锁，她烧香的时候还是要打开的呀；水井上的玉虎辘轳牵着长长的绳子，原来，她已经汲水回来。金蟾：指香炉盖上的装饰品。蟾，蛤蟆。啮(niè)：咬。锁：指香炉的鼻钮，可以开闭，以便放入香料。玉虎：指用玉石装饰的虎状辘轳。丝：指井索。这两句写女子孤寂而单调的生活：打开香炉鼻钮添放香料，转动辘轳汲水回屋。句中"香"、"丝"谐"相思"。

贾氏窥帘韩掾少，宓妃留枕魏王才——这两句是说：贾家的少女在门帘的后面窥视那年少英俊的韩寿；甄妃深情地自荐枕席，是因为爱重曹植的文学才华。贾氏窥帘：西晋贾充的女儿有一次在门帘后窥见她父亲的僚属韩寿，因倾慕韩寿年少英俊，遂与他私通。后来被贾充发觉，遂将她嫁给韩寿。韩掾(yuàn)：指韩寿，韩寿曾为贾充掾属。掾，属官的通称。宓(fú)妃留枕：传说伏羲氏之女宓妃溺死于洛水，成为洛水女神。这里指曹丕的皇后甄氏。据《文选·洛神赋》李善注：魏东阿王曹植曾求娶甄氏为妃，曹操却把她嫁给曹丕。甄氏死后，曹丕将她的遗物玉缕金带枕送给曹植。曹植离京经洛水，梦见甄后对他说："我本托心君王，其心不遂，此枕是我嫁时物，前与五官中郎将(指曹丕)，今与君王。"曹植感其事撰写了《感甄赋》，后来，魏明帝将其改名为《洛神赋》。留枕：即荐枕，荐枕席，言欢情交集。有侍寝、求亲昵之意。

春心莫共花争发，一寸相思一寸灰——这两句是说：相思之情千万不要同春花争荣竞发，要知道寸寸相思都化成了寸寸灰烬。春心：指相思之情。

新评

首联以"细雨"、"轻雷"描绘了一幅凄迷的画面，以"芙蓉塘"暗示与爱情的关系。颔联以女子孤寂单调的生活牵动情思，用谐音手法力求深曲，同时将户外景物转入庭院深深的环境。颈联以贾氏、宓妃的故事传达生与死对爱情的不懈追求，隐约透露出女子对爱人的思念，并以韩寿、曹植暗示所爱的人年少多才。尾联破解三联之势，将内心的郁结凸现出来，在貌似绝望中迸发出火样的"春心"，表达对爱情不懈追求的意愿。此诗把失意的爱情写得如此浓烈，结合诗人的身世之感来看，就难怪有人说其中隐有政治寄托了。

天津西望

题解

写作年代不详。安禄山发动叛乱以后，唐王朝基本上废止了"东幸"洛阳的制度。天津：指天津桥，是由长安到东都洛阳的必经之地，在河南县(今河南洛阳部分地区)北，位于宫苑之东，故称"西望"。

虏马崩腾忽一狂，翠华无日到东方。
天津西望肠真断，满眼秋波出苑墙。

新解

虏马崩腾忽一狂，翠华无日到东方——这两句是说：安禄山的兵马突然间狂乱奔腾以后，皇帝就再也没有临幸东都洛阳了。虏马：指安禄山的兵马。崩腾：奔腾，沸腾。翠华：皇帝仪仗中一种用翠鸟羽毛作装饰的旗。此指唐皇出游。

天津西望肠真断，满眼秋波出苑墙——这两句是说：伫立在天津桥上西望，令人肝肠寸断，满眼所见，只有围绕宫苑围墙的萧瑟秋水。秋波：秋水。苑墙：宫苑的围墙。此指上阳宫，上阳宫在天津桥以西。

新评

此诗感慨安史之乱后，唐王朝承平气象不复存在。首句异军突起，极有声势，其突兀处如同安禄山发动叛乱的消息传到京城长安那样令人震动。二句顺势而下，平直之中耐人寻味，将企盼与失望交织在一起。三四句直抒胸臆，以“秋波出苑墙”补足西望东都洛阳留下的伤痛，将荒凉破败之意溢于篇外。

龙　池

题解

诗取首二字为题，直刺唐玄宗李隆基娶儿媳（即杨贵妃，本为寿王妃）为妃嫔之事。写作年代不详。

龙池赐酒敞云屏，羯鼓声高众乐停。
夜半宴归宫漏永，薛王沉醉寿王醒。

新解

龙池赐酒敞云屏，羯鼓声高众乐停——这两句是说：唐玄宗在龙池设宴邀请诸王喝酒，四周敞开了云母屏风。宴会上只听到羯鼓的声音高亢急骤，其他的音乐都停止了。龙池：亦称隆庆池。《雍录》：“明皇为诸王时，故宅在京城东南角隆庆坊。宅有井，井溢成池，中宗时数有云龙之祥。后引龙首堰水注池，即龙池也。开元二年七月，以宅为宫，是为兴庆宫。”兴庆宫的遗址在今陕西西安市内的兴庆公园。赐酒：唐玄宗邀请诸王喝酒，举行家宴。敞云屏：敞开了用云母装饰的屏风。云母是一种矿石，晶体透明而有光泽，其薄片可用来装饰屏风。羯(jié)鼓：古代打击乐器。形如漆桶，两头可击打，其音急促高亢，因出于西域羯族，故称羯鼓。据《羯鼓录》：唐玄宗特别喜爱羯鼓，一次听琴未毕，便叱琴师出去，要听羯鼓。

夜半宴归宫漏永，薛王沉醉寿王醒——这两句是说：夜半时分，宴罢归来，更感到宫中的铜壶滴漏水声连绵不绝。薛王畅饮后早已沉醉，但寿王却彻夜不眠，难以入睡。宫漏永：言夜深人静。宫漏，宫廷中的计时器，即铜壶滴漏。永，长。薛王：唐玄宗弟李业曾封薛王，死后，其子李瑁(xuàn)嗣薛王。此指李瑁。寿王：唐玄宗十八子李瑁。李瑁娶杨玉环为妃，玄宗看中，先度杨玉环为女道士，后迎于宫中，册杨玉环为贵妃。这句写唐玄宗强占寿王妃，寿王参加宴会见到杨妃深受刺激，归来后彻夜难眠。

新评

唐人对康玄宗与杨贵妃事屡有吟咏讥刺，但大都回避唐玄宗强占儿媳之事，像李商隐这直刺其丑行实属罕见。末句“醒”字为全诗的诗眼。一二句极写玄宗与诸王的父子、手足之情，欢乐气氛由“羯鼓声高”推向高潮。“众乐停”一石二鸟，既写唐玄宗凌驾一切，又隐约透露出强夺儿媳之事。夜半宴归，薛王在欢乐中沉醉酣睡，而伴随着宫中滴漏的悠长之声，失去杨妃的寿王却一直无法入睡。此一“醒”字，既写出寿王在宫宴上与杨妃相见时触发的旧情，又写寿王一腔愤懑无处诉说的悲情。全诗不着贬词，然冷讽热嘲之意借助于“醒”字得到全方位的表达。

赠　柳

题解

写作年代不详，可能是即席赠别之作。

章台从掩映，郢路更参差。
见说风流极，来当婀娜时。
桥回行欲断，堤远意相随。
忍放花如雪，青楼扑酒旗？

新解

章台从掩映，郢路更参差——这两句是说：章台街里，江陵路上，柳丝曾任意掩映飘拂，姿态十分美好。章台：街道名，汉代长安城有章台街，章台街的两旁种满柳树。后来在诗词中，“章台柳”常用来作为歌伎、妓女一类人物的代称。从：任。掩映：遮掩映衬。郢：战国时楚国曾定都于郢，故址在今湖北江陵东北。《世说新语·言语》：“桓公(桓温)北征，经金城，见前为琅琊时种柳，皆已十围，慨然曰：‘木犹如此，人何以堪！’攀枝执条，泫然流泪。”参差：形容柳丝披拂之状。“掩映”与“参差”为互文。

见说风流极，来当婀娜时——这两句是说：我早就听说章台街的柳树十分洒脱放逸，今天，当我来观赏的时候，正好碰上那柳树婀娜多姿的形象。见说：听说。风流：洒脱放逸，风雅潇洒。《南史·张绪传》：“时帝(齐高帝萧道成)欲用绪(张绪)为右仆射以问王俭。俭曰：‘绪少有清望，诚美选也。’……绪每朝见，武帝目送之……刘悛之为益州，献蜀柳数株，枝条甚长，状若丝缕。时旧宫芳林苑始成，武帝以植于太昌灵和殿前，常赏玩咨嗟，曰：'此杨柳风流可爱，似张绪当年时。'其见赏爱如此。"

桥回行欲断，堤远意相随——这两句是说：长桥曲折回环，远远地望去，成行的柳树仿佛被截断一样；跨过长桥，柳树又顺着长堤向前延伸，枝条披拂，仿佛在随人而去。桥回：长桥曲曲弯弯。行(háng)：指柳树的行列。

忍放花如雪，青楼扑酒旗——这两句是说：如此风流多情的柳树，怎忍心柳絮飘飞如雪，直扑青楼的酒旗呢？青楼：泛指豪华精致的楼房。这里指酒楼歌馆。

新评

以柳喻人，歌咏所思。所咏对象可能是歌伎一类人物。诗中不但描绘出柳的参差掩映、风流婀娜的风姿，而且传出其缱绻多情、依依相送的情态。"堤远"句纯用白描，笔意超妙。末联似有惋惜所恋之人消歇在歌馆酒楼之意。

谑　柳

题解

写作年代不详。以柳树讥讽那些趋炎附势、见风使舵的势利小人。谑(xuè)：嘲笑，开玩笑。

已带黄金缕，仍飞白玉花。
长时须拂马，密处少藏鸦。
眉细从他敛，腰轻莫自斜。
玳梁谁道好？偏拟映卢家。

新解

已带黄金缕，仍飞白玉花——这两句是说：柳枝已穿上了用金线制成的外衣，仍然要四处飞扬白玉花似的柳絮。黄金缕：金线，此处用来形容初春时节柳枝发出鹅黄色的嫩芽。古人常以此语咏初春时的柳枝。刘禹锡《杨柳枝词》有"千条金缕万条丝"的诗句。这两句写柳有轻浮的本性。

长时须拂马，密处少藏鸦——这两句是说：长得很长时可以拂拭马儿，枝繁叶茂处可以隐藏鸦鹊。拂：随击随过，掠过。这两句写小人对权贵者献媚。

眉细从他敛，腰轻莫自斜——这两句是说：细长的弯眉因柳叶的存在而收敛，修长的腰肢没有柳条轻盈的韵味。这两句极写柳百般卖弄、趋炎附势的媚态。

玳梁谁道好？偏拟映卢家——这两句是说：谁说我贪爱画栋雕梁？我只是要去与卢家妇比一比谁更美。玳梁：绘有玳瑁图纹的屋梁。沈佺期《古意》：“卢家少妇郁金堂，海燕双栖玳瑁梁。”此指权贵人家。卢家：卢家少妇的省称，指莫愁，洛阳人，后嫁到卢家为妇。梁武帝《河中之水歌》：“河中之水向东流，洛阳女儿名莫愁……十五嫁为卢家妇，十六生儿字阿侯。”

新评

这是一首讽刺诗，嘲笑的对象是柳。诗前四句集中笔墨写柳的形状，后四句以拟人化的手法补足柳的媚态。不着贬词，但句句有讥刺之意。在选用字词方面，诗人有意识地选择了“已”、“仍”、“须”、“少”、“从他”、“莫自”、“谁”、“偏”等字，以突出寓于其中的讥诮之意。末二句令人咀嚼，明明是去依附权贵作媚态，却偏偏要理直气壮地说是比美。其辩解自然是苍白无力，从中也可见诗人用笔之辛辣。

离亭赋得折杨柳二首

题解

写作年代不详。离亭：路边的驿亭。地远者称离亭，地近者称都亭。赋得：凡摘取古人成句为诗题，题首多冠以“赋得”二字。折杨柳：古横吹曲名。《乐府诗集》收集《折杨柳》二十馀首，大部分为伤别之辞，尤多怀念征人之作。

其　一

暂凭尊酒送无憀，莫损愁眉与细腰。
人世死前唯有别，春风争拟惜长条？

新解

暂凭尊酒送无憀，莫损愁眉与细腰——这两句是说：暂借杯酒来驱散离别时的忧愁，我希望你多保重，不要再损伤美好姿容了。尊：同“樽”，古代盛酒的器具。送：驱赶。憀(liáo)：凭依，聊赖。愁眉与细腰：古人称颂女性美好的姿容时，多用“柳叶眉”和“杨柳腰”加以赞扬。此系双关语，是借杨柳的物性来形容送别女子的美好。

人世死前唯有别，春风争拟惜长条——这两句是说：人生在世，最悲痛的事就是离别；那春风又何必要吝惜柳条，故意地把它吹起，不让伤别的人尽情地攀折呢？争：怎么。拟：想要，打算。古人有折柳送别的习俗，“柳”字谐“留”的字音。

新评

题中“离亭”，点明是送远。首章一二句写离亭宴别，送者神伤。“莫损”是诗人对送别者的劝慰，劝其不要为伤别而憔悴瘦损。三句乃摧心之语，强调离别时的巨大伤痛。四句以春风无情，进一步深化伤别之情。

其 二

含烟惹雾每依依，万绪千条拂落晖。
为报行人休尽折，半留相送半迎归。

新解

含烟惹雾每依依，万绪千条拂落晖——这两句是说：柳枝在薄暮中含烟带雾，一副依依惜别的情态，千丝万缕，在斜阳落晖中轻轻飘拂。依依：形容树枝柔弱，随风摇摆的样子。此系双关语，一写柳条随风摇摆，二写离别之人依依不舍。

为报行人休尽折，半留相送半迎归——这两句是说：远行的人哪，不要将柳条折光了，摘取它的一半用来相送，再留下另一半用来迎接行者归来吧。报：告诉。

新评

一二句画出杨柳缱绻惜别之状，景、情、柳、人尽在其中。三四句写对行人的叮嘱，劝其不要因为伤别而尽折杨柳，要从长计议，为将来的重逢留下馀地。全诗最大的特点是将杨柳人格化，最后以无须尽折作结，语浅情深，将离情表现得淋漓尽致。

关门柳

题解

写作年代不详。关门：关口。疑为处于交通要道的潼关。潼关在陕西东部，为陕西、山西、河南三省要冲，历代皆为军事要地。

永定河边一行柳，依依长发故年春。
东来西去人情薄，不为清阴减路尘。

新解

永定河边一行柳，依依长发故年春——这两句是说：永定河边的那一行杨柳，枝条依依飘拂，年年都会延续起旧日春色。永定河：所指不详。

东来西去人情薄，不为清阴减路尘——这两句是说：行人来来往往，四处奔波，对杨柳的依依深情视而不见，反而扬起了尘土遮盖了杨柳留下的清阴。

新评

本诗语言浅近。河边之柳，年年春色长发，枝条柔美，目送来往奔波之人。然而，物有情，人无情，人生之喟叹悄然地隐于其中。从另一个层面看，诗人咏柳之作可谓多矣，其褒贬态度也是不一样的，或自比，或写离情，或为歌咏的对象，或为嘲笑的对象，或表达憎恶之情，等等，其万般变化乃是因心境不同而起。

和张秀才落花有感

题解

写作年代不详。暮春时节，百花逐渐凋零，诗人与朋友一起赏花吟诗，本诗是应和之作。和(hè)：依照别人诗词的格律或内容写作。

晴暖感馀芳，红苞杂绛房。
落时犹自舞，扫后更闻香。
梦罢收罗荐，仙归敕玉箱。
回肠九回后，犹自剩回肠。

新解

晴暖感馀芳，红苞杂绛房——这两句是说：感受到春日晴暖，馀芳竞发，红苞与绛房杂然纷呈。红苞：红色的花苞。绛房：指已经盛开的花。

落时犹自舞，扫后更闻香——这两句是说：花瓣飘落时，纷纷扬扬，还在空中翩跹飞舞；花瓣扫尽，仍然能闻到扑鼻香气。

梦罢收罗荐，仙归敕玉箱——这两句是说：落花散尽，如同梦中醒来收拾整理铺垫，又像仙人归来整理车厢。罗荐：铺着的草垫。敕：即饬，整饬，使有条理，整顿。玉箱：车厢。

回肠九回后，犹自剩回肠——这两句是说：这一切使我无法平静下来，好像肠子在旋转一般。回肠：形容内心焦虑不安，或情绪激动，好像肠子在旋转一般。

新评

张秀才为何许人？无考。又为什么写“落花有感”？也无考，但从义山所和的内容来看，其诗自是伤春之作。自《诗经》初露伤春之端倪以来，面对暮春，感慨美好之脆弱易逝遂成为历代诗人关注的对象。在这首诗中，诗人从暮春景色入手，首二句总写暮春时节馀芳烂漫的美好。三四句紧扣“落花”，以“扫后更闻香”突出花具有芳香的本质。随后以梦入笔，暗示美好的春光将不复存在。七八句迭用“回肠”，又以“九回”补之，将笔墨落实在对花容、花姿、花香的感慨方面，其中所藏者有三：一为落花之悲，一为身世之感，一为光阴之叹。

咏云

题解

写作年代不详。诗意隐约，非单纯的咏物之作。

捧月三更断，藏星七夕明。
才闻飘迥路，旋见隔重城。
潭暮随龙起，河秋压雁声。
只应唯宋玉，知是楚神名。

新解

捧月三更断，藏星七夕明——这两句是说：行云捧月，三更时月儿隐没；行云遮星，七月七日的夜晚星星格外明亮。七夕：农历七月七日夜。传说牛郎织女七夕在银河相会。

才闻飘迥路，旋见隔重城——这两句是说：刚听说云飘向远方，随即已看到它在重重城池之外了。迥：远。旋：随即。

潭暮随龙起，河秋压雁声——这两句是说：傍晚时，行云随龙起舞于深潭；深夜时,行云浮游于秋河而压低了大雁的鸣叫声。秋河:指牛郎织女相会的银河。河,银河。

只应唯宋玉,知是楚神名——这两句是说:行云只应答宋玉的呼唤,原来,行云是楚国的女神。唯:应答。楚神:指巫山神女。宋玉《高唐赋》:战国时期楚襄王游高唐,怠而昼寝,梦幸巫山之女。巫山之女离去时说:"妾在巫山之阳,高丘之阻。旦为朝云,暮为行雨。朝朝暮暮,阳台之下。"

新评

本诗前两句写行云捧月藏星,实属有情;三四句写行云隔城飘远,又似无情。五六句言行云行踪不定,变幻莫测,尾处交代行云的来历:本是巫山神女幻化而成,唯有宋玉与其相知。该诗题为"咏云",但诗意隐约,有三种主要的看法,一是认为此诗别有寄托,以漂泊自寓;一是认为此诗是寄情之作,以"楚神"比爱恋的女性,疑是与诗人同在玉阳学道的女冠宋华阳;一是认为此诗是单纯的咏物诗。三说各有道理,提出以备参考。

微　雨

题解

写作年代不详。这是首写夜间微雨的诗。

初随林霭动,稍共夜凉分。
窗迥侵灯冷,庭虚近水闻。

新解

初随林霭动,稍共夜凉分——这两句是说:微雨初起时,只觉得它随着林中雾气一起浮动,辨不清是雾是雨,逐渐地,伴随着夜幕降临,它分得了夜的丝丝凉意。林霭(ǎi):笼罩树林的雾气。稍:逐渐。

窗迥侵灯冷,庭虚近水闻——这两句是说:微雨久落,天气渐凉,人在屋内,尽管远离窗户,仍觉出寒气袭人,侵逼到闪烁摇摆的灯火上;在空寂的庭院里,已经听得见雨水落在近处水面发出的细微的淅沥声。迥:远。虚:空。

新评

微雨如雾,难以体察,怎样才能把它真切表现出来呢?诗人在其描写中全向虚处落笔，借助于周围的有关事物和人的主观感受作多方面渲染、衬托，以捕捉微雨的形象。夜间微雨的凉气从远处的窗户侵入，袭向孤灯，散发着冷气。庭空夜阑，诗人静听着细雨飘落在近处水面上的淅沥声。写景状物，首句从观察入手；二三句写主观感受；四句写听觉，并与首句构成视觉上的呼应。这样，便凸现出微雨给人的多层面的感受。诗人运笔俭省，炼字极工，区区二十字，构成一幅微雨空蒙的夜色图。

霜　月

题解

写作年代不详。这是首写深秋明月的景物诗。

初闻征雁已无蝉，百尺楼高水接天。
青女素娥俱耐冷，月中霜里斗婵娟。

新解

初闻征雁已无蝉，百尺楼高水接天——这两句是说：当我第一次听到大雁南飞时发出的啼叫声，那寒蝉已不再鸣叫；站在高楼上，凭栏眺望，那如水一般的霜华月色已遍布明净的夜空。征雁：南飞的大雁。百尺楼：形容楼十分高危。水接天：秋空明净，霜华、月光似水，上下辉映相连。

青女素娥俱耐冷，月中霜里斗婵娟——这两句是说：青女和嫦娥这两位女神，都能耐受寒冷，在月宫中，在清霜里，竞妍斗丽。青女：即青霄玉女，主管霜雪的女神。素娥：即嫦娥，月中仙子，月色白，故称素娥。俱：都，全部。斗：比赛。婵娟：容态美好。

新评

首句以“初闻”领起交代时节，雁啼南飞，寒蝉无声，深秋的景象直扑诗人的情怀。次句以“水”暗写霜、月两个方面，由首句写听觉转到视觉上的描写，霜华、月光如水连成一片，因天地一色，创造出清空的意境。三四句突发奇想，凭空翻高，先是以“冷”字突出个人的感受，随后又以青女素娥的斗妍，突出夜空的皎洁和澄澈空明，使静态之美富有生趣。纵观此诗，一是写听觉，二是写静态，三是写感受，四是以想象之笔写动。这样，一笔并写多面，由听觉到视觉，由视觉到感受，由感受到想象，多方位多层次地展示了诗人超凡脱俗的情怀。

泪

题解

写作年代不详。

永巷长年怨绮罗，离情终日思风波。
湘江竹上痕无限，岘首碑前洒几多。
人去紫台秋入塞，兵残楚帐夜闻歌。
朝来灞水桥边问，未抵青袍送玉珂。

新解

永巷长年怨绮罗，离情终日思风波——这两句是说：后宫的女子长年过着孤寂闲冷的生活，流下了怨恨的泪水；闺中思妇整天思念远行在外的丈夫，流下了相思之泪。永巷：宫中的长巷，汉代嫔妃或宫女有罪时往往被幽禁在永巷。怨绮罗：此指宫女的怨恨。宫女虽绮罗遍身但无法与君王接近，乃至于长期过着孤寂闲冷的生活。

湘江竹上痕无限，岘首碑前洒几多——这两句是说：娥皇、女英追随帝舜来到苍梧山，流下了哀悼君王的泪水；襄阳的百姓因怀念羊祜，在岘首山流下了思念的泪水。湘江竹：相传帝舜南巡时不幸身亡，死后葬苍梧山。他的两个妃子娥皇、女英追随帝舜来到苍梧后悲痛欲绝，眼泪滴到竹子上。后人多用"湘泪"来比喻臣子对故君的哀悼。岘(xiàn)首碑：西晋名将羊祜镇守襄阳时，经常游览岘首山，并在那里饮酒赋诗。羊祜死后，为感念羊祜的仁德，襄阳人在岘首山(在今湖北襄阳南)树碑建庙，"望其碑者莫不流泪"(《晋书·羊祜传》)。

人去紫台秋入塞，兵残楚帐夜闻歌——这两句是说：王昭君辞别了紫台，在萧瑟的秋天出塞，因念及故国，泫然泪下；项羽粮尽兵残，夜闻楚歌，慷慨悲歌流下了眼泪。紫台：犹紫宫。帝王居住的地方。江淹《恨赋》："若夫明妃去时，仰天太息，紫台稍远，关山无极。"明妃即王昭君。汉元帝时被选入宫，竟宁元年(前33)，匈奴呼韩邪单于入朝，昭君自请嫁往匈奴。杜甫《咏怀古迹》有"一去紫台连朔漠，独留青冢向黄昏"之诗句。楚帐夜闻歌：此言项羽被刘邦围困垓下(今安徽灵璧南)之事。《史记·项羽本纪》："项王军壁垓下，兵少食尽，汉军及诸侯兵围之数重。夜闻汉军四面皆楚歌，项王乃大惊曰：'汉皆已得楚乎？是何楚人之多也！'项王则夜起，饮帐中……于是项王悲歌慷慨……歌数阕，美人和之。项王泣数行下，左右皆泣，莫能仰视。"

朝来灞水桥边问，未抵青袍送玉珂——这两句是说：如果清晨到灞水桥边看一看，就明白这些眼泪，都抵不过身着青袍的寒士送显达官宦时感受到的穷途抑塞之苦。灞水桥：即灞桥，在今陕西西安东，是古代送别之地。青袍：唐代八九品官员着青袍。这里泛指官职低微的寒士。珂：马络头上的佩饰，常以贝制成，因色白如玉，故称玉珂。这里代指达官显宦。

新评

诗的前六句写了六种不同性质的泪：深宫怨旷之泪、思妇念远之泪、哀悼故君之泪、感怀旧德之泪、远赴绝域之泪、英雄末路之泪，每一种之间并无联系，却将世间的种种悲伤作了令人神伤心摧的陈列。读此诗，自然让人想起江淹的《恨赋》、《别赋》，在这里，诗人以文入诗，采用赋体，极尽泪之情状，在义山诗中别具一格。然而诗人本意并非在此，后两句点明主旨：前面的种种悲泪都是为最后的穷途抑塞之泪作铺垫和衬托。这纯是出于诗人的身世遭逢而起的主观感受。诗人长期郁郁不得志，辗转于各地幕府，寄人篱下，仰人鼻息。这种卑屈的处境，在“青袍送玉珂”的场合，因为贵贱相形，往往更令人难以忍受。诗人连用六种泪作铺垫，正是为了突出这种穷途抑塞之痛。此诗深得赋体之神韵。

嫦　娥

题解

写作年代不详。这是首写孤寂与苦闷之感的诗。嫦娥：神话传说中的月中仙子，原为后羿的妻子，偷吃了后羿从西王母那里讨来的长生不死之药，体轻升仙，飞入月宫。

云母屏风烛影深，长河渐落晓星沉。
嫦娥应悔偷灵药，碧海青天夜夜心。

新解

云母屏风烛影深，长河渐落晓星沉——这两句是说：独坐在云母屏风中，蜡烛的昏暗光影，使卧室内显得更加静寂幽深；长长的银河渐渐西斜沉落，清晨星星在曙色中也悄然隐没了。云母屏风：用云母装饰成的屏风。云母是一种矿石，晶体透明而有光泽，其薄片可用来装饰屏风。烛影深：言夜已很深了，蜡烛越烧越短，幽暗的光影便越来越大。长河：指银河。晓星：启明星，清晨出现于东方天空。沉：

隐没。

嫦娥应悔偷灵药，碧海青天夜夜心——这两句是说：嫦娥独居月宫，历青天而归大海，凄清孤寂，想必应该懊悔偷吃了仙药吧。嫦娥：《淮南子·览冥训》："羿请不死之药于西王母，姮娥窃以奔月。"高诱注："姮娥，羿妻。羿请不死之药于王母，未及服之，姮娥盗食之，得仙，奔入月中，为月精。"姮娥即嫦娥。碧海：碧蓝色的大海。明月晚间从碧海升起，历夜空而复入碧海，故说"碧海青天夜夜心"。

新评

烛影深暗，长河渐落，晓星隐去，灯下人彻夜不眠，环绕周身的唯有孤寂。遥望夜空，不眠人发生奇想：月宫中的嫦娥是否因孤独而后悔吃了灵药呢？不言己悲却为他人担忧，借助于时空的推移和转换，恰好把自身难以禁受的孤寂全盘托出。历来注家对诗意的解说纷纭：或以为咏入道女冠，或以为悼念亡妻，或以为自伤身世。细绎其意，以咏入道女冠一说最为接近。

银河吹笙

题解

写作年代不详。此诗以"银河"入题，用牛郎、织女隔河相望作比，伤吊亡故的夫人王氏，吹玉笙以寄情。

怅望银河吹玉笙，楼寒院冷接平明。
重衾幽梦他年断，别树羁雌昨夜惊。
月榭故香因雨发，风帘残灯隔霜清。
不须浪作缑山意，湘瑟秦箫自有情。

新解

怅望银河吹玉笙，楼寒院冷接平明——这两句是说：怅望银河，那如泣如诉的玉笙声从远处传来。小楼孤寒，院落冷清，如泣如诉的玉笙一直吹到天明。怅望：怅然想望。银河：天河。晴朗的夜空中，出现一条明亮的光带，夹杂着许多闪烁的小星，看起来像一条银白色的河，故称。此指两星隔河相望而难以接近，喻离别、孤独的情状。平明：天亮的时候。

重衾幽梦他年断，别树羁雌昨夜惊——这两句是说：我躺在温暖的锦被中，正重温往年的美好，不料却被玉笙声惊醒。回想昨夜的情景，我看到一只本该南飞的雌鸟孤独地栖息在树上，那种凄凉与我现在的孤独有什么两样呢？衾(qīn)：被子。羁：寄居在外。

月榭故香因雨发，风帘残灯隔霜清——这两句是说：月光照射在台榭上，台榭里飘散出许久不曾闻到的幽香，这种幽香完全是因为下雨的缘故；透过冷冷的清霜，风儿吹动帘幕，快要燃尽的灯光忽明忽暗。榭：台上的厅堂。隔霜清：言冷淡相阻。

不须浪作缑山意，湘瑟秦箫自有情——这两句是说：我不需要像王子晋那样冒失地成为仙人，要知道湘瑟秦箫中还有难以名状的深情和无限的美好啊。浪：孟浪，粗鲁，冒失。缑(gōu)山：传说王子乔成仙的地方。刘向《列仙传·王子乔》："王子乔者，周灵王太子晋也。好吹笙作凤凰鸣。游伊洛间，道士浮丘公接上嵩高山。三十馀年后，求之于山上，见柏良曰：'告我家：七月七日待我于缑氏山巅。'至时，果乘鹤驻山头，望之不可到。举手谢时人，数日而去。"缑氏：地名，在今河南偃师东南，因缑山得名。湘瑟：用湘灵鼓瑟的典故。屈原《远游》："使湘灵鼓瑟兮，令海若舞冯夷。"湘灵即湘夫人，相传是舜的妃子女英。舜死后，女英自投湘江。秦箫：用萧史、弄玉典故。萧史善于吹箫，能引得孔雀、白鹤前来。秦穆公的女儿弄玉听后非常爱慕，嫁与萧史为妻。后来，弄玉乘凤、萧史乘龙升天而去。

新评

羁旅他乡，怅望银河，长夜难眠，偏偏在这个时候又听到远处传来的玉笙声，因景生情，离愁因此托出。颔联叙事，既工整对仗，又为互文。一"断"一"惊"，眼前的一切无不令人心悸，无不引发思旧之念。颈联继续写眼前景，其思想内涵是对颔联的深化。雨发故香，动旧日之思；残灯霜清，叹今夜之孤。将无限的寂寞散发到时空之中。尾联抒发内心隐忍的情感：得道升仙并不令人向往，琴瑟相和、两情相悦、生死相随才是我所欲啊。在这首诗中，现实人生与想象之境交替出现，给人以扑朔迷离和恍惚不安的感受。尾联的上句用王子晋之典，下句用湘灵生死相随之典对其进行否定，随后又将这种生死相随之情盛载于萧史、弄玉之事中，从而构成了否定王子晋所为，赞赏湘灵、萧史所为的双重意象，进而表达出诗人追求美好的诉求。

暮秋独游曲江

题解

写作年代不详，此诗为伤逝之作。

荷叶生时春恨起，荷叶枯时秋恨成。
深知身在情常在，怅望江头江水声。

新解

荷叶生时春恨起，荷叶枯时秋恨成——这两句是说：春天荷叶开始生长时相思之恨开始滋生；秋天荷叶枯萎时，伤逝之恨业已铸成。

深知身在情常在，怅望江头江水声——这两句是说：我深深地知道，只要此身还在，则情常在；满怀惆怅地望着江边，奔流不息的江水发出撼人心魂的波涛声。

新评

深秋季节，诗人独自游览曲江。面对满眼的秋色，诗人独取荷叶枯时的情状。以此为全诗结构的起点，诗人将笔墨落实在“恨”字上，荷叶干枯之时自是秋恨生成之时，问题是秋恨从何而起呢？诗人别开生面地说是因春恨而起。通常认为，春天是孕育万物的时节，春天也是令人神往的季节。但诗人却反其道而行之，因秋恨而写春恨；言春恨是为强调秋恨之深长作铺垫。物候感人，因物候变化而带来诗人在情绪上的变化，即“恨”是什么呢？这需要细细地体味。从所述的内容来看，“暮秋独游”与往昔跟友人同游是相对的，从这一意义上讲，这种恨既有寂寥之恨、失意之恨，也有追忆之恨、伊人不再的伤逝之恨，等等。其意蕴之丰富，耐人寻味。第三句作夺人心魄之至情语，结句将无边蔓延的“恨”付诸东流水，更让人回味无穷。

寄裴衡

题解

写作年代不详。裴衡：事迹不详，李商隐的姐姐嫁给裴家，裴衡是否为裴族中人不详。

别地萧条极，如何更独来？
秋应为黄叶，雨不厌青苔。
沈约只能瘦，潘仁岂是才。
离情堪底寄，惟有冷于灰。

新解

别地萧条极，如何更独来——这两句是说：过去的惜别之地，如今已萧条冷落到极点，现在，我独自前往，该如何面对它呢？

秋应为黄叶，雨不厌青苔——这两句是说：秋天应是黄叶纷飞的季节，就像雨后长满了青苔一样。厌：厌恶，憎恨。

沈约只能瘦，潘仁岂是才——这两句是说：面对萧瑟的景象，希望有所作为的沈约只能变得越来越瘦，有才学的潘岳也无法展示他的才能。沈约(441—513)：字休文，吴兴武康(今浙江德清)人，南朝著名的文学家。自幼孤贫，笃志好学，博览群书，历仕宋、齐、梁三朝，官至尚书令，封建昌县侯。《南史·沈约传》："初，约久处端揆，有志台司。论者咸谓为宜，而帝(梁武帝)终不用。乃求外出，又不见许。与徐勉素善，遂以书陈情于勉。言已老病，百日数旬，革带常应移孔(意谓自己年老多病，因瘦弱的缘故，身上的腰带常常要移动孔洞)。"潘仁：即潘安仁，名潘岳，晋代著名的文学家。《晋书·潘岳传》："岳少以才颖见称。"

离情堪底寄，惟有冷于灰——这两句是说：离情虽然很深，面对此景，又有什么可以寄出呢？现在只有比死灰还冷的心情呀。堪：能，可以。底：什么。

新评

此诗极写离愁别绪。首句"别"字透露情感指向，旧时惜别之地，今番岂堪独自前来呢？"萧条极"直抒胸臆，为三四句极言萧条之景定下基调。五六句纵笔于历史中的人物，以此来深化独来时悲怆的意境。结语以"冷于灰"回扣"更独来"，将萧瑟黯然的景致与难以承受的心绪联系在一起，以突出其孤独。

寄蜀客

题解

写作年代不详。蜀客：诗人的朋友，生平事迹不详。

君到临邛问酒垆，近来还有长卿无？
金徽却是无情物，不许文君忆故夫。

新解

君到临邛问酒垆，近来还有长卿无——这两句是说：您到临邛去寻访卓文君当垆卖酒的遗迹，可知道近来是否还有司马相如这样的风流人物呢？临邛(qióng)：

地名，今四川邛崃。酒垆：酒店中用土砌台安放酒缸的地方。长卿：司马相如字长卿，西汉著名的辞赋家，四川成都人。早年曾客游于梁。梁孝王死，相如归蜀，过临邛。当时，大商人卓王孙女儿卓文君丧夫回家寡居，相如听说文君貌美，故意以琴声诉说相爱之情。文君听琴后心生爱慕，遂与相如私奔到成都。不久二人又同返临邛，文君当垆卖酒(事见《史记·司马相如列传》)。

金徽却是无情物，不许文君忆故夫——这两句是说：琴上的金徽正是无情之物，它扰乱了卓文君的心绪，不许她思念旧日的丈夫。此处暗示相如的琴声具有令人难以抵御的诱惑力，使卓文君心动神随。金徽：金属制的琴徽。琴面板一侧的一排圆点，共十三个，用以标志泛音位置及音位。这里借指琴。却是：正是。

新评

司马相如和卓文君因琴相慕，向为文人所乐道。诗人选取这一为世人熟知的典故用以自寓，有其复杂的心理背景。诗的前两句寄语蜀客，流露出对当时的司马相如般风流人物的钦羡向往。后两句则为文君不从一而终、与相如私奔这一行为寻求合理解释。诗人无意中卷入了党争的漩涡，被斥为“失德”、“背恩”，为此，诗人有难言之隐，十分希望能表白自己的心迹。

送王十三校书分司

题解

写作年代不详。王十三：王茂元之季子，调以校书分司东都洛阳。诗人作此诗送别之。分司：又称分务。东都留守掌管东都尚书省事务，其下辖百司分属东省，被称为“分司”。

多少分曹掌秘文，洛阳花雪梦随君。
定知何逊缘联句，每到城东忆范云。

新解

多少分曹掌秘文，洛阳花雪梦随君——这两句是说：王君啊，你奉旨前往洛阳分司掌秘文，可以去赏玩洛阳花雪留下的美景了，今天相送，我难免要在梦中随您前往了。多少：叹词。分曹：分司，分管。唐宋制度，中央官员在陪都洛阳任职者，称之为“分司”。

定知何逊缘联句，每到城东忆范云——这两句是说：我确信你到洛阳后，每次看到城东的佳盛之地，必定会因往日赋诗联句而想起我。何逊：南朝梁代间名诗人。《南史·何逊传》：“逊字仲言，八岁能赋诗，弱冠，州举秀才。南乡范云见其对策，大相称赏，因结忘年交。”缘联句：何逊与范云曾联手作诗《范广州宅联句》：“洛阳城东西，却作经年别。昔去雪如花，今来花似雪。濛濛夕烟起，奄奄残晖灭。非君爱满堂，宁我安车辙。”按：此诗的前四句为范云作，后四句为何逊句。商隐诗中的第二句“洛阳花雪”即由此而来。这里以何逊代王十三。范云：齐梁时期著名的文人，字彦龙。初为齐竟陵王府主簿，少与梁武帝友善，梁武帝平建业，以范云为黄门郎。后迁散骑常侍，吏部尚书。这里指诗人自己。

新评

本诗以何逊、范云故事写诗人与挚友交往。何逊与范云因文才相赏，成忘年至交，常常一起吟诗作赋。诗人与王十三也是如此，分别在即，回想往日惺惺相惜之景，不免意绪纷飞。依依离情，尽诉笔端。

寄永道士

题解

写作年代不详。诗人年轻时好道术，曾于唐文宗开成元年(836)学道于玉阳山。玉阳山是王屋山的分支，在今山西省境内。从诗中看，永道士当为与李商隐同入王屋学道的人。

共上云山独下迟，阳台白道细如丝。
君今并倚三珠树，不记人间落叶时。

新解

共上云山独下迟，阳台白道细如丝——这两句是说：过去，我俩同上云山学道，但你一直迟迟未下，我还记得，王屋山间的小径像丝线般窄细。云山：即王屋山，传说中的神山，刚得道的人，都要造访此山。阳台：王屋山的另一名字。白道：即山间小道，因被人长期踩踏，草不能生长，远望呈白色，故称。

君今并倚三珠树，不记人间落叶时——这两句是说：现在，你独自倚靠着珍奇的三珠树，可能已经不记得人间落叶纷飞时节了。三珠树：古代神话中珍奇的树名。树形类似柏树，叶片呈珠形。另有一说认为，三珠树暗指同在玉阳学道的宋华阳姐妹与另一女冠。李商隐早年学仙玉阳时曾与女冠宋华阳有恋情。“并倚三珠树”暗示“永道士”与三女冠关系密切。

新评

本诗也为托物寄情之作。首句说两人学道事，次句回想当年在王屋山一同学道时的情景，三句想象永道士此时的清静悠然的人生状态，戏谑其“并倚三珠树”，末句暗示己身的冷落孤寂，沉沦不遇。一切景语皆情语。

忆匡一师

题解

写作年代不详。匡一：冯浩注：“按《北梦琐言》：一云王屋匡一上人，一云王屋山僧匡一。疑此忆即其人。”从诗中看，此人与李商隐交往颇深。其写作时间与《寄永道士》大体上相当。

无事经年别远公，帝城钟晓忆西峰。
炉烟消尽寒灯晦，童子开门雪满松。

新解

无事经年别远公，帝城钟晓忆西峰——这两句是说：无端地与匡一师分别已经多年，每当京城的晨钟响起时，我就想起匡一师居住的山寺以及从那里传来的晨钟。无事：无端。经年：经过了多年。远公：东晋庐山东林寺高僧惠远，净土宗的初祖，这里代指匡一师，可见其并非等闲之辈。钟晓：即晓钟，唐代长安城每到拂晓，宫中和各寺庙的钟声一齐长鸣，声震全城。西峰：指匡一师所居的山寺。

炉烟消尽寒灯晦，童子开门雪满松——这两句是说：想当初，我与您彻夜促膝长谈，直到炉中薪炭熄灭；等到灯盏中的烛光逐渐暗淡，寺中的童子起来开门的时候，那漫天的大雪已落满了松枝。灯晦：烛光暗淡。

新评

诗人置身京城繁华盛景中，听到晨钟响起，不禁怀念起当年在深山古寺中的情景。后两句写与匡一师彻夜长谈，不觉时光忽忽已过。此去经年，当时情景仍历历在目。对清绝之境的向往，对故人的怀念，从字里行间隐隐渗出。诗句含蓄隽永，颇耐咀嚼。

乐游原

题解

写作年代不详。乐游原：在今陕西西安东南。地势高而平坦，四望宽敞，由此可俯视长安。为著名风景区，秦称宜春苑，后又称乐游苑，汉宣帝时修乐游庙。唐代每逢正月晦日、三月三日、九月九日，京城士女多到此登赏游乐。

向晚意不适，驱车登古原。
夕阳无限好，只是近黄昏。

新解

向晚意不适，驱车登古原——这两句是说：傍晚时分，心情有些不舒畅，驱车登上乐游原。向晚：傍晚。向，近。意不适：心情不畅。古原：指乐游原。

夕阳无限好，只是近黄昏——这两句是说：夕阳斜照，风景无限美好，怎奈临近黄昏，好景不长。

新评

国运维艰，与不畅的心境相合。登高远望，那绚丽的晚霞迎面扑来，满目的美景给人以不尽的享受，然而，所感受到的“只是近黄昏”！此可谓是将家国之悲、身世之感、光阴之叹熔铸一炉。读三四句，哲理性极强，耐人寻味。其至理的生发自然而流畅，妙在于不经心处将眼前景与胸中情拧结在一起，触绪纷来，感慨万端。

武夷山

题解

写作年代不详。武夷山：山名，在今福建崇安境内，相传有许多神迹，被世人奉为神山，纷纷到此寻仙问道。李商隐不满于世人的蒙昧，作诗刺之。

只得流霞酒一杯，空中箫鼓当时回。
武夷洞里生毛竹，老尽曾孙更不来。

新解

只得流霞酒一杯，空中箫鼓当时回——这两句是说：只得流霞酒一杯，后来没人再遇见仙人；空中的音乐又立时回到空中。流霞：传说中的仙酒。《论衡·道虚》："曼都(河东蒲坂项曼都)好道学仙，委家亡去，三年而返。家问其状，曼都曰：'去时不能自知，忽见若卧形，有仙人数人，将我上天，离月数里而止。见月上下幽冥，幽冥不知东西。居月之旁，其寒凄怆。口饥欲食，仙人辄饮我以流霞一杯。每饮一杯，数日不饥。不知去几何年月，不知以何为过，忽然若卧，复下至此。'"空中箫鼓：据《诸山记》：武夷山仙人号武夷君。秦始皇二年的一天，他对村民说：你们八月十五日会集山顶。那天，村民们到了山顶，听到空中有人讲话，但看不见人。过一会儿，音乐响起，也是只能看到乐器，却看不到演奏的人。当时：立时、立刻。

武夷洞里生毛竹，老尽曾孙更不来——这两句是说：武夷山上长着许多毛竹，人迹罕至，世人纷纷老去，乡人却再也没有看见武夷君回来过。武夷洞：指武夷君居住的地方。武夷君是传说中武夷山的仙人。《史记·封禅书》："古者天子常以春解祠，祠黄帝用一枭镜……武夷君用干鱼。"司马贞《索隐》引顾氏曰："《地理志》云：建安有武夷山，溪有仙人葬处，即《汉书》所谓武夷君。"明代吴栻《武夷杂记》："始皇二年，有神仙降此山，曰余为武夷君，统录群仙，受馆于此。"生毛竹：《武夷山记》："武夷君因少年慢之，一夕山心悉生毛竹如刺，中者成疾，人莫敢犯，遂不与村俗来往，蹊径俱绝。"曾孙：《明一统志》载：武夷君称乡人为曾孙。

新评

考察李商隐生平，并未发现他曾去过武夷山，此诗为借山咏事。前两句说项曼都自言仙人赠"流霞"一事，因之"空中箫鼓"也立即回到空中。然而，这些均无迹可考。后两句只说山上长满竹子，但所谓的武夷君从来没人见过。如此列举四个关于武夷山的传说，来说明传闻无从考证的荒谬性。

马嵬二首

题解

唐玄宗天宝十五载(756)六月，安禄山叛军攻破潼关，唐玄宗仓皇逃往蜀地，行至马嵬坡，随行的将士发动兵谏，迫使唐玄宗诛杀杨国忠，赐死杨贵妃。杨国忠是杨贵妃的哥哥，凭裙带关系当上了宰相，执政期间，排斥异己，对安史之乱负有直接的责任。护卫唐玄宗出逃的将士认为杨国忠是祸国殃民的罪魁祸首，出于义愤，举行了兵谏。这一事件就是历史上的"马嵬之变"。诗人以这一事件为题，表达了对这一历史事件的看法。马嵬：即马嵬坡，旧址在今陕西兴平西。

其　一

冀马燕犀动地来，自埋红粉自成灰。
君王若道能倾国，玉辇何由过马嵬？

新解

冀马燕犀动地来，自埋红粉自成灰——这两句是说：安禄山的兵马声势浩大地来了，皇帝被迫赐死杨贵妃，并将她匆匆埋葬，没多久就化成尘埃了。冀马：北方冀地出产的良马。古人认为，良马产于冀北。燕犀：古人认为，北方燕地用犀牛皮制作的铠甲最为坚固。此处以冀马、燕犀指代安禄山的叛军。

君王若道能倾国，玉辇何由过马嵬——这两句是说：皇帝如果能早知道杨贵妃的美貌会引起倾国之灾，又何至于乘着镶玉的车舆逃往马嵬坡呢？玉辇：皇帝乘坐的车舆，用玉镶嵌而成。

新评

李商隐“女祸亡国”的思想是极为浓厚的。唐玄宗荒淫种下安史之乱的祸根，同时也为他个人的悲剧埋下伏线。诗人认为，如果君主能早点醒悟女色“倾国”，便能避免“玉辇过马嵬”的悲剧结局。“何由”二字警拔，反诘之中给人以思索。

其　二

海外徒闻更九州，他生未卜此生休。
空闻虎旅鸣宵柝，无复鸡人报晓筹。
此日六军同驻马，当时七夕笑牵牛。
如何四纪为天子，不及卢家有莫愁？

新解

海外徒闻更九州，他生未卜此生休——这两句是说：像海外九州这样的传闻虚无缥缈令人难以相信，来生如何，谁也不能预料，但唐玄宗与杨贵妃今生的爱情肯定是要完结了。海外九州：指传说中的仙境。战国后期，邹衍创立了“大九州”

学说，认为中国九州总合为赤县神州；中国之外，像赤县神州这样的九州还有九个，九州的外面有小海环绕，此九州可合称为一州(中九州)；像中九州的大州还有九个，外面又有大瀛海环绕。更：再，还有。他生：来生。卜：预料。据载，杨贵妃死后，唐玄宗曾命方士去寻她的魂魄，方士在海外蓬莱仙山找到了她，杨贵妃托方士带回金钗钿盒等传情的信物，并发出了与唐玄宗"愿世世为夫妇"的盟誓。诗人认为，既然今生已无相见的可能，那么，死后的追思也是徒劳虚空的。

空闻虎旅鸣宵柝，无复鸡人报晓筹——这两句是说：唐玄宗逃往蜀地的途中夜宿马嵬，只能听禁卫军夜间巡逻打更报警的梆子声，再也不能像往日那样安然地听候鸡人的报晓了。虎旅：指皇帝的禁卫军。宵柝(tuò)：夜间巡逻打更报警的梆子。鸡人：皇宫里掌管报晓的卫士。古代皇宫不养鸡，由鸡人传送更筹(竹签)报晓。

此日六军同驻马，当时七夕笑牵牛——这两句是说：这一天，随行的禁军一齐驻马不前迫使唐玄宗赐死杨贵妃；而当年七夕订盟时，唐玄宗和杨贵妃自以为能永远在一起，还嘲笑牛郎织女一年只有一次相会。此日：指夜宿马嵬坡，杨贵妃被杀的这一天。六军同驻马：指禁军驻马不前，要求唐玄宗诛杀杨氏兄妹事。六军，天子有六军，指随从玄宗入蜀的军队。七夕笑牵牛：民间传说，农历七月七日(七夕)晚上，天上的牵牛星和织女星在鹊桥相会。据说，唐玄宗与杨贵妃在天宝十载七夕曾对天发誓，愿世世代代永为夫妇。他们认为天上的牛郎和织女一年只能相会一次，而他们却可以永世相守，所以这里说"七夕笑牵牛"。

如何四纪为天子，不及卢家有莫愁——这两句是说：为什么当了四十多年皇帝的唐玄宗，到头来还保不住自己的爱妃，反而不如普通人家的夫妇能够白头到老呢？四纪：四十八年。岁星(木星)十二年行天一周，为一纪。玄宗在位四十五年，近四纪，此约举成数。卢家莫愁：这里借指普通人家的妇女。梁武帝《河中之水歌》："河中之水向东流，洛阳女儿名莫愁。……十五嫁为卢家妇，十六生儿字阿侯。"

新评

这首诗紧承上意，诗人进一步指出唐玄宗执迷不悟。首联直书唐玄宗对杨贵妃的思念，"此生休"，使闻者为之深悲。颔联与颈联叙事，集中笔墨叙述马嵬之变，以对比的手法辛辣地讽刺唐玄宗贪色误国。其中"空闻"、"无复"相对，"此日"、"当时"呼应，句意跌宕多姿，使人产生联想，一是反思安史之乱的祸根；二是思考导致自酿悲剧的原因。尾联以"如何"作收，反诘之中使诗意更为警拔，冷讽中深藏历史的喟叹。全诗运用倒叙手法，层层映照，具有高度的艺术概括力。

◎附　录

李商隐年谱简编

李商隐，字义山，号玉谿生、樊南生。

唐宪宗元和八年癸巳(813)，一岁

原籍怀州河内(今河南沁阳市)，后迁郑州荥阳，至商隐已阅三世。父李嗣，时任获嘉县(今河南获嘉县)令。商隐生年无明文记载，今据冯浩《玉谿生年谱》所断。

元和九年甲午(814)，二岁

父罢获嘉令，赴浙江幕府。

此后，商隐随父在浙数年。

唐穆宗长庆元年辛丑(821)，九岁

父去世。奉父丧侍母归郑州。此后数年与弟义叟由从叔李某"亲授经典，教为文章"。

长庆三年癸卯(823)，十一岁

父丧除后，卜居洛阳。迫于生计，从事誊录抄写等。

唐敬宗宝历二年丙午(826)，十四岁

是年，商隐作《富平少侯》。

唐文宗大和二年戊申(828)，十六岁

春，刘蕡应贤良方正科，对策中猛烈抨击宦官。商隐著《才论》、《圣论》等，以古文鸣世，受到士大夫的关注。

是年，作《无题》(八岁偷照镜)。

大和三年己酉(829)，十七岁

从叔去世。冬，天平军节度使令狐楚聘请商隐入幕为巡官。令狐楚爱其才，特加优待，令商隐与其子令狐绹等同学，亲自指点，教四六文。

是年，作《隋师东》。

大和四年庚戌(830)，十八岁

《春游》一诗似作于此年。

大和六年壬子(832)，二十岁

令狐楚调任太原，商隐从令狐楚至太原幕中。

大和七年癸丑(833)，二十一岁

商隐应举，遭受知举贾悚的打击和排斥。令狐楚调离太原后，商隐习业京师。

大和八年甲寅(834)，二十二岁

因病未应试。春，随兖海观察使崔戎自华州至兖州(今山东兖州)，掌章奏。六月，崔戎卒。返郑州。

作《牡丹》(锦帷初卷卫夫人)、《初食笋呈座中》等。

大和九年乙卯(835)，二十三岁

春，应举，知举崔郸不取。往来于长安、郑州之间。其间，曾入河南玉阳山学道。九月，作《夕阳楼》、《宿骆氏亭寄怀崔雍崔衮》等。

十一月，李训、郑注谋诛宦官，不果。中尉仇士良率兵杀宰相李训、王涯、贾悚、舒元舆及王璠、郭行余、韩约等。郑注为监军张仲清所杀，皆族灭。史称“甘露之变”。

作《碧城三首》等。

开成元年丙辰(836)，二十四岁

与弟义叟奉母居济源(今河南济源)。学道玉阳山。

二月，昭义节度使刘从谏表请王涯等罪名。三月，复上表暴扬仇士良等罪恶。

作《有感二首》、《重有感》、《曲江》、《燕台》等。

开成二年丁巳(837)，二十五岁

春，应举。经令狐绹引荐，登进士第。夏初，东归济源探望母亲。十一月，兴元节度使令狐楚病重。商隐赴兴元，遵楚命代草遗表。十二月，随楚丧，回长安。

作《自南山北归经分水岭》、《西南行却寄相送者》、《行次西郊作一百韵》、《圣女祠》等。

开成三年戊午(838)，二十六岁

应博学宏词科，先为考官周墀、李回所取，后遭谗落选。赴泾原(今甘肃泾原)节度使王茂元幕，娶其女。商隐因此招致令狐绹等忌恨，谓其“背恩”。

作《撰彭阳公志文毕有感》、《漫成三首》、《回中牡丹为雨所败二首》、《安定城楼》、《十一月中旬至扶风界见梅花》等。

开成四年己未(839)，二十七岁

为秘书省校书郎。后调为弘农(今河南灵宝境内)尉。以活狱事触怒观察使孙简，将罢去，适遇姚合代简，使复还本官。

作《玉山》、《戏赠张书记》、《任弘农尉献州刺史乞假归京》、《自况》等。

开成五年庚申(840)，二十八岁

移家长安，辞弘农尉求调他职。

正月，唐文宗崩，仇士良等立颍王炎，是为唐武宗。四月，李德裕同平章事。王茂元自泾原入朝为官，再调忠武(治许州)节度使。

作《咏史》(历览前贤国与家)、《垂柳》、《酬别令狐补阙》、《过伊仆射旧宅》等。

唐武宗会昌元年辛酉(841),二十九岁

暂居于华州刺史周墀幕下。

作《赠刘司户蕡》、《七月二十九日崇让宅宴作》、《淮阳路》等。

会昌二年壬戌(842),三十岁

居忠武节度使王茂元幕,辟掌书记。又以书判拔萃,授秘书省正字。后居母丧在家。九月,蔚州刺史契苾通领沙陀、吐浑六千骑赴天德,抗击乌介可汗入侵。

作《即日》(小苑试春衣)、《赠别前蔚州契苾使君》、《无题二首》(昨夜星辰、闻道阊门)、《灞岸》、《哭刘蕡》、《哭刘司户二首》、《哭刘司户蕡》等。

会昌三年癸亥(843),三十一岁

居京守母丧。秋冬之际,曾至洛阳、河阳、怀州、郑州等地。

二月,麟州刺史石雄大破回鹘于黑山。四月,昭义节度使刘从谏死,其侄刘稹据镇自立。九月,令石雄等讨刘稹。

会昌四年甲子(844),三十二岁

返故乡营葬,后移家永乐县,自谓"渴然有农夫望岁之志"。

八月,石雄率兵入潞州,泽潞等五州平。

作《春宵自遣》、《行次昭应县道上送户部李郎中充昭义攻讨》、《登霍山驿楼》、《菊》、《秋日晚思》、《幽居冬暮》、《寄令狐郎中》等。

会昌五年乙丑(845),三十三岁

春,赴郑州应从叔李褒之招。后在洛阳家居。十月,守丧期满入京,重官秘书省正字。

武宗下令灭佛。令狐绹出为湖州刺史。

作《小园独酌》、《春日寄怀》、《隋宫守岁》、《落花》、《汉宫词》(青雀西飞)、《北齐二首》等。

会昌六年丙寅(846),三十四岁

在秘书省,子衮师生。

三月,武宗服长生药崩。宦官扶立皇太叔李忱即位,是为宣宗。开始贬逐李德裕党人。

作《茂陵》、《瑶池》、《华山题王母庙》、《过景陵》、《海上》、《四皓庙》、《柳枝五首》等。

唐宣宗大中元年丁卯(847),三十五岁

桂管观察使郑亚辟商隐入幕。为掌书记。三月离京,经江陵,四月至长沙,五月初抵桂。九月,代郑亚撰《太尉卫公会昌一品集序》。冬,奉使至南郡。编定《樊南甲集》。

是年大力贬斥李党，恢复佛教。

作《梦泽》、《岳阳楼》(欲为平生)、《深树见一颗樱桃尚在》、《城上》、《端居》、《访秋》、《荆门西下》、《晚晴》、《海上谣》、《海客》、《宋玉》、《岳阳楼》(汉水方城)、《夜雨寄北》等。

大中二年戊辰(848)，三十六岁

正月，自南郡归桂州。暂摄守昭平郡事。二月，郑亚贬循州。商隐于春末离桂北归，五月至潭州，在湖南观察使李回幕中逗留。达江陵后，曾溯江至夔峡一带。秋，归洛阳。冬初还京，选为盩厔(今陕西周至县)尉。

是年七月，续画功臣图像于凌烟阁。

九月，李德裕贬为崖州司户。

作《题鹅》、《木兰花》、《同崔八诣药山访融禅师》、《楚吟》、《听鼓》、《汉南书事》、《赠田叟》、《梦令狐学士》、《韩碑》、《北楼》、《即日》(一岁林花)、《贾生》、《潭州》、《楚宫》、《天涯》、《乱石》、《旧将军》、《高松》等。

大中三年己巳(849)，三十七岁

选为盩厔尉后，拜谒京兆尹，尹留商隐代参军事，专掌章奏。十月，武宁军节度使卢弘正辟商隐入幕掌判官。十二月，赴徐州，途经大梁。

是年，收复吐蕃秦、原、安三州及石门等七关。

作《骄儿诗》、《杜司勋》、《赠司勋杜十三员外》、《李卫公》、《九日》、《野菊》、《流莺》、《柳》、《对雪二首》、《白云夫旧居》、《漫成五章》等。

令狐绹先拜中书舍人，后迁御史中丞。九月，充翰林学士承旨。

大中四年庚午(850)，三十八岁

在徐州卢弘正幕中。春，奉使赴京。

是年正月，李德裕卒于崖州贬所。十一月，令狐绹同中书门下平章事。

作《浑河中》、《题汉祖庙》、《板桥晓别》、《读任彦升碑》等。

大中五年辛未(851)，三十九岁

卢弘正去世，商隐自徐州入朝，补太常博士。夏末，妻王氏去世，临终时夫妻未及见面。七月，东川(治梓州，今四川三台)节度使柳仲郢辟商隐为节度书记。十一月，改判官。冬，差赴西川成都推狱。曾谒见杜悰，献诗以求提携，并游览武侯庙等名胜古迹。

是年，收复河湟。

作《房中曲》、《王十二与畏之员外相访见招小饮时予以悼亡日近不去因寄》、《井络》、《北禽》、《武侯庙古柏》、《代越公房妓嘲徐公主》、《代贵公主》、《咏怀寄秘阁旧僚二十六韵》、《七月二十九日崇让宅宴作》、《崇让宅东亭醉后沔然有作》、《宿晋昌亭闻惊禽》、《蜀桐》等。

大中六年壬申(852),四十岁

在梓州柳仲郢幕,代掌书记。春初,由西川返梓。四月,杜迁淮南,商隐奉命至渝州迎送。

作《杜工部蜀中离席》、《寓兴》等。

大中七年癸酉(853),四十一岁

在梓州幕中。专心事佛。十一月,编定《樊南乙集》。

作《初起》、《夜饮》、《二月二日》、《江上忆严五广休》、《题僧壁》等。

大中八年甲戌(854),四十二岁

在梓州幕中。

大中九年乙亥(855),四十三岁

在梓州幕中。十一月,随柳仲郢返长安。

作《筹笔驿》、《无题》(万里风波)、《忆梅》、《天涯》等。

大中十年丙子(856),四十四岁

在长安。经柳仲郢推荐,任盐铁推官。

作《重过圣女祠》、《韩冬郎即席为诗相送》、《过招国李家南园二首》、《寄酬兼呈畏之员外》等。

大中十一年丁丑(857),四十五岁

任盐铁推官,游江东(今江苏南京、扬州一带)。

作《正月崇让宅》、《风雨》、《隋宫》、《咏史》(北湖南埭)、《南朝》(地险悠悠)、《南朝》(玄武湖中)、《齐宫词》等。

大中十二年戊寅(858),四十六岁

罢盐铁推官。还郑州闲居,未几病逝。

作《井泥》、《锦瑟》等。

李商隐著作主要版本

李商隐诗集三卷 清影宋抄本

李商隐诗集三卷 明悟言堂抄本

唐李商隐诗集六卷 明刻本

唐李义山诗集六卷

广十二家唐诗 (明)陆汴辑 明嘉靖中刊本

四部丛刊本 张元济辑

民国八年(1919)上海商务印书馆初次影印本

民国十八年(1929)上海商务印书馆二次影印本

民国二十五年(1936)上海商务印书馆缩印本

唐李义山诗集 中唐十二家诗 (明)朱之蕃编 明万历金陵书坊王世茂刻本

李义山诗集一卷 唐中晚名家诗集 (明)姜道生编 明天启四年(1624)云阳姜氏自刻本

李义山集三卷 唐人八家诗 (明)毛晋辑 明崇祯十二年(1639)海虞毛氏汲古阁刊本

民国十五年(1926)上海商务印书馆影印毛氏汲古阁本

李义山诗集七集 唐三家集 明佚名辑 明云阳姜道生刊本

李商隐诗集七卷 唐四十四家诗 明钞本

李义山文抄一卷 八代文抄 (明)李宾辑 明末刻本

李商隐诗集三卷 明末毛氏汲古阁刻唐人八家诗本(四部丛刊据此影印)

李商隐诗不分卷 百家唐诗 清初钞本

李义山文集五卷 清抄本

李义山诗删注二卷集外诗删注一卷 (清)语溪钟定编辑 无刻书年月 约康熙年间刊本

李义山文集笺注十卷 (清)徐树谷、徐炯笺注 清康熙四十七年徐氏花谿草堂刻本

李义山七律钞一卷 五朝名家七律英华 (清)顾有孝等辑 清康熙刻本

李义山诗集不分卷 温李二家诗集 (清)陈堡选辑 清康熙四十年(1701)骏会堂家刻本

李商隐诗集三卷 唐诗百名家全集 (清)席启寓辑 清康熙四十一年(1702)洞庭席氏琴川书屋刊本

清光绪八年(1882)刊本

重订李义山诗集笺注三卷集外诗笺注一卷年谱一卷诗话一卷

(清)朱鹤龄笺注 (清)程梦星删补 清乾隆八年汪增宁今有堂刻本

李义山诗集十六卷 (清)姚培谦笺注 清乾隆姚氏松桂读书堂刻本

玉谿生诗笺注三卷卷首一卷 (清)冯浩笺注 清乾隆德聚堂刻本

李义山钞一卷附温飞卿钞四首 三家长律诗钞 (清)陆费墀辑 清乾隆二十三年(1758)刻本

玉谿生诗笺注三卷卷首一卷 (清)冯浩笺注 清乾隆四十五年冯浩刻嘉庆元年增刻本

李义山诗集三卷 四库全书 清乾隆三十年(1765)敕辑

李义山诗注三卷附录一卷 (清)朱鹤龄注 四库全书 清乾隆三十年(1765)敕辑

李义山文集笺注十卷 (清)徐树谷笺，徐炯注　四库全书　清乾隆三十年(1765)敕辑

李义山诗二卷　六家七律诗选　(清)周曰沆辑　清乾隆三十四年(1769)静观草庐刻袖珍本

李玉谿诗钞七卷卷首一卷　唐八家诗钞　(清)陈明善辑　清乾隆三十四年(1769)亦自园自刻本

摛藻堂四库全书荟要　(清)于敏中等辑　清乾隆三十八年(1773)钞本

李义山诗集注三卷附录一卷　(清)朱鹤龄注　摛藻堂四库全书荟要　(清)于敏中等辑　清乾隆三十八年(1773)钞本

李义山诗集三卷　(清)纪昀点论　镜烟堂十种　(清)纪昀撰　清乾隆中嵩山书院刊本

玉谿生集十二卷　艺苑丛钞　(清)王楷编　稿本

李义山诗集三卷附诸家诗评一卷年谱一卷　(清)朱鹤龄笺注、沈厚塽辑评清同治庚午(1870)粤东羊城龙藏街萃文堂套色刊本

李义山诗集三卷　(清)武林沈厚塽辑评　无刻书年月　约清同治间刊本

李义山诗集三卷　唐二十家诗集　清光绪十年(1884)遂宁书局刻本

玉谿生诗意八卷(李义山诗笺注)　(清)屈复笺注　清乾隆四年扬州艺古堂精刊本

玉谿生诗意八卷　(清)屈复笺注　刘氏传经堂丛书　清同治至光绪间刘氏传经堂刻本

玉谿生诗集笺注　(清)冯浩笺注　上海古籍出版社1978年版

樊南文集详注八卷玉谿生诗详注三卷年谱附　(清)钱振伦、钱振常撰　清同治五年望三益斋刊本

樊南文集补编十二卷年谱订误一卷　(清)冯浩笺注　清乾隆丁亥德聚堂刊本乾隆四十五年德聚堂重校刊本

樊南文集　(清)冯浩注　钱振伦、钱振常笺注　上海古籍出版社1978年版

李义山诗文全集十一卷(玉谿生诗笺注三卷樊南文集笺注八卷)　(清)冯浩笺注　版年不详　1932至1958年上海商务印书馆印

李义山文集五卷

四部丛刊本　张元济辑

民国八年(1919)上海商务印书馆初次影印本

民国十八年(1929)上海商务印书馆二次影印本

民国二十五年(1936)上海商务印书馆缩印本

玉谿生诗笺注六卷附补　(清)冯浩编订

四部备要本　中华书局辑
民国二十五年(1936)上海中华书局排印本
民国二十五年(1936)上海中华书局缩印本
樊南文集详注八卷附补　(清)冯浩编订
四部备要本　中华书局辑
民国二十五年(1936)上海中华书局排印本
民国二十五年(1936)上海中华书局缩印本
樊南文集补编十二卷　(清)钱振伦、钱振常注
四部备要本　中华书局辑
民国二十五年(1936)上海中华书局排印本
民国二十五年(1936)上海中华书局缩印本
玉谿生年谱会笺(外一种)　张采田著　中华书局上海编辑所1963年版
李义山诗集　朱鹤龄注　四川人民出版社1958年版
李商隐诗歌集解　刘学锴、余恕诚集解　中华书局1979至1985年版
李义山诗解　(清)陆昆曾著　上海书店1985年版
选玉谿生诗补说　(清)姜炳璋选释　郝世峰辑　南开大学出版社1985年版
李商隐诗集疏注　叶葱奇疏注　人民文学出版社1985年版
杂纂七种　曲彦斌校注　上海古籍出版社1988年版
玉谿生诗集笺注　(清)冯浩笺注　蒋凡标点　上海古籍出版社1998年版
李商隐全集(附李贺诗集)　朱怀春、曹光甫、高克勤标点　上海古籍出版社1999年版
李商隐文编年校注　刘学锴、余恕诚著　中华书局2002年版

李商隐研究主要著述

《玉谿生年谱会笺平质》　岑仲勉编，台湾“中研院”历史语言研究所1942年版
《李义山恋爱事迹考》　苏雪林著，北新书局1927年版
《李义山诗选》　高剑华点注，上海群学社1931年版
《玉谿诗谜(李义山恋爱事迹考)》　苏雪林著，商务印书馆1947年版
《李商隐诗论稿》　蓝于著，中华书局香港分局1975年版
《李商隐》　刘学锴、余恕诚著，中华书局1980年版
《李商隐评传》　杨柳著，江苏人民出版社1981年版
《李商隐研究》　吴调公著，上海古籍出版社1982年版

《李商隐诗传》 钟铭钧著，中州书画社1982年版
《李商隐和他的诗》 朱契等著，台湾学生书局1982年版
《李商隐》 郁贤皓、朱易安著，上海古籍出版社1985年版
《李商隐研究(增订本)》 吴调公著，上海古籍出版社1986年版
《李商隐诗抒情艺术透视》 刘静生著，中国华侨出版社1990年版
《晚唐风韵：杜牧与李商隐》 葛兆光、戴燕著，江苏古籍出版社、香港中华书局1991年版
《全唐诗索引·李商隐卷》 栾贵明等编著，中华书局1991年版
《锦瑟年华李商隐》 吴忠华著，庄严出版社1991年版
《李商隐的心灵世界》 董乃斌著，上海古籍出版社1992年版
《李商隐诗歌赏析集》 周振甫主编，巴蜀书社1993年版
《全唐诗索引·李商隐卷》 陈抗、林沧、张晓光、蔡文利编著，中华书局1994年版
《李商隐全传》 李庆皋、王桂芝著，长春出版社1995年版
《李商隐爱情诗解》 钟来茵著，学林出版社1997年版
《李商隐——漂泊诗人》 崂子、胡良清著，长江文艺出版社1997年版
《李商隐》 李富生著，中国华侨出版社1996年版
《李商隐评传》 杨柳著，当代中国出版社1997年版
《李商隐研究论集》(1949—1997) 王蒙、刘学锴主编，广西师范大学出版社1998年版
《李商隐诗歌研究》 刘学锴著，安徽大学出版社1998年版
《李商隐诗选》 陆永品选注，山东大学出版社1999年版
《李商隐选集》(《周振甫文集》第八卷) 周振甫注，中国青年出版社1999年版
《李商隐诗译注》 邓中龙著，岳麓书社2000年版
《李商隐杜牧诗选》 李蓓选注，巴蜀书社2001年版
《李商隐及其作品选》 郁贤皓、朱易安、陈伯海撰，上海古籍出版社1999年版
《李商隐诗集今注》 郑在瀛编著，武汉大学出版社2000年版
《李商隐诗选注》 刘琦选注，吉林文史出版社2000年版
《汇评本李商隐》 刘学锴编著，上海社会科学院出版社2002年版
《昨夜星辰——李商隐、杜牧、黄景仁诗选》 李克和、郑小宁、余福智选评，岳麓书社2002年版
《相见时难别亦难》(唐宋诗词名家精品类编·李商隐卷)版
黄世中编，河南文艺出版社2002年版

《李商隐集》名言警句

△军令未闻诛马谡，捷书惟是报孙歆。(《隋师东》)(第004页)
△桥峻班骓疾，川长白鸟高。(《春游》)(第005页)
△庾郎年最少，青草妒春袍。(《春游》)(第005页)
△竹坞无尘水槛清，相思迢递隔重城。(《宿骆氏亭寄怀崔雍崔衮》)(第008页)
△花明柳暗绕天愁，上尽重城更上楼。欲问孤鸿向何处，不知身世自悠悠。《夕阳楼》)(第009页)
△岂有蛟龙愁失水，更无鹰隼与高秋。昼号夜哭兼幽显，早晚星关雪涕收。(《有感》)(第016页)
△死忆华亭闻唳鹤，老忧王室泣铜驼。天荒地变心虽折，若比伤春意未多。(《曲江》)(第018页)
△四郊多垒在，此礼恐无时。(《寿安公主出降》)(第020页)
△那通极目望，又作断肠分。(《自南山北归经分水岭》)(第021页)
△百生终莫报，九死谅难追。(《撰彭阳公志文毕有感》)(第037页)
△永忆江湖归白发，欲回天地入扁舟。不知腐鼠成滋味，猜意鹓雏竟未休。(《安定城楼》)(第039页)
△水亭暮雨寒犹在，罗荐春香暖不知。(《回中牡丹为雨所败二首》)(第040页)
△章台街里芳菲伴，且问宫腰损几枝？(《回中牡丹为雨所败二首》)(第041页)
△浪笑榴花不及春，先期零落更愁人。玉盘迸泪伤心数，锦瑟惊弦破梦频。(《回中牡丹为雨所败二首》)(第042页)
△素娥惟与月，青女不饶霜。赠远虚盈手，伤离适断肠。(《十一月中旬至扶风界见梅花》)(第043页)
△玉山高与阆风齐，玉水清流不贮泥。(《玉山》)(第045页)
△心知两愁绝，不断若寻环。(《戏赠张书记》)(第047页)
△却羡卞和双刖足，一生无复没阶趋。(《任弘农尉献州刺史乞假归京》)(第048页)
△历览前贤国与家，成由勤俭破由奢。(《咏史》)(第050页)
△荒村倚废营，投宿旅魂惊。(《淮阳路》)(第054页)
△昨夜星辰昨夜风，画楼西畔桂堂东。身无彩凤双飞翼，心有灵犀一点通。(《无题二首》)(第056页)
△陶然恃琴酒，忘却在山家。(《春宵自遣》)(第062页)
△肠断未忍扫，眼穿仍欲归。芳心向春尽，所得是沾衣。(《落花》)(第070页)
△小怜玉体横陈夜，已报周师入晋阳。(《北齐二首》)(第072页)

△萧何只解追韩信，岂得虚当第一功？（《四皓庙》）(第 080 页)
△欲为平生一散愁，洞庭湖上岳阳楼。（《岳阳楼》）(第 082 页)
△天意怜幽草，人间重晚晴。（《晚晴》）(第 085 页)
△如何一梦高唐雨，自此无心入武关？（《岳阳楼》）(第 086 页)
△有风传雅韵，无雪试幽姿。（《高松》）(第 093 页)
△可怜夜半虚前席，不问苍生问鬼神。（《贾生》）(第 094 页)
△春物岂相干，人生只强欢。（《北楼》）(第 096 页)
△君问归期未有期，巴山夜雨涨秋池。何当共剪西窗烛，却话巴山夜雨时？（《夜雨寄北》）(第 098 页)
△楚天长短黄昏雨，宋玉无愁亦自愁。（《楚吟》）(第 101 页)
△乘运应须宅八荒，男儿安在恋池隍？（《题汉祖庙》）(第 125 页)
△水仙欲上鲤鱼去，一夜芙蓉红泪多。（《板桥晓别》）(第 126 页)
△任昉当年有美名，可怜才调最纵横。（《读任彦升碑》）(第 127 页)
△攻文枯若木，处世钝如锤。（《咏怀寄秘阁旧僚二十六韵》）(第 133 页)
△悠扬归梦唯灯见，濩落生涯独酒知。（《七月二十九日崇让宅宴作》）(第 139 页)
△声名佳句在，身世玉琴张。万古山空碧，无人鬓免黄。（《崇让宅东亭醉后沔然有作》）(第 140 页)
△美酒成都堪送老，当垆仍是卓文君。（《杜工部蜀中离席》）(第 146 页)
△桐花万里丹山路，雏凤清于老凤声。（《韩冬郎即席为诗相送·其一》）(第 156 页)
△地险悠悠天险长，金陵王气应瑶光。（《南朝》）(第 159 页)
△三百年间同晓梦，钟山何处有龙盘？（《咏史》）(第 163 页)
△心断新丰酒，销愁斗几千。（《风雨》）(第 165 页)
△锦瑟无端五十弦，一弦一柱思华年。庄生晓梦迷蝴蝶，望帝春心托杜鹃。沧海月明珠有泪，蓝田日暖玉生烟。此情可待成追忆，只是当时已惘然。（《锦瑟》）(第 167 页)
△相见时难别亦难，东风无力百花残。春蚕到死丝方尽，蜡炬成灰泪始干。晓镜但愁云鬓改，夜吟应觉月光寒。蓬山此去无多路，青鸟殷勤为探看。（《无题》）(第 171 页)
△刘郎已恨蓬山远，更隔蓬山一万重。（《无题四首》其一）(第 172 页)
△春心莫共花争发，一寸相思一寸灰。（《无题四首》其二）(第 173 页)
△回肠九回后，犹自剩回肠。（《和张秀才落花有感》）(第 180 页)
△嫦娥应悔偷灵药，碧海青天夜夜心。（《嫦娥》）(第 185 页)
△荷叶生时春恨起，荷叶枯时秋恨成。（《暮秋独游曲江》）(第 188 页)
△夕阳无限好，只是近黄昏。（《乐游原》）(第 193 页)
△海外徒闻更九州，他生未卜此生休。（《马嵬二首》）(第 195 页)

图书在版编目（CIP）数据

李商隐集/（唐）李商隐著；张强，刘海宁解评．
—2版．—太原：三晋出版社，2008.6（2024.5重印）
（中国家庭基本藏书·名家选集卷）
ISBN 978－7－80598－940－2－01

Ⅰ.李… Ⅱ.①李…②张…③刘… Ⅲ.唐诗—选集
Ⅳ.I222.742

中国版本图书馆CIP数据核字（2008）第091015号

李商隐集

著　　者：（唐）李商隐　　**解 评 者**：张　强　刘海宁

责任编辑：宁志荣　　**审 订 者**：宁志荣
封面设计：敬人工作室　　**版式设计**：敬人工作室
责任校对：宁志荣　　**责任印制**：李佳音

出版发行：山西出版集团·三晋出版社
地　　址：太原市建设南路21号
电　　话：（0351）4956036（咨询）　4922268（邮购）
传　　真：（0351）4922102
网　　址：www.sxskcb. com
邮　　编：030012

印刷装订：山西新华印业有限公司
（本书如有破损、缺页、装订错误，请与本社联系调换）

开　　本：787mm×960mm　1/16
字　　数：230千字
印　　张：13.75
版　　次：2008年6月第2版
印　　次：2024年5月第2次印刷
书　　号：ISBN 978－7－80598－940－2－01
定　　价：53.00元